Diogenes Taschenbuch 24372

PHILIPPE DJIAN, geboren 1949 in Paris, wechselte oft den Wohnsitz. Bisherige Stationen: New York, Florenz, Bordeaux, Biarritz, Lausanne und Paris. Auf einer Autobahnmautstelle, bei einem seiner Gelegenheitsjobs, tippte Philippe Djian seinen ersten Roman. Sein dritter Roman, *Betty Blue*, wurde zum Kultbuch. Für seinen jüngsten Roman *Oh…* erhielt er 2012 den Prix Interallié. Der Autor lebt heute in Biarritz und Paris.

Philippe Djian

Oh …

ROMAN

Aus dem Französischen von
Oliver Ilan Schulz

Diogenes

Titel der 2012 bei
Éditions Gallimard, Paris,
erschienenen Originalausgabe: ›Oh …‹

Die deutsche Erstausgabe
erschien 2014 im Diogenes Verlag
Covermotiv: Illustration von
Kobi Benezri

Veröffentlicht als Diogenes Taschenbuch, 2017

www.diogenes.ch
50/17/36/1
ISBN 978 3 257 24372 7

Draußen war es dunkel und die Umrisse verschwammen. Der Sturm war weitergezogen und kaum mehr zu hören, wie ein Karren, der über eine Brücke donnert und davonfährt.

Eudora Welty, »A Piece of News«, in: *A Curtain of Green*

Wahrscheinlich habe ich mir die Wange aufgeschürft. Sie brennt. Mein Kiefer schmerzt. Ich habe eine Vase umgeworfen, als ich hingefallen bin, ich erinnere mich, wie sie auf dem Boden zerbarst, und ich frage mich, ob ich mich nicht mit einem Glassplitter verletzt habe, ich weiß es nicht. Draußen scheint immer noch die Sonne. Es ist warm. Langsam komme ich wieder zu Atem. Ich spüre, dass ich in ein paar Minuten eine schreckliche Migräne bekommen werde.

Vor zwei Tagen bewässerte ich meinen Garten. Als ich zum Himmel aufblickte, erschien mir ein beunruhigendes Zeichen. Eine Wolke mit einer unmissverständlichen Form. Ich sah mich um, ob es sich an jemand anderen richtete, aber da war niemand. Und es war nichts zu hören, nur ich beim Gießen, kein Wort, kein Schrei, kein Lufthauch, kein einziges Maschinengeräusch – dabei ist hier weiß Gott fast immer irgendwo ein Rasenmäher oder Laubbläser im Einsatz.

Im Allgemeinen bin ich für Fingerzeige der Außenwelt sehr empfänglich. Ich kann mich tagelang zu Hause einschließen, keinen Fuß vor die Tür setzen, wenn ich den unsteten Flug eines Vogels – der womöglich noch von einem durchdringenden Schrei oder einem düsteren Krächzen begleitet ist – als schlechtes Omen empfinde, oder wenn ein Strahl Abendsonne durchs Blätterdach fällt und mich merkwürdigerweise mitten ins Gesicht trifft, oder wenn ich mich bücke, um einem auf dem Gehweg sitzenden Mann etwas Geld zu geben, und der mich plötzlich am Arm packt und anbrüllt: *»Die Dämonen, die Fratzen der Dämonen… Aber wenn ich ihnen mit dem Tod drohe, ha, dann gehorchen sie mir…!!«* – und den Satz stieß er nicht nur einmal hervor, sondern wieder und wieder, ohne mich loszulassen, mit weit aufgerissenen Augen –, da ließ ich, als ich an diesem Tag nach Hause kam, mein Zugticket stornieren, vergaß augenblicklich den Grund für meine Reise und verlor jegliches, aber wirklich sämtliches Interesse daran, denn ich war keine Selbstmordkandidatin und nicht taub für die Warnungen, Botschaften und Zeichen, die man mir schickte.

Mit sechzehn habe ich nach einem Besäufnis bei den Fêtes de Bayonne ein Flugzeug verpasst, das dann abgestürzt ist. Ich habe lange darüber nachgedacht. Danach habe ich mich entschieden, künftig gewisse Vorsichtsmaßnahmen zu ergreifen, um mein Leben zu schützen. Ich war zur Überzeugung gelangt, dass solche Dinge existieren, und habe die Spötter spotten lassen. Ich könnte keinen Grund dafür nennen, aber die Zeichen des Himmels erschienen mir stets als die treffendsten und zwingendsten, und eine Wolke in Form eines X – das kommt selten genug vor und hätte umso mehr meine Aufmerksamkeit erregen müssen – kann mich eigentlich nur zur Vorsicht mahnen. Ich weiß nicht, was mit mir los war. Warum hatte meine Wachsamkeit so sehr nachgelassen? Selbst wenn es ein bisschen – eigentlich mehr als ein bisschen – an Marty lag. Ich schäme mich schrecklich. Aber ich bin auch schrecklich wütend. Wütend auf mich selbst. Da ist eine Kette an meiner Tür. Da ist eine verdammte Kette an meiner Tür, habe ich das etwa vergessen? Ich stehe auf und hake sie ein. Ich beiße einen Moment auf meine Unterlippe und verweile regungslos. Außer der zerbrochenen Vase kann ich keinerlei Unordnung entdecken. Ich gehe hoch und ziehe mich um. Vincent kommt mit seiner Freundin zum Abendessen, und ich habe noch nichts vorbereitet.

Die junge Frau ist schwanger, aber das Kind stammt nicht von Vincent. Ich sage nichts mehr dazu. Ich kann ohnehin nichts machen. Ich habe nicht mehr die Kraft, mich mit ihm herumzustreiten. Und auch keine Lust mehr. Als mir bewusst wurde, wie sehr er nach seinem Vater kommt, hätte ich fast den Verstand verloren. Sie heißt Josie. Sie sucht nach einer Wohnung für Vincent und sich selbst, und natürlich für das angekündigte Baby. Als wir über die Mietpreise in der Hauptstadt sprachen, tat Richard so, als bereiteten sie ihm körperliche Schmerzen. Er ging schimpfend auf und ab, das hat er sich so angewöhnt. Mir fällt auf, wie sehr er gealtert, wie freudlos er in den letzten zwanzig Jahren geworden ist. »Hä, ist das für ein Jahr oder für einen Monat?«, meinte er und schaute grimmig. Er sei nicht sicher, ob er das Geld aufbringen könne. Während ich ja seiner Meinung nach ein großzügiges und geregeltes Einkommen beziehe.

Natürlich.

»*Du* wolltest einen Sohn«, sagte ich zu ihm. »Vergiss das nicht.«

Ich habe ihn verlassen, weil er unerträglich geworden war, und heute ist er unerträglicher denn je. Ich ermuntere ihn immer wieder dazu, wieder mit dem Rauchen anzufangen oder gar zu joggen, um diese mimosenhafte Bitterkeit loszuwerden, die ihn die meiste Zeit umtreibt.

»Nichts für ungut, aber du kannst mich mal«, sagte er zu mir. »Ich bin jedenfalls gerade pleite. Ich dachte, er hätte einen Job gefunden.«

»Keine Ahnung. Sprecht doch mal darüber.«

Auch mit ihm will ich mich nicht mehr herumstreiten. Ich habe mehr als zwanzig Jahre meines Lebens mit diesem Mann verbracht, aber manchmal frage ich mich, woher ich die Kraft dafür genommen habe.

Ich lasse mir ein Bad einlaufen. Meine Wange ist rot und sogar ein bisschen gelb, wie aus Ton, und im Mundwinkel ist ein kleiner Blutstropfen zu sehen. Meine Frisur ist ordentlich durcheinander – ein Gutteil meines Schopfs hat sich aus der Haarklammer gelöst. Ich schütte Badesalz in die Wanne. Eigentlich ist das verrückt, denn es ist schon fünf Uhr nachmittags, und ich kenne Josie, dieses Mädchen, nicht sonderlich gut. Ich weiß nicht so recht, was ich von ihr halten soll.

Dabei herrscht ein unglaublich schönes und sanftes Licht, meilenweit entfernt von jeglichem Gefühl einer Bedrohung. Ich kann es kaum glauben, dass mir so etwas bei einem derart blauen Himmel und derart schönem Wetter passieren konnte. Das Badezimmer ist von Sonnenlicht durchflutet, ich höre Geschrei, Kinder spielen in der Ferne, der Horizont glitzert, Vögel, Eichhörnchen usw.

Wie gut das tut. So ein Bad ist wunderbar. Ich schließe die Augen. Ich kann nicht sagen, dass ich alles ausgelöscht habe, aber ich bin wieder voll bei Sinnen. Die erwartete Migräne bleibt aus. Ich telefoniere mit einem Feinkostladen und lasse mir Sushi kommen.

Ich habe schon Schlimmeres erlebt, und das mit Männern, die ich mir selbst ausgesucht hatte.

Nachdem ich die großen Stücke der Vase aufgelesen habe, staubsauge ich die Stelle, an der ich gestürzt bin – bei dem Gedanken, dass ich hier vor einigen Stunden mit klopfendem Herzen auf dem Boden lag, fühle ich mich wieder ziemlich unwohl. Und als ich mir gerade einen Drink machen will, bekomme ich doch tatsächlich eine Nachricht von Irène, meiner Mutter, die fünfundsiebzig Jahre alt ist und die ich seit einem Monat nicht gesehen habe – geschweige denn gehört. Sie behauptet, sie habe von mir geträumt, ich hätte sie zu Hilfe gerufen – dabei habe ich überhaupt nicht nach ihr gerufen.

Vincent scheint mir meine Geschichte nicht ganz abzunehmen. »Dein Fahrrad hat nicht einmal einen Kratzer«, sagt er zu mir. »Das ist doch irgendwie seltsam.« Ich schaue ihn kurz an, dann zucke ich mit den Schultern. Josie ist knallrot. Vincent hat sie eben grob am Handgelenk gepackt und gezwungen, die Erdnüsse wieder zurückzulegen. Anscheinend hat sie schon über zwanzig Kilo zugenommen.

Sie passen überhaupt nicht zusammen. Richard, der sich damit kein bisschen auskennt, hat mir versichert, dass solche Mädchen im Bett oftmals richtige Feger seien – was soll das denn heißen: *ein richtiger Feger im Bett*? Derweil sucht sie eine Dreizimmerwohnung mit mindestens hundert Quadratmetern, und in ihrem Wunschviertel findet man in der Größe nichts unter dreitausend Euro.

»Ich habe mich bei McDonald's beworben«, sagt er. »Das ist schon mal ein Anfang.« Ich bestärke ihn in seinem Entschluss – vielleicht könnte er es aber auch mit etwas Ambitionierterem versuchen? Eine Schwangere zu versorgen ist teuer. »Lass dir das gesagt sein«, hatte ich zu ihm gesagt, noch bevor er sie mir vorstellte. »Ich habe dich nicht nach deiner Meinung gefragt«, hatte er mir geantwortet. »Ich pfeif auf deine Meinung.«

So redet er mit mir, seit ich seinen Vater verlassen habe. Richard ist ein hervorragender Schauspieler. Und Vincent sein dankbarster Zuschauer. Als wir vom Essen aufstehen, mustert er mich erneut misstrauisch: »Was ist nur mit dir los? Da stimmt doch was nicht.« Ich denke natürlich ständig daran, während des gesamten Essens hat es mich nicht losgelassen. Ich frage mich, ob die Wahl zufällig auf mich gefallen ist oder ob mir jemand nachgestellt hat, ob es eine Person ist, die ich kenne. Ihre Probleme mit Mieten oder Kinderzimmern interessieren mich nicht, aber ich staune, wie sie sich abmühen, ihr Problem, soweit es irgend möglich ist, zu meinem zu machen. Ich mustere ihn kurz und versuche mir sein Gesicht vorzustellen, wenn ich ihm erzählen würde, was mir heute Nachmittag passiert ist. Aber das fällt nicht mehr in meinen Bereich. Mir die Reaktionen meines Sohnes vorzustellen steht nicht mehr in meiner Macht.

»Hast du dich geprügelt?«

»Geprügelt, Vincent?« Ich pruste kurz los. »Geprügelt?!«

»Hast du dich mit jemand gekloppt?«

»Oh, also wirklich, red kein dummes Zeug. Es ist nicht meine Art, mich zu ›kloppen‹. Mit wem auch.«

Ich stehe auf und gehe zu Josie auf die Veranda. Der Abend ist angenehm kühl, dennoch fächelt sie sich Luft zu, weil sie fast umkommt vor Hitze. Die letzten Wochen sind die schlimmsten. Nicht um alles in der Welt hätte ich es noch mal durchmachen wollen. Ich hätte mir den Bauch aufgeschlitzt, um meinen Qualen ein Ende zu setzen. Vincent weiß das. Ich habe nie versucht, diese Zeit schönzureden. Ich wollte immer, dass er das weiß. Und dass er es nicht vergisst. Meine Mutter hat mir das auch erzählt, und ich bin nicht daran gestorben.

Wir schauen zum Himmel hinauf, zu seinen funkelnden Sternen in der Dunkelheit. Ich beobachte Josie aus dem Augenwinkel. Ich habe sie nur ein paarmal so beobachten können und weiß nicht viel. Sie ist nicht unsympathisch. Sie tut mir leid, denn ich kenne Vincent, meinen Sohn, aber sie hat etwas Festes, eine nüchterne Hartnäckigkeit, und ich glaube, wenn sie sich Mühe gibt, kann sie es schaffen. Ich spüre, dass sie robust ist, dass etwas in ihr schlummert.

»Im Dezember ist es also so weit«, sage ich zu ihr. »Langsam wird's ernst.«

»Er hat recht«, sagt sie. »Sie sind ganz durcheinander.«

»Ganz und gar nicht«, sage ich. »Alles in Ordnung. Er kennt mich schlecht.«

Ich schließe die Tür hinter ihnen ab. Mit einem Fleischbeil in der Hand durchstreife ich das Erdgeschoss, prüfe die Fenster und Türen. Ich sperre mich in meinem Zimmer ein. Als der Morgen heraufdämmert, habe ich immer noch kein Auge zugetan. Der kommende Tag wird blau und strahlend. Ich ziehe los zu meiner Mutter. In ihrem Wohnzimmer begegne ich einem jungen Typen, durchtrainiert, aber durchschnittlich.

Ich frage mich, ob mein Angreifer gestern so ähnlich aussah – ich erinnere mich nur an eine blaue, vielleicht auch rote Maske mit zwei Löchern für die Augen –, ob er so ähnlich aussah wie dieser selbstzufriedene Typ, der mir zuzwinkert, als er die Wohnung meiner Mutter verlässt.

»Wie viel zahlst du denen eigentlich, Mama? Das ist doch deprimierend ...!«, sage ich. »Könntest du nicht mal was anderes probieren? Keine Ahnung, versuch es mit einem Intellektuellen oder einem Schriftsteller. Du brauchst doch keinen Hengst, oder? In deinem Alter.«

»Red du nur. Ich brauche mich nicht zu schämen für mein Sexualleben. Du bist einfach nur ein kleines Miststück. Dein Vater hat recht.«

»Hör auf, Mama. Lass mich in Ruhe mit ihm. Er ist da, wo er hingehört.«

»Was redest du da, Dummerchen?! Er ist überhaupt nicht da, wo er hingehört. Er wird verrückt.«

»Er *ist* verrückt. Frag seinen Psychiater.«

Sie stellt mir ein Frühstück hin. Ich glaube, sie hat sich etwas machen lassen seit dem letzten Mal. Oder sich auch nur botoxen lassen oder irgendwas, ist ja egal. Sie hat ihr Leben radikal geändert, seit ihr Mann – der leider auch mein Vater ist – eingesperrt ist, selbst wenn sie sich anfangs noch für wohltätige Zwecke einsetzte. Eine richtige Sexbesessene. In den letzten Jahren hat sie viel Geld für Schönheitschirurgie ausgegeben. Im Zwielicht macht sie mir manchmal Angst.

»Wunderbar. Warum bist du hier?«

»Warum ich hier bin? Du hast doch angerufen, Mama.«

Sie sieht mich an, keine Reaktion.

Nach einer Weile beugt sie sich zu mir herüber und sagt: »Überleg dir deine Antwort gut. Antworte nicht leichthin. Überleg sie dir gut. Was würdest du sagen, wenn ich noch mal heiraten würde? Überleg dir, was du sagst.«

»Ich würde dich umbringen, ganz einfach. Da gibt's nichts zu überlegen.«

Sie schüttelt leicht den Kopf, schlägt ihre Beine übereinander, zündet sich eine Zigarette an.

»Du hast dir immer eine aseptische Welt gewünscht«, sagt sie zu mir. »Das Düstere, das Anormale, davor hast du dich immer gefürchtet.«

»Ich würde dich umbringen. Dein Gefasel kannst du dir sparen. Jetzt weißt du Bescheid.«

Bis dahin hatte ich ein Auge zugedrückt. Ihre Libido hat mich zwar immer erstaunt, und ich billige sie nicht – mehr noch: ich finde sie ziemlich abstoßend –, aber ich hatte beschlossen, mich in diesem Punkt offen und liberal zu verhalten. Wenn das die Art ist, wie sie ihr Leben auf die Reihe kriegt, bitte – die Details will ich gar nicht wissen. Wunderbar. Aber wenn die Sache auf einmal allzu ernst wird und wir uns möglicherweise auf unsicheren Boden begeben wie jetzt mit dieser Heiratsgeschichte, tja, dann greife ich ein. Wer ist diesmal der Glückliche? Wen hat sie kennengelernt? Wer ist eigentlich dieser Ralf – denn der Kerl hat einen Namen –, der plötzlich ins Bild tritt und es verdunkelt?

Einen Anwalt, der angeblich verrückt nach ihr war, habe ich abgewimmelt, indem ich ihm erklärte, sie sei positiv getestet, und einen Agenturdirektor, als ich ihm die Wahrheit über unsere Familie erzählte – was immer wie eine kalte Dusche wirkt –, dabei hatten die beiden noch nicht einmal um ihre Hand angehalten.

Ich glaube nicht, dass ich etwas so Groteskes zulassen kann. Eine Fünfundsiebzigjährige. Ihre Hochzeit, das Brautbukett, die Flitterwochen. Sie sieht aus wie eine dieser furchterregenden, rundumerneuerten alten Schauspielerinnen mit ihren gestrafften Brüsten – 5000 Euro das Paar – und ihren glänzenden Augen im kräftig gebräunten Gesicht.

»Ich würde gern wissen, wer in den nächsten Jahren meine Miete bezahlt«, seufzt sie schließlich. »Kannst du mir das sagen?«

»Ich natürlich. Wie bisher auch, oder?«

Sie lächelt, obwohl sie ganz offensichtlich ziemlich verärgert ist.

»Du bist so was von egoistisch, Michèle, es ist zum Fürchten.«

Ich nehme die Brotscheiben aus dem Toaster, bestreiche sie mit Butter. Ich habe meine Mutter über einen Monat nicht gesehen und möchte schon wieder weg.

»Und wenn dir etwas zustößt?«, sagt sie. Am liebsten würde ich antworten, dieses Risiko müsse man eben in Kauf nehmen.

Ich mache einen Toast mit Himbeermarmelade. Bestreiche ihn überreichlich. Mit Absicht. Fast unmöglich, dass es einem nicht auf die Finger tropft. Ich halte ihn ihr hin. Sie zögert. Es sieht aus wie geronnenes Blut. Sie schaut das Ding einen Moment an und sagt zu mir: »Michèle, ich glaube, er wird nicht mehr lange unter uns sein. Das solltest du wissen, glaube ich. Dein Vater wird nicht mehr lange unter uns sein.«

»Sehr gut, dann sind wir ihn los. Mehr habe ich dazu nicht zu sagen.«

»Du musst dich nicht immer so unerbittlich geben … Tu nichts, was du dein ganzes Leben lang bereuen wirst.«

»Wie bitte? Was soll ich denn bereuen? Spinnst du?«

»Er hat dafür bezahlt. Er sitzt seit dreißig Jahren im Gefängnis. Das ist alles weit weg.«

»Finde ich nicht. Ich finde nicht, dass es weit weg ist. Wie kommst du auf so einen Unsinn? Weit weg. Empfindest du das so? Willst du ein Opernglas?« Mir kommen die Tränen, als hätte ich einen Löffel voll scharfen Senf geschluckt. »Ich denke nicht daran, ihn zu besuchen, Mama. Keine Sekunde. Vergiss es. Für mich ist er schon lange tot.«

Sie wirft mir einen vorwurfsvollen Blick zu, dann dreht sie sich zum Fenster. »Ich weiß nicht einmal, ob er mich noch erkennt. Aber er fragt nach dir.«

»Ach ja? Und was soll mir das ausmachen? Meinst du wirklich, das macht mir was aus? Seit wann spielst du den Boten für ihn?«

»Warte nicht länger. Mehr habe ich nicht zu sagen: Warte nicht länger.«

»Niemals werde ich einen Fuß in dieses Gefängnis setzen, hörst du? Es besteht nicht die geringste Chance, dass ich ihn besuche. Die Erinnerung an ihn verblasst allmählich, und ich wäre froh, wenn sie endlich vollständig verschwinden würde.«

»Wie kannst du so etwas sagen? Das ist ja schrecklich.«

»Ach bitte, erspar mir dein Geschwätz. Verschon mich. Dieser Besessene hat schließlich unser Leben zerstört.«

»Es war nicht alles schlecht und auch nicht alles böse an ihm, im Gegenteil. Das weißt du ganz genau. Du könntest ein bisschen Mitleid mit ihm haben.«

»Mitleid? Jetzt begreif es endlich, Mama. Ich empfinde kein Mitleid für ihn. Nicht das geringste. Ich will, dass er den Rest seiner Tage da bleibt, wo er ist, und ich werde ihn ganz sicher nicht besuchen. Vergiss es.«

Sie weiß nicht, dass er mir im Traum erscheint. Genauer

gesagt, sehe ich nur seine Silhouette, seine flimmernde Schwärze im Zwielicht. Sein Kopf und seine Schultern heben sich ab, aber ich kann nicht erkennen, ob ich ihn von vorn oder von hinten sehe, ob er mich anschaut oder nicht. Er scheint zu sitzen. Er spricht nicht mit mir. Er wartet. Und wenn ich aufwache, habe ich dieses Bild, diesen Schatten, noch vor Augen.

Ich werde den Gedanken nicht los, dass ein Zusammenhang bestehen könnte zwischen dem Überfall auf mich und den Machenschaften meines Vaters – meine Mutter und ich fragen uns das jedes Mal, wenn uns eine Prüfung auferlegt wird, denn schon früher waren wir oft Spuckattacken und Prügeln ausgesetzt gewesen, nur weil wir seine Frau und seine Tochter waren. Von einem Tag auf den anderen hatten wir alle unsere Bekannten, Nachbarn und Freunde verloren. Als hätte man uns ein Zeichen auf die Stirn gebrannt.

Ich habe schon alles erlebt – anonyme Anrufe, nächtliche Beschimpfungen, obszöne Briefe, vor unserer Tür ausgeleerte Mülltonnen, Wandschmierereien, Rippenstöße im Postamt, Demütigungen beim Einkaufen, eingeworfene Scheiben, mich kann nichts mehr überraschen. Niemand kann mir garantieren, dass alle Glut erloschen ist, dass nicht jemand in einem dunklen Winkel das nächste Komplott schmiedet, das über uns hereinbrechen wird. Wie könnte ich da an Zufall glauben?

Am selben Abend bekomme ich eine Nachricht – »Ich fand dich ziemlich eng für eine Frau in deinem Alter. Aber was soll's.« – und falle aus allen Wolken. Das verschlägt mir die Sprache. Ich lese sie noch zwei- oder dreimal, dann schreibe ich zurück: »Wer sind Sie?«, erhalte aber keine Antwort.

Ich verbringe den Morgen und einen Teil des Nachmittags damit, Drehbücher zu lesen, die sich neben meinem Schreibtisch stapeln. Das wäre auch eine Spur, sage ich mir, ein junger Autor, den ich runtergemacht habe und der mir das über alle Maßen übelnimmt.

Auf dem Weg habe ich bei einer Waffenhandlung gehalten und ein paar Dosen Pfefferspray gekauft. Das kleine Modell ist sehr praktisch und kann mehrmals verwendet werden. Als ich jünger war, benutzte ich es regelmäßig. Ich war extrem schnell und scheute mich nicht, mit den öffentlichen Verkehrsmitteln zu fahren, ich war sehr beweglich. Über die Jahre hatte ich dazugelernt, ich war geschickt im Ausweichen und eine recht gute Läuferin, einmal um den Block schaffte ich in weniger als zwei Minuten. Heute geht das nicht mehr. Aus und vorbei. Aber zum Glück muss ich heute nicht mehr davonrennen. Ich könnte auch wieder zu rauchen anfangen, wenn ich wollte, wer würde sich schon darum scheren?

Am späten Nachmittag unterbreche ich meine triste Lektüre.

Es gibt nichts Schlimmeres als dieses Gefühl vergeudeter Zeit, wenn man ein schlechtes Manuskript zur Seite legt. Eines von ihnen fliegt quer durch mein Arbeitszimmer und landet in einem Zweihundert-Liter-Mülleimer, den ich eigens dafür angeschafft habe. Manchmal schmerzt all diese verlorene Zeit. Manchmal ist das Zeug so schlecht, dass man Lust hat zu heulen. Gegen siebzehn Uhr denke ich wieder an meinen Vergewaltiger, denn achtundvierzig Stunden vorher, genau um diese Zeit, hat er es ausgenutzt, dass ich mit Marty beschäftigt war, hat meine Tür aufgebrochen und ist in mein Haus eingedrungen wie ein Springteufel.

Dann begreife ich plötzlich – er hat mich beobachtet. Den richtigen Moment abgewartet. Mich beobachtet. Für einen Moment bin ich sprachlos.

Ich gehe ins Büro, schaue meine Post an, rufe meine Nachrichten ab, ich erledige ein paar Anrufe und gebe ein paar Anweisungen. Anna kommt kurz rüber, um mit mir zu reden, und am Ende unseres Gesprächs sagt sie zu mir: »Ich finde jedenfalls, du machst ein komisches Gesicht.«

Ich tue so, als würde ich aus allen Wolken fallen. »Ganz und gar nicht. Im Gegenteil. Schau nur, was für ein schöner Tag, wie wunderbar die Sonne scheint.«

Sie lächelt. Anna wäre sicherlich die, mit der ich am ehesten darüber sprechen könnte, wenn ich das wollte. Wir kennen uns schon so lange. Aber irgendetwas hält mich davon ab. Mein Verhältnis mit ihrem Mann?

Ich gehe zu meiner Frauenärztin, lasse die notwendigen Untersuchungen machen.

Vincent ruft mich an und fragt, ob ich nicht wenigstens für ihn bürgen könne. Ein paar Sekunden lang sage ich nichts.

»So grob, wie du zu mir warst, Vincent ...«

»Ja, ich weiß. Schon klar, verdammt, entschuldige.«

»Ich kann dir das Geld nicht geben, Vincent. Ich spare für meine Rente, ich will dir später nicht auf der Tasche liegen. Ich könnte es nicht ertragen, dass du für mich arbeitest. Dass ich dir zur Last falle.«

»Ja, schon gut, ich hab's kapiert. Aber Mama, verdammt, bürg wenigstens für mich.«

»Du kommst immer nur zu mir, wenn du was brauchst.«

Ich höre, wie er mit dem Hörer auf irgendetwas eindrischt. Schon als Kind war er jähzornig. Ganz der Vater.

»Mama, verdammt, was ist jetzt: ja oder nein?«

»Hör auf zu fluchen. Wie redest du überhaupt?«

Wir machen einen Termin mit dem Vermieter aus. Die Konjunkturflaute verunsichert die Wirtschaft so stark, dass ein einfacher Vorgang wie das Unterschreiben eines Mietvertrags zu einem Feuerwerk gegenseitigen Misstrauens wird, also bitte antreten mit Familienbuch, Personalausweis, verbrieftem Jahreseinkommen, Bescheinigungen, Fotokopien, eidesstattlichen Erklärungen, Versicherungen, Akten, handschriftlichem Anschreiben, Geburtsurkunde samt Religionszugehörigkeit und noch etlichen weiteren Ansprüchen des Vermieters im Hinblick auf das möglicherweise nachfolgende Chaos. Ich frage, ob es sich um einen Scherz handelt, aber die meinen das ernst.

Als wir rauskommen, sagt Vincent, dass er mir etwas zu trinken spendieren will, und wir gehen in eine Bar. Er bestellt ein hawaiianisches Bier und ich einen trockenen Weißwein aus Südafrika. Wir stoßen darauf an, dass er jetzt glücklicher Mieter einer 65 Quadratmeter großen, nach Süden ausgerichteten Dreizimmerwohnung mit kleinem Balkon ist, für die ich die Bürgschaft übernommen habe.

»Du weißt, was das bedeutet, Vincent. Also steh zu deiner Verantwortung. Wenn du deine Miete nicht zahlst, muss ich dafür aufkommen, und das würde ich nicht sonderlich lang durchhalten, hast du mich verstanden, Vincent, das ist kein Spiel, und es geht nicht nur um euch, ich spreche für mich und auch für deine Großmutter, für die ich ebenfalls die Miete übernehme, wie du weißt. Sie sind gerade extrem empfindlich, Vincent, sie lassen nichts durchgehen. Sie können im Nu dein Konto sperren, dich auf deine Kosten vor

Gericht zerren, dir ohne auch nur im Geringsten zu zögern deine Sachen wegpfänden, dich demütigen und so weiter. Eins solltest du dir immer vor Augen halten: Leute, die mit Reis oder Weizen spekulieren, haben schon genug Blut an den Händen kleben, denen macht es nichts aus, wenn noch mehr fließen muss.«

Er blickt mich eine Weile an, dann sagt er lächelnd: »Ich habe mich verändert, aber du merkst es nicht.«

Ich möchte ihm so gern glauben. Ich möchte ihn in meine Arme nehmen und ihn zum Dank mit Küssen überhäufen. Aber ich warte erst mal ab.

Ich habe ein Meeting in meinem Büro, es sind ungefähr fünfzehn Teilnehmer. In den letzten Monaten ist die Stimmung bei diesen wöchentlichen Sitzungen angespannt, denn seit sie aus den Ferien zurück sind, liefern sie nur noch schlechte Arbeit ab. Kein einziger irgendwie origineller oder starker Stoff ist mir seither angeboten worden, und ihre betretenen Gesichter – nachdem ich ihnen große Komplimente gemacht, Bewunderung für ihr außergewöhnliches Schreibtalent geheuchelt habe – widern mich an.

Es sind etwa zehn Männer da. Vielleicht ist es einer von ihnen? Vielleicht gibt es einen darunter, dessen Arbeit ich besonders heruntergemacht habe, ganz unbewusst übrigens, denn alles, was ich gelesen habe, verschwimmt für mich in derselben jämmerlichen Durchschnittlichkeit. Mir fällt aber nichts auf. Nicht ein Blick, von dem ich behaupten könnte, er sei von dem Typ, der sich in aller Ruhe an mir vergangen hat. Noch vor kurzem war ich mir sicher, dass ich ihn selbst samt seiner Maske erkennen würde, wenn er da wäre, dass mein ganzer Körper zittern und beben, sich alles in mir aufstellen würde. Jetzt bin ich mir da nicht mehr so sicher.

Als alle aufstehen und gehen, begleite ich sie hinaus und mische mich unter sie, bewege mich so, dass ich sie streife, mache mir die Enge des Gangs zunutze und entschuldige mich flüchtig für eine zufällige Berührung, aber ich bemerke nichts, erkenne keinen Geruch und kein Parfum, ich schlendere unauffällig vom einen zum anderen, ermuntere sie, bis nächste Woche ihr Bestes zu geben, wenn sie ihren Job behalten wollen – und darüber macht heute niemand mehr Witze –, aber ich bemerke nichts, keine Spur.

Schließlich erzähle ich Richard davon. Von meiner schrecklichen Geschichte.

Er wird blass, dann steht er auf und holt sich etwas zu trinken.

»Findest du mich ungewöhnlich eng?«, frage ich.

Er stößt einen langen Seufzer aus und setzt sich kopfschüttelnd neben mich. Dann nimmt er meine Hand und hält sie schweigend.

Wenn ich jemals tiefe Gefühle für einen Mann empfunden habe, dann waren sie Richard vorbehalten. Deshalb habe ich ihn auch geheiratet. Und noch heute gibt es diese Kleinigkeiten – wenn er zum Beispiel meine Hand nimmt oder wenn in seinen Augen Besorgnis aufblitzt und er meinen Blick sucht, wenn also aus einem Meer wechselseitiger Unverträglichkeiten plötzlich diese Inseln der Zuneigung, der puren Harmonie aufragen –, bei denen ich sehr wohl den Widerhall dessen spüre, was wir einige Jahre lang füreinander gewesen sind.

Ansonsten verabscheuen wir uns. Also, er verabscheut

mich. Daran, dass er seine Drehbücher nicht verkaufen kann und deshalb fürs Fernsehen bei schrecklichen TV-Produktionen und unmöglichen Programmen mitarbeiten muss, noch dazu mit einem Haufen Idioten, bin ich angeblich mit schuld. Ich tue nicht, was notwendig wäre, meint er, ich hätte niemals auch nur den kleinen Finger gerührt, ich ließe meine Beziehungen nicht spielen, ich hätte mich von Anfang an nicht richtig reingehängt, ja eigentlich gar nicht reingehängt, blablabla. Es ist unerträglich. Die Kluft wird tiefer.

Ich bin selbst nicht in der Lage, ein Drehbuch zu schreiben, dafür habe ich wirklich kein Talent, aber ich kann ein gutes Drehbuch erkennen, wenn ich eins in die Finger bekomme, da muss ich niemandem mehr was beweisen, dafür bin ich bekannt – wenn Anna Vangerlove nicht meine Freundin wäre, hätte ich mich schon längst an die Chinesen und ihre verfluchten Headhunter verkauft. Aber Richard hat nie ein gutes Drehbuch geschrieben, das weiß ich, ich kenne ihn gut genug. Ein bisschen zu gut wahrscheinlich.

»Ich würde nicht sagen, dass du eng bist«, sagt er lakonisch, »ich würde aber auch nicht sagen, dass du es nicht bist. Soweit ich weiß, bist du so dazwischen.«

Es steht eine unausgesprochene Botschaft im Raum, aber ich habe keine Lust, mit ihm zu schlafen, jetzt nicht. Bisweilen, wenn auch nur ganz selten, erlauben wir uns diese kleinen Verstöße. Nach zwanzig Jahren Beziehung kommt es nicht alle Tage vor, dass man zur selben Zeit in Stimmung ist.

Ich sehe ihn an und zucke mit den Schultern. Händchenhalten reicht eben manchmal nicht – dieser Mann muss noch viel lernen.

Er starrt mich an und verzieht dabei das Gesicht. »Ich

habe nicht die Krätze«, sage ich und lache laut. Er soll jetzt gehen. Die Dämmerung bricht an, die Blätter glühen. »Es hätte viel schlimmer ausgehen können. Ich bin weder verkrüppelt noch entstellt.«

»Wie du die Sache nimmst, kann ich echt nicht nachvollziehen.«

»Ach ja? Und wie sollte ich sie deiner Meinung nach nehmen? Wäre es dir lieber, ich würde rumjammern? Willst du, dass ich in Kur gehe, mir Nadeln setzen lasse, zum Seelenklempner renne?«

Draußen ist es still, die Sonne steht tief, das Licht ist gedämpft. Was auch immer auf dieser Welt geschehen mag, sie ist immer noch genauso schön. Damit ist der Schrecken vollkommen. Bevor wir uns getrennt haben, gingen Richard noch nicht die Haare aus, aber seit zwei Jahren steuert er ernsthaft auf eine Glatze zu. Als er sich vorbeugt, um mir die Hände zu küssen, sehe ich die kleine Lichtung, die auf seinem Kopf entstanden ist, zartrosa leuchten.

»Richard, wenn du etwas von mir willst, sag es doch einfach, und dann lass mich allein, ich bin müde.«

Im Schutz der Dämmerung gehe ich auf die Veranda. Ich bin von Nachbarn umgeben, aus den Fenstern ihrer Häuser schimmert es hell, unsere Allee ist gut beleuchtet, in unseren Gärten gibt es praktisch keine dunklen Ecken, aber ich riskiere nichts, bleibe auf der Hut. Dieses Gefühl kenne ich gut, früher war es fast ein Dauerzustand, dann ist es abgeklungen und nach unserem Umzug weitgehend verschwunden. Immer aufpassen, bereit zum Ausweichen – nicht antworten, schnell das Weite suchen, mögliche Verfolger abschütteln. Das kenne ich.

Es sind gerade mal vier Tage vergangen. Ich zünde mir eine Zigarette an. Inzwischen verstehe ich besser, wie die Sache abgelaufen ist. Ich bin runtergegangen und habe die Hintertür aufgemacht, als ich Marty miauen hörte, und ich fragte mich, warum dieser blöde Kater nicht einfach ums Haus herumgeht, jetzt kann ich mir gut vorstellen, dass der Mann ihn gepackt hat, damit ich herauskomme – und genau das habe ich getan, ich habe aufgehört zu lesen und bin runtergegangen.

An den rein sexuellen Teil des Überfalls erinnere ich mich hingegen überhaupt nicht. Ich stand dermaßen unter Strom – die Summe all dessen, was ich bis dahin ertragen musste, um der von meinem Vater entfesselten Meute zu entkommen –, dass mein Kopf sich ausgeklinkt und von dem eigentlichen Akt nichts behalten hat. Ich kann also erst einmal überhaupt nichts dazu sagen, kann unmöglich wissen, wie mein Körper reagiert hat – und weiß ebenso wenig, was ich mit dieser maßlosen Wut anfangen soll, die mir die Kehle zuschnürt.

Ich bin weder schlimm verletzt noch zerschunden. Ein bisschen aufgeschürft, aber das dürfte bald wieder weg sein. Ich habe nicht so ohne weiteres Analsex, so dass ich leicht geblutet habe, aber das ist nicht weiter schlimm. Das ist dürftig. Ich habe kein Bild vor Augen. Aber der Wortlaut der Nachricht, das Verächtliche im Ton – die Ironie, das Duzen – und in den verwendeten Formulierungen bestärken mich in dem Glauben, dass es sich um eine Bestrafung handelt – die zwangsläufig mit meiner Arbeit oder den Teufeleien meines Vaters zu tun hat –, die jemand für mich bestimmt hat, der mich kennt.

Abgesehen von meiner Wange, die mit ein bisschen Make-up und Puder vorzeigbar ist, habe ich hässliche Male an den Armen und Handgelenken – an den Stellen, wo seine Hände mich in die Zange genommen haben, um mich auf dem Boden festzuhalten –, riesige, an Armbänder erinnernde blaue Flecken, die ich unter langen Ärmeln verberge. Aber das ist Gott sei Dank alles. Zumindest geht es mir nicht wie anderen, die weniger Glück hatten, und ich muss mich nicht für ein völlig verschwollenes Auge erklären oder für einen ausgeschlagenen Zahn, für eine Krücke oder noch Schlimmeres, immerhin kann ich frei entscheiden, wie viel Raum ich der Sache geben will und ob ich ihr überhaupt welchen geben will – im Grunde genommen bin ich nicht so schlimm dran, ich mag mich nicht in ihren großen Zug einreihen, ich will das nicht wie ein Mal vor mir hertragen, wie das Zeichen irgendeiner Zugehörigkeit. Ich bin nicht bereit, auch noch meinen Job aufs Spiel zu setzen, ich habe keine Zeit, mich zu verzetteln, ich muss mich voll darauf konzentrieren können. Meine aktuelle Stelle habe ich mir ehrlich verdient, aber angesichts der Entlassungswelle ist mir bewusst geworden, dass sie alles andere als sicher ist – niemand ist davor gefeit, alles ist möglich, manche haben nur kurz weggeschaut und alles verloren –, also Vorsicht.

Meine Mutter fängt wieder mit meinem Vater an. Sie möchte das während der Weihnachtszeit angehen und betont, es seien womöglich seine letzten klaren Momente. Ohne zu antworten, lege ich auf.

Ich fahre nach Hause. Ich schließe ab. Ich überprüfe die Türen und Fenster. Ich gehe die Treppe hoch in mein Schlafzimmer. Marty springt aufs Bett, streckt sich, gähnt. Für daheim habe ich das Modell Guardian Angel mit K.-o.-Gas ausgewählt – jeder Sprüher schleudert 6 ml Wirkstoff mit 180 km/h heraus.

Ich habe Richard verlassen, bevor er mein Verhältnis mit Robert Vangerlove entdeckt hat, denn ich wollte ihn nicht unnötig verletzen. Es war nie meine Absicht gewesen, Richard zu verletzen. Ich glaube, ich habe mich schon damals geschämt, mit Annas Mann zu schlafen. Sie war meine beste Freundin – und ist es noch immer. Aber die Alternative wäre gewesen, sich zu Tode zu langweilen oder sich aufzuhängen, und so kommt es, dass eines Morgens ein Robert Vangerlove vor einem steht, ein ganz gewöhnlicher und seelenloser Mann, leicht zu durchschauen und etwas dümmlich lächelnd, und man sagt sich: »Warum eigentlich nicht?«, man schwebt, man löst sich in Milliarden unentschlossener Zellen auf, und so hat man plötzlich ein Abenteuer am Hals, einen blassen Mann mit Bauchansatz, einigermaßen nett, aber äußerst unscheinbar, von dem man nicht weiß, wie man ihn loswerden soll, dabei ist er nicht der schlechteste Liebhaber, aber auch nicht mehr.

Er ruft mich an und sagt: »Anna ist am Wochenende nicht da. Willst du …?«

Ich unterbreche ihn. »Mir geht es gerade nicht gut, Robert.«

»Ach ja? Wieso das denn? Ich wäre für ein paar Tage in der Gegend.«

»Ich weiß, Robert. Ich kann auch nichts dafür.«

»Nicht mal mit Kondom?«

»Nein, tut mir leid. Wie war deine Reise? Hast du viele Schuhe verkauft?«

»Die Italiener machen uns kaputt. Ich werde mich noch ein, höchstens zwei Jahre halten können.«

»Bist du die Feiertage über da? Ich weiß es noch nicht. Ich habe noch nichts entschieden.«

»An den Feiertagen kann ich mich nur schlecht rausziehen.«

»Ja, ich weiß, dass du dich an den Feiertagen nur schlecht rausziehen kannst, Robert, aber das macht nichts. Ich kenne deine Situation. Du weißt, ich bin nicht kompliziert.«

Ich lege auf.

Es grenzt an ein Wunder, dass niemand etwas weiß über uns beide. Anna hat mir einmal erzählt, sie habe sich für einen Mann mit einem gewöhnlichen Äußeren entschieden, damit sie ruhig schlafen könne. Ich habe nichts darauf erwidert.

Ich möchte, dass wir Freunde bleiben, wenn wir unser Verhältnis beenden, aber um ehrlich zu sein, habe ich da wenig Hoffnung. Ich kenne ihn nicht sehr gut, auch durch unseren Sex habe ich kaum etwas über ihn erfahren, aber ich glaube nicht, dass er mich als bloße Freundin schätzen würde. Das ist jedenfalls mein Eindruck. Richards Verhältnis zu ihm war immer nur mittelprächtig. »Verdammt, wie hat er es bloß geschafft, sie rumzukriegen?« Diese Frage stellt er regelmäßig – besonders wenn wir von einem Abendessen zurückkommen, bei dem sie auch eingeladen waren und auf dem er vergeblich versucht hat, mit ihr zu flirten. »Tja, Richard, diese Dinge sind und bleiben rätselhaft. Das ist wirklich nichts Neues. Warum kommen zwei Leute zusammen? Schau uns beide an. Das ist doch völlig rätselhaft, oder?«

Diese Episode liegt mehr als zwei Jahre zurück. Einen Monat später waren wir getrennt, und ich konnte endlich aufatmen. Endlich allein. Frei. Befreit von einem Mann, dessen

Laune unerträglich geworden war, befreit von einem Sohn, von dem man nicht so recht wusste, womit er seine Tage zubrachte, und so wenig gefangen in meinem Verhältnis zu Robert, dass es keinen, ja nicht den geringsten Grund gab, es überstürzt zu beenden.

Was für eine Offenbarung. Mit dem Abstand, den ich heute dazu habe, kann ich sagen: Alleinsein ist das schönste Geschenk der Welt, die einzige Zuflucht.

Wir hätten uns früher trennen sollen, wir haben zu lange gewartet. Wir haben uns gegenseitig vorgeführt. Wir haben unsere schlechtesten Seiten hervorgekehrt, wir waren niederträchtig, borniert, gehässig, kleinlich, verstört, launisch, je nachdem, und wir haben wirklich nichts damit gewonnen – eher noch an Selbstachtung verloren, meint er, und das sehe ich auch so.

Jemanden zu verlassen verlangt mehr Mut, als man denkt – außer man gehört zu diesen hirntoten Zombies, zu diesen naiven Seelen, wie sie einem bisweilen begegnen. Jeden Morgen erwachte ich und brachte wieder nicht den Mut auf, die letzten Tage war ich nur noch am Jammern. Wir haben lange gebraucht, um uns voneinander loszureißen. Drei Tage, drei lange Tage und drei lange Nächte, in denen wir die Möbel, die Fotos, die Filme, die Papiere und das Geschirr aufgeteilt haben.

Natürlich gab es Geschrei und einige Kollateralschäden. Richard hat es mir sehr übelgenommen, denn angeblich hatte ich mir den schlimmsten Moment ausgesucht, um ihm das vor den Latz zu knallen. Das waren seine Worte. Er war gerade dabei, sein Projekt zu pitchen – das größte seines Lebens, wie er immer wieder betonte, das ihn auf das Level der ganz Großen katapultieren werde, vor allem wenn Leonardo sich für die Rolle begeisterte –, da kam ich mit diesem Schwachsinn und rammte ihm einen Dolch in den Rücken. Das waren seine Worte.

»Versuch nicht, mir ein schlechtes Gewissen zu machen, Richard. Fang erst gar nicht damit an.«

Zur Antwort hat er mich spontan geohrfeigt.

Am liebsten wäre ich ihm um den Hals gefallen. »Danke, Richard, danke«, habe ich zu ihm gesagt. Im Morgengrauen stieg ich aus dem Taxi und reichte dem Portier mein Gepäck. Unterschrieb an der Rezeption. Sie brachten mich zum Lift. Ich lächelte. Ich würde allein in einem großen Bett schlafen, und das nach drei Tagen heftiger Kämpfe. Halleluja. Ich trocknete einige Freudentränen. Mein Telefon klingelte mehrmals, aber ich ging nicht ran.

Heute Vormittag bin ich mit einem knappen Dutzend Drehbuchautoren im Gespräch. Die vergewaltigte Frau scheut nicht davor zurück, kokett ihre Beine übereinanderzuschlagen, um von ihren Augenringen abzulenken. Ich habe eine schlimme Nacht hinter mir, noch dazu war es das erste Mal, dass ich aus dem Schlaf hochgeschreckt bin – ein Mann liegt auf mir, während ich in meinem Bettzeug verknäuelt bin. Mit einem Schrei des Entsetzens fahre ich hoch, und genau in diesem Moment leuchtet das Display meines Telefons, ich habe eine Nachricht erhalten. Mein Herz beginnt zu pochen.

Die Nachricht lautet: »Akku zu schwach«. Das Gerät schaltet sich ab. Ich schließe es an. Der Mond scheint über dem Garten, sein Licht ergießt sich über die Blätter wie eisiges Blut. Es ist drei Uhr morgens. Der Apparat geht wieder an. Ich knabbere an einem Fingernagel und warte. Draußen höre ich eine Eule schreien. Dann sagt mir der Apparat, dass kein Netz zur Verfügung steht. Ich unterdrücke ein Stöhnen, dann schnappe ich nach Luft. Zum Teufel mit der Technik. In mir brodelt es. Wie viele Telefone auf der Welt wurden wohl in genau diesem Moment zertrümmert? Sind gegen eine Steinwand geschmissen oder unter Durchbrechung der Schallmauer durch ein geschlossenes Fenster geschleudert worden? Ich stehe auf und lehne mich hinaus. Die Luft ist kühl. Ich erschauere. Ich halte das Gerät aus dem Fenster und – o Wunder! – habe endlich Empfang. Die Nachricht lautet: »Sei allzeit bereit, Michèle.«

Ich schreie überrascht auf. Die Eule scheint mir zu antworten. Zitternd schreibe ich: »Hören Sie auf damit. Wer sind Sie?« Ich warte. Keine Antwort. Ich muss eine Pille schlucken, um wieder einschlafen zu können.

Ich rufe einen Schlosser an, lasse einen zweiten Satz Sicherheitsschlösser montieren. An meiner Schlafzimmertür lasse ich ein solides Schloss einbauen, wie man es von Tresoren kennt. Schließlich macht der Handwerker den Vorschlag, das Erdgeschoss mit einer Alarmanlage zu schützen, und ich nehme an.

Abgesehen von Richard fragen sich alle, was eigentlich in mich gefahren ist. Ich behaupte, meine Versicherung habe mir ein Angebot gemacht, um die steigende Verbrechensrate zu bekämpfen, und wechsle das Thema.

Der Mann verbringt den Nachmittag damit, die Anlage zu installieren, sie arbeiten zu zweit, probieren sie aus. Ich weiß nicht, ob ihre Anwesenheit mich beruhigt oder mir im Gegenteil Sorge bereitet. Ich winke dem Paar, das in dem Haus gegenüber wohnt – um ihnen zu bedeuten, dass ich da bin, und um den beiden anderen zu zeigen, dass es Zeugen gibt.

Ich weiß selbst, wie blödsinnig das ist, aber ich kann nicht anders. Sie fahren. Sie haben ein Kästchen in der Diele angeschraubt. Mit farbigen Leuchtdioden. Und einem kleinen Bildschirm, auf dem man sieht, was auf der anderen Seite der Tür passiert.

Ich sehe Richard. Ich mache ihm auf.

Er begutachtet meine Neuanschaffung und meint, sie sei eine gute Entscheidung, noch bevor ich ihm von der zweiten Nachricht erzählt habe. »Eine gute Entscheidung. Es ist besser so. Alles in Ordnung? Hat sich deine Aufregung gelegt?«

Ich zucke kurz mit den Schultern. Wie soll man das – abgesehen von allem anderen – einem Mann erklären? Wie soll ich ihm erklären, was das mit einem *macht*? Ich versuche es gar nicht erst, sondern hole ein kaltes Hühnchen aus dem Kühlschrank und lade ihn ein, es mit mir zu essen.

Er sagt: »Da wir endlich einmal in Ruhe zusammensitzen, möchte ich dir etwas zeigen«, und ich versteife mich, ziehe den Kopf ein. Etwas in mir schreit: »O nein, um Himmels willen, bloß nicht!«, denn ich weiß, worauf wir zusteuern, welchem Abgrund wir uns nähern.

Ich kenne diesen Ton, den er angeschlagen hat. Ich kenne diesen flüchtigen Blick, den er mir eben noch zugeworfen hat und nun sofort hinter seinem breitesten Lächeln versteckt. Richard glaubte lange, in ihm schlummere ein Schauspieltalent – eher so der De-Niro-Typ, meinte er –, das nur darauf wartete, sich zu entfalten, und er hat ein ganzes Jahr lang Unterricht genommen: Das ist dabei rausgekommen.

Er rückt vom Tisch ab, faltet die Hände auf den Knien, beugt sich nach vorn, senkt den Kopf.

»Diesmal bringe ich dir etwas Handfestes, Michèle, glaub mir. Übrigens möchte ich dir bei dieser Gelegenheit sagen, dass deine Ablehnung damals völlig gerechtfertigt war. Du hattest recht, ich war im Unrecht, ich hatte keinen Abstand mehr, ich war hochmütig, reden wir nicht mehr darüber. Vergessen wir das. Aber dank dir konnte ich mir meine Schwächen bewusstmachen und mich wieder an dieses Projekt setzen, das ich lange aufgegeben hatte, an das ich nicht mehr geglaubt habe, natürlich unter Berücksichtigung deiner Ratschläge. Das wird dir gefallen. Da steckt Herzblut drin, im wahrsten Sinne des Wortes.«

Am Ende seiner kleinen Ansprache beugt er sich vor und greift nach einer Plastiktüte unter dem Tisch. Und aus dieser Tüte holt er sein neues Drehbuch.

Anna meint, es tauge nicht viel. Ich gebe ihr recht. Richard ist ein schlechter Drehbuchautor, denn im Grunde verachtet er das Kino. Das Fernsehen verachtet er genauso, aber das hatte nie dieselbe Bedeutung für ihn: Das Fernsehen bietet keine Anerkennung, es bietet weder Reichtum noch Ruhm. Wenn ich sage, dass er das Kino verachtet, dann deshalb, weil er vor allem um sich selbst kreist, und was nicht unter Schmerzen geboren wird, bleibt eine leere Hülse. Sie gibt mir recht. Wir nehmen einen Imbiss in einer Bar im Zentrum, die ganz passable Clubsandwiches zubereitet.

Sie weiß, wie schwer mir das fällt, und bietet mir an, es für mich zu übernehmen, aber ich lehne ihr Angebot dankend ab. Das ist vor allem eine Sache zwischen Richard und mir. So viel bin ich ihm schuldig. Ich bin ihm die Wahrheit schuldig. Kopfschüttelnd denke ich an die Riesenaufgabe, die er und ich zu bewältigen haben. Was kaputtgehen wird, wie wir es wiederaufbauen.

Wie wird er es diesmal aufnehmen? Ich verüble es ihm sehr, dass er uns da hineinzieht, dass er uns wieder in diese Situation bringt, von der wir wissen, wie mühsam und schmerzhaft sie ist – denn wir haben sie schon einmal durchgemacht, und ich betrachte sie heute als die schwierigste Phase meines Lebens.

Wie kann er uns das noch einmal antun? Wie kann er nur frisch verheilte Wunden wieder aufreißen? Er soll wirklich zur Hölle fahren. Was reitet eigentlich all diese Leute, die vom Wert ihrer Arbeit derart überzeugt sind, obwohl man meinen könnte, sie seien bei klarem Verstand und fähig zu erkennen, was nicht gut ist, und zwar schon beim ersten Halbsatz? Was für eine zähe Masse verkleistert ihnen die Augen? Was für eine Verblendung lähmt ihr Gehirn? Was für eine Störung blockiert ihr Denken?

Ich sage ihm, er solle zu mir nach Hause kommen. Eine Stunde vorher höre ich zu arbeiten auf und versuche mich zu entspannen. Ich sammle ein paar Blätter auf, binde einen Rosenstrauch hoch. Schließlich mache ich ein paar Atemübungen.

Er kommt herein. Ich verkünde ihm die Nachricht. Eine Sekunde lang glaube ich, dass er explodieren wird, aber in Wahrheit ist er wie betäubt und rettet sich auf den nächstbesten Stuhl.

»Wow!«, meint er.

»Das stellt die Qualität deiner Arbeit nicht in Frage, Richard. Willst du ein Glas Wein, oder lieber etwas Stärkeres?«

»Woran liegt es denn sonst, wenn nicht an der Qualität? Das möchte ich echt gern wissen.«

»Du weißt, wie es läuft. Es geht ums Verkaufen. Die haben ganz spezielle Vorstellungen. Dagegen können weder du noch ich etwas tun. Du musst dich bedingungslos anpassen. Daran kannst du nichts ändern. Eigentlich ehrt dich das. Gin? Champagner?«

»Findest du, das ist ein guter Grund, Champagner zu trinken? Gibt es was zu feiern? Ich sehe schon, du hast für mich gekämpft wie eine Löwin.«

»Richard, es entspricht nicht dem, was sie suchen. Ich weiß das, dafür werde ich bezahlt. Aber vielleicht interessiert es andere. Versuch es bei Gaumont. Ich glaube, die suchen gerade neue Stoffe. Heutzutage muss man sich verändern, oder man wird geschluckt.«

»Hast du dich für mich eingesetzt? Hast du etwas für mich getan?«

Ich antworte nicht. Ich halte ihm ein Glas Gin Tonic hin. Er steht auf und geht wortlos hinaus.

Vincent hat genau denselben miesen Charakter, kaum zu glauben.

Als wir alle drei zusammenwohnten, machten sie mich wahnsinnig. Ich musste mir das Dachgeschoss ausbauen lassen, damit ich meinen Frieden hatte – und zwar auf meine Kosten, darauf hatte Richard bestanden, obwohl er damals wesentlich besser verdiente. Aber er weigerte sich, einen einzigen Euro zu verschwenden, um meinem Egoismus – manchmal nannte er es auch meine Marotten, Launen oder mein Getue, da variierte er – nachzugeben.

Jedes Mal gab es Streit. Ich fühlte mich in die Zange genommen, von zwei Seiten angegriffen. Als müsste ich alles doppelt büßen, als wäre ich beständig einem Echo ausgesetzt.

Jetzt spreche ich mit Vincent, während draußen ein Gewitter niedergeht, der Himmel hat sich plötzlich verdunkelt, und es hat zu regnen begonnen. Mit einem Schlag ist es kühl geworden. Die Luft füllt sich mit dem süßen Geruch verrottender Pflanzen. Er erzählt mir, dass McDonald's ihn eingestellt hat, und er hofft, bei der Unterzeichnung seines Vertrags einen Vorschuss zu bekommen. Er sitzt in seinem Wagen. Er sagt, was ich höre, seien die riesigen Tropfen, die auf das Dach prasseln, aber ich höre nichts. Weiter meint er, dass er sich noch mal bei mir für die Kaution bedanken wolle, dass er das toll von mir finde, auch Josie danke mir.

Ich nutze eine kurze Pause, um ihn zu fragen: »Du *hoffst* auf einen Vorschuss? Habe ich da richtig gehört, Vincent?«

Ich mache das erste Feuer im Kamin, es ist Ende November. Als ich ein paar Scheite hereinhole, fühle ich mich alt und müde. Richards Reaktion würde fast schon ausreichen, um mir den Abend zu verderben – diese Demonstration totaler Verachtung, dieses griesgrämige Gesicht –, aber der Regen und die Schwierigkeiten von Vincent, das Geld für seine erste Miete aufzubringen, geben mir den Rest, und ich fange an zu weinen.

Marty ist da. Dieser Kater saß gelassen ein paar Meter von mir entfernt, während ich vergewaltigt wurde. Er schläft in meinem Bett. Er isst mit mir. Er folgt mir, wenn ich ins Bad, auf die Toilette oder mit einem Mann ins Bett gehe. Er hält inne und sieht mich an. Da ich keine Schreie ausstoße und mich nicht auf dem Boden wälze, betrachtet er wieder seine Hinterpfote, die er dann lange leckt. Ich wende mich ab.

Richard ruft am nächsten Morgen an und sagt: »Hast du dir diese Rolle des gemeinen Biests, die so gut zu dir passt, eigentlich hart erarbeitet, oder kommt das ganz von alleine?« Ich hatte mit so was in der Art gerechnet. Groll, Verbitterung, Zorn, Kränkungen. Ich halte seine Arbeit nicht für wertlos, aber ich weiß, dass niemand Millionen in dieses Projekt stecken wird, und ich habe keinerlei Einfluss darauf.

»Ach ja? Woher willst du das wissen? Du dumme Schlampe. Du hast doch keine Ahnung!«

Seine Stimme zittert vor unterdrückter Wut. Es musste so kommen, das war ja klar. Deswegen nehme ich es ihm so übel, dass er diese Höllenmaschine wieder in Gang gesetzt hat, die uns ohne jeden Zweifel aufreiben wird.

»Richard, mich runterzuputzen macht dein Drehbuch nicht besser.«

Während ich schlucke, ist es eine Sekunde lang still. Dann höre ich sein gezwungenes Lachen am anderen Ende der Leitung – aber ich kann mir vorstellen, wie er in Wirklichkeit sein Gesicht verzieht, wie sich tiefer Schmerz in ihm breitmacht.

Das erste Mal in zwanzig Jahren sage ich ihm klar und deutlich, dass mich seine Arbeit nicht vom Hocker reißt. Ich hatte dieses Thema immer vermieden, es nie direkt angesprochen, weil ich spürte, dass es unser Verhältnis bis in seine Grundfesten erschüttern könnte. Dieses Thema barg Zündstoff. Und es ist immer noch brenzlig, aber was haben wir heute noch zu verlieren, was nicht schon längst verloren ist?

Man kann einen Mann lieben, ohne ihn für den besten Drehbuchautor aller Zeiten zu halten. Wie oft habe ich mich abgemüht, ihm das indirekt verständlich zu machen? Was habe ich nicht unternommen, um ihn davon zu überzeugen – bis ich verstand, dass ich es nicht schaffen würde, dass er von meiner Seite letztlich keine Kritik vertrug. Wenn ich bei seiner Arbeit nicht in Verzückung geriet, meinte er, ich zweifelte an seiner Männlichkeit, das merkte ich ganz genau, und da ich trotz allem an ihm hing und keinen irreparablen Schaden verursachen wollte, hielt ich unsere Beziehung mit kleinen Notlügen und Halbwahrheiten über Wasser, womit er sich am Ende immer zufriedengab.

Zum ersten Mal in meinem ganzen Leben hing ich an einem Mann, und ich wollte weiterhin unter seinem Schutz stehen, so einfach ist das. Meine Mutter und ich hatten genug durchgemacht, und Richard bot sich an, über uns zu wachen, so dass wir wieder ein normales Leben führen konnten. War das nicht eine Überlegung wert, umso mehr, als ich ihn körperlich attraktiv fand?

»Na endlich! Wurde ja auch Zeit«, sagt er. »Zum ersten Mal in deinem Leben hast du ein bisschen Mut bewiesen. Bravo.«

»Ich habe wieder eine Nachricht bekommen.«

»Was?«

»Ich habe wieder eine Nachricht von dem Mann bekommen, der mich vergewaltigt hat.«

»Nein, also, das soll wohl ein Witz sein, hoffe ich! *Was* hast du bekommen?«

»Sag mal, Richard, bist du taub?«

Ich habe meinen Vater seit dreißig Jahren nicht gesehen, nicht mit ihm gesprochen, und dennoch lässt er mir ein Polaroidbild von sich zukommen, das meine Mutter vor mich auf den Tisch legt. Ich beuge mich vor, um es anzuschauen. Ich erkenne ihn kaum wieder – das Polaroid ist allerdings auch etwas verschwommen. Meine Mutter blickt mich an und hofft auf eine Äußerung von mir, aber ich habe nichts zu sagen.

»Sieh nur, wie abgemagert er ist«, sagt sie zu mir. »Ich habe dir keine Märchen erzählt.«

»Die sollen ihn zwangsernähren«, sage ich. »Die sollen ihren Job machen.«

Wir sitzen auf einer Terrasse mit Blick auf die Seine. Die Regenfälle am Tag zuvor haben das Abfallen der Blätter beschleunigt, und in den kahlen Ästen der Kastanienbäume sind jetzt vereinzelt schwarze Nester zu sehen. Dennoch ist es mild. Ich habe eingewilligt, sie zum Lunch zu treffen, obwohl ich in Arbeit ersticke und mich am anderen Ende der Stadt mit Anna bei einer Filmvorführung treffen muss.

Ich bestelle einen Geflügelmägensalat. Meine Mutter eine Andouillette de Troyes. Badoit für beide. »Du verschwendest deine Zeit, Mama. Ich werde ihn nicht besuchen.« Meine Nasenspitze ist kalt. Der Himmel ist klar, aber es weht ein kühles Lüftchen.

»Er ist jetzt ein alter Mann. Du bist seine Tochter.«

»Das hat für mich keine Bedeutung mehr. Dass ich seine Tochter bin. Das spielt keine Rolle mehr.«

»Er würde eine Minute deine Hand halten, und die Sache wäre erledigt. Du müsstest nicht einmal reden. Er wird jeden Tag schwächer, verstehst du?«

»Gib dir keine Mühe. Iss.«

Ich verstehe nicht, warum sie nunmehr davon besessen ist, diesem Mann das Ende zu versüßen. All diese in Tränen aufgelösten Familien, all diese wütenden Familien, hat sie die vergessen? Und alles, was wir über Jahre seinetwegen ertragen mussten, wegen seiner Taten, hat sie das alles aus ihrem Gedächtnis gestrichen?

»Ich habe gelernt, nachsichtig zu sein, Michèle.«

»Oh, wirklich? Wie schön für dich. Macht es dich glücklich? Weißt du was? Ich beneide dich um ein so beschissenes Gedächtnis, es gibt kein besseres Wort dafür. Beschissen. Total *beschissen*.«

Als ich Anna treffe, bin ich immer noch wütend. »Wir sind seinetwegen durch die Hölle gegangen, du kennst die Geschichte ja, und sie beschließt jetzt im stillen Kämmerlein, dass es an der Zeit sei, die Vergangenheit auszulöschen, einfach so, wie von Zauberhand, das kann doch nicht wahr sein, ich träum wohl, oder? Meinst du nicht auch, dass diese alte Frau langsam verrückt wird?« Anna hält mir eine Packung Kaugummi hin. Ich nehme einen. Das Kauen tut mir gut. In meinem tiefsten Inneren träume ich davon, sie einsperren zu lassen. Mit ihm, wenn sie will, wenn ihr wirklich so viel daran liegt. Und tschüs, Mama. Hier trennen sich unsere Wege. Davon träume ich. Ich schäme mich für solche Gedanken, aber ich träume davon.

Ihr ausschweifender Lebensstil – der im krassen Gegensatz zu der Rolle einer guten Seele steht, die sie bei meinem Vater spielt – geht mir schon genug auf die Nerven. Sie soll den Bogen nicht überspannen. Sie macht einen Fehler, wenn sie glaubt, dass sie mich zu diesem letzten Treffen nötigen kann, da überschätzt sie ihre Kräfte.

Ich hatte damals einen Freund, in den ich bis über beide Ohren verliebt war. Als mein Vater festgenommen wurde, hat er mir ins Gesicht gespuckt – ich kenne nichts, was einem sonst derart das Herz brechen könnte.

Es wird dunkel, als ich nach Hause komme. Ich verlasse mein Auto nur noch mit gezücktem Pfefferspray und einer Militärtaschenlampe im Anschlag, deren Größe und Gewicht mir gegenüber einem Gegner den entscheidenden Vorteil sichern soll – meinte jedenfalls der Waffenhändler, während er das Ding lächelnd in seinen Handteller klatschen ließ. Einen Teil der Strecke von etwa fünfzig Metern, die zwischen der Garage und meiner Haustür liegen, gehe ich rückwärts und so schnell wie möglich. Der Nachbar von gegenüber winkt freundschaftlich, dann gestikuliert er nochmals, um zu fragen, ob alles in Ordnung sei. Ich nicke energisch.

In der Nähe meines Hauses ist ein dunkles Auto geparkt, etwas abseits, halb verborgen durch Büschel hartnäckiger Blätter. Ich sehe es schon die zweite Nacht. Gestern war ich nicht mutig genug und zauderte. Heute bin ich bereit. Vorhin, als es in der Dämmerung parkte, stand ich am Fenster und wusch Reis. Ich blickte auf.

Es ist nicht mehr hell genug, um im Inneren des Wagens noch irgendetwas zu erkennen – ich kann nicht einmal die Marke ausmachen, etwas Belangloses, denn der Mond zeigt nur ein fahles Viertel und ist noch dazu von einem hochgelegenen Wolkenschleier verhangen –, aber ich weiß, dass er da ist, hinterm Steuer sitzt, und dass seine Gedanken auf mich gerichtet sind, dass sie hartnäckig versuchen, mich zu erreichen.

Ich bin gefasst. Konzentriert und angespannt. Ich habe keine Angst. Ich hatte mehrmals Gelegenheit festzustellen, dass die Angst verschwindet, wenn man nicht mehr zurückkann, und in einer solchen Lage bin ich jetzt. Ich habe mich entschieden. Ich warte. Bis er zu mir kommt. Ich habe mich im Halbdunkel eingerichtet und warte, bis er aussteigt. Ich bin bereit, ihn in Empfang zu nehmen. Ihn mit Gas einzusprühen, es ihm heimzuzahlen. Es ist gerade einmal zehn Uhr, aber im November ist hier nach Einbruch der Dunkelheit niemand mehr draußen. Er hat freie Bahn.

Plötzlich, ich kann es gar nicht glauben, sehe ich die Glut eines Zigarettenanzünders aufscheinen. »Das gibt's doch nicht!«, entfährt es mir, ich bin ehrlich verblüfft.

Um elf zündet er sich seine dritte Zigarette an. Ich muss mich zurückhalten, um nicht vor Wut loszuschreien. Es ist nicht mehr auszuhalten. Ich vergesse alle Besonnenheit, alle Vorsichtsmaßnahmen und sage mir, wenn er nicht zu mir kommt, gehe ich eben zu ihm. Auf meinen Fersen kauernd, öffne ich die Tür einen Spalt und schlüpfe nach draußen, knabbere dabei nervös an meinen Lippen. Ich umrunde das Haus, um ihn von hinten anzugreifen – mein Atem geht stoßweise, die Knie zittern, die Zähne sind zusammengebissen, ich bin bewaffnet mit meiner Taschenlampe, dem Spray und dem unbändigen Wunsch, es hinter mich zu bringen.

Als Andenken an ihn habe ich nur noch ein leichtes Brennen und ein paar verblassende blaue Flecken, aber was ich körperlich empfinde, zählt nicht – noch einmal, ich habe einiges erlebt, was ich für wesentlich schlimmer halte als die Penetration im eigentlichen Sinne –, was zählt, ist, was ich *im Kopf* empfinde, was zählt, ist, dass er mich *mit Gewalt* genommen hat, und das verleiht mir in diesem Moment die Kraft.

Ich muss den Überraschungseffekt nutzen, so wie er es

gemacht hat. Ich stand noch unter Schock, als er mich auf den Boden gedrückt hat, mein Herz hatte noch nicht wieder zu schlagen begonnen, als er mir meinen Slip zerriss, und ich wusste nicht, wie mir geschah, als er in mich eindrang und mich in Besitz nahm.

Ich hole tief Luft. Sammle meine Kräfte. Ich bin kurz davor umzukehren, verziehe wortlos den Mund, dann beschreiben mein Arm und die Militärtaschenlampe einen Halbkreis, und die Windschutzscheibe auf der Beifahrerseite zerspringt mit einem Schlag.

Ich höre einen Schrei, doch ich bin schon mit ausgestrecktem Arm dabei, das Innere vollzusprühen – und als ich mein Spray in Richtung der Gestalt entleere, die sich auf dem Sitz krümmt, bin ich tatsächlich einen Moment so nah am Orgasmus, dass ich nicht gleich den armen Richard erkenne, der einer Ohnmacht nahe scheint, aber die Beifahrertür aufbekommt und sich stöhnend auf den Asphalt fallen lässt.

Das hatte ich vergessen, dass Richard so sein kann – um meine Sicherheit besorgt, trotz unserer heftigen Auseinandersetzungen. Ich bereue, dass ich ihn wegen seiner Arbeit verletzt habe, selbst wenn es notwendig war. Seine Augen sehen schrecklich aus: rot, verquollen, blutunterlaufen. Ich bringe ihn nach Hause, denn er kann unmöglich fahren.

Es gibt eine Frau in seinem Leben. Ich erfahre es bei dieser Gelegenheit. Ihr gehört das Auto, dessen Scheibe ich zertrümmert habe.

Nicht, dass ich eifersüchtig wäre. Richard und ich sind seit fast drei Jahren getrennt, und ich hatte gleich danach ein paar Frauen auf seine Spur gesetzt, damit ihn die schwere Zeit der Scheidung so wenig wie möglich schmerzte. Ich bin nicht eifersüchtig, aber ich bin auch nicht teilnahmslos. Es gibt viele Frauen in diesem Business, diese Welt zieht sie an, und es fanden sich immer einige, die meinten, dass ein Drehbuchautor, der zwei oder drei Erfolge verbuchen konnte, wichtige Leute kannte und dabei ganz passabel aussah, es wert war, dass man sich mit ihm beschäftigte. Ich achtete außerdem darauf, dass sie nicht zu intelligent waren und damit in der Lage, einen Mann mit Haut und Haaren zu verschlingen oder machiavellistische Pläne auszuhecken. Ich war auf der Hut vor Frauen mit großen Brüsten, aber auch vor solchen, die Sherwood Anderson oder Virginia Woolf lasen und kurzen Prozess mit ihm gemacht hätten.

Hélène Zacharian. Ich setze ein Unfallprotokoll mit diesem Namen auf.

»Sie ist *eine* Freundin, nicht *meine* Freundin«, sagt er.

»Du bist mir keine Rechenschaft schuldig.«

Ich unterzeichne das Protokoll und lege es ins Handschuhfach, während er mich mit seinen tränenden und geröteten Augen beobachtet. Ich habe Mitleid mit ihm und lächle ihn an. Ich gehe einige Minuten mit hinauf, um mir ein Taxi zu rufen. Als er sich aus Tempos Kompressen mit kaltem Wasser macht, schaue ich mich kurz um, und obwohl kein Kleidungsstück oder Gegenstand die Anwesenheit einer Frau erkennen lässt, spüre ich, dass hier eine Frau lebt, dass sie zumindest Zeit hier verbringt. Ich gehe sogar noch weiter: Vor einigen Stunden war sie noch da.

Vincent ist auskunftsfreudiger und gewillt, mit mir über die neue Lebensgefährtin seines Vaters zu sprechen. Er gibt sich übertrieben erstaunt. Ich wusste gar nichts davon? Wie ist das möglich? Vor fünf Minuten trug er noch ein gelbes

Hemd, eine marineblaue Hose und eine rote Mütze mit einem gestickten McDonald's-Logo auf dem Kopf, ich beobachtete ihn vom Gehsteig aus, wie er Tische abwischte und Tabletts stapelte, als würde er durch ein Trümmerfeld irren, und musste mich abwenden. Ein frischer Wind weht die Avenue hoch wie eine unsichtbare Flamme.

Ich komme von einem Termin mit einem Schriftsteller, der kurz die Zahlen überschlagen hat und nun bereit ist, nach seiner Romanvorlage ein Drehbuch zu schreiben. Ein interessanter Typ, den ich unbedingt im Auge behalten will.

Nach dem, was Vincent mir berichtet, sind sie seit einigen Wochen zusammen, sie ist viel jünger als ich. »Ich verstehe nicht, warum er dir nichts davon erzählt hat.«

Es ist zugleich seltsam und einleuchtend – aus seiner Perspektive natürlich genauso.

Zwei Stockwerke liegen zwischen uns. Hélène Zacharian arbeitet im zweiunddreißigsten bei Hexagone. AV Productions sitzt im dreißigsten. Vincent meint, sie und ich könnten ja bei Gelegenheit zusammen essen gehen, aber ich finde das nicht lustig.

Wie geht es Josie? Es geht ihr gut. Sie ist unglaublich dick. Sie hat dreißig Kilo zugenommen, vielleicht sogar mehr. Sie kann sich kaum noch bewegen und hängt den ganzen Tag vor dem Fernseher. Ich lege ihm die Hand auf den Arm und frage ihn, ob er sich seiner Sache wirklich sicher sei. Er wirft mir einen verächtlichen Blick zu und schiebt meine Hand weg, als sei sie etwas Abstoßendes – der Undankbare, das Kind, das ich unter dem Herzen trug, das ich von A bis Z geschaffen und dem Nichts entrissen habe!

Ich bin ein wenig gekränkt, dass mir diese Sache vorenthalten wurde, umso mehr, als ich nicht damit gerechnet habe. Ich bin ein wenig irritiert bei dem Gedanken, dass Richard ein neues Leben anfangen könnte.

Oh, jetzt bin ich für den Rest des Tages demoralisiert. Ich fühle bei Anna vor, schlage jedoch ihre Einladung aus, als ich erfahre, dass Robert zurückgekommen ist – dieses widerwärtige Manöver, das wir regelmäßig vor ihr absolvieren, um uns nicht zu verraten, und das seiner Ansicht nach unsere Beziehung »aufpeppt«, ist für mich nur noch eine Qual.

Es wird dunkel, und ich versuche eine Weile zu arbeiten oder einen Film anzusehen, gebe aber auf, weil ich mich auf nichts konzentrieren kann. Ich gehe hinaus. Draußen rauche ich eine Zigarette, doch ich bleibe in der Nähe der Tür und habe meinen Guardian Angel dabei. Es ist Dezember, und zum ersten Mal ist es nicht kühl, sondern kalt, die Nacht ist tiefschwarz, der Himmel völlig klar, die Mondsichel so dünn wie ein Stück Draht, ohne jeden Lichtschein. Es ist spät. In stilles Dunkel getaucht wirkt die Umgebung bedrohlich. Und dennoch ist diese Bedrohung anziehend, hält wach, erfüllt im tiefsten Inneren mit Spannung. Ich glaube, ich bin echt verrückt, ich wünsche mir, dass er da ist, im Dunkel verborgen, dass er hervorschnellt und dass wir handgreiflich werden, dass ich mich mit ihm messen kann, mit all meiner Kraft, mit Fußtritten, Faustschlägen, Bissen, dass ich ihn am Schopf packe, ihn nackt an mein Fensterbrett fessele. Mein Gott, wie komme ich nur auf so schreckliche Gedanken?

Wenn ich eine vernünftig handelnde Frau wäre, würde ich meiner Mutter die Wohnung nicht mehr bezahlen und sie zu mir ins Haus holen. Mein Vermögensberater, ein Mann mit verschlagenem Blick und unvorteilhaftem Äußeren, der aber für seine guten Ratschläge bekannt ist, findet, ich solle die Zukunft vorsichtig planen, und das ist sein Vorschlag, was Irènes Miete anbelangt. Wenn ich vernünftig wäre, würde ich mich bestimmt dazu durchringen, aber Vernunft spielt hier nur noch eine Nebenrolle, ich habe ganz einfach nicht mehr die nötige Energie, um mit ihr zusammenzuwohnen – ich habe keine Lust dazu, geschweige denn die Geduld. Ich schüttele den Kopf. Ich bin mir bewusst, dass es nicht mehr so leicht sein wird, dass die fetten Jahre vorbei sind, dass wir das Beste hinter uns haben, dass wir auf Nummer sicher gehen sollten, die Ausgaben verringern, sparen usw., aber manchmal ist es besser zu sterben, als nur mit halber Kraft zu leben, in einer Art Wahnsinn und ständiger Gereiztheit. Ich sage ihm, dass ich darüber nachdenken werde.

Ich habe sehr schlecht geschlafen und die ganze Nacht über den Ereignissen des Vortags gebrütet, habe darüber nachgesonnen, dass Richard eine Frau kennengelernt hat, Robert wieder da ist, dass Vincent und Josie ein absurdes Paar abgeben, dass ich ein scheußliches Verhältnis zu meiner Mutter habe und was für extreme Bilder mir durch den Kopf gehen, wenn ich an meinen Angreifer denke. Es war eine furchtbare, tödliche Nacht, der auch mit einer Handvoll Pillen nicht beizukommen war. Ich hätte den Tag daher wirklich gern anders begonnen als mit dem Besuch meines Vermögensberaters, der mir verkündet, dass die Zeiten hart sind, die Sanierung Europas ungewiss und die Aussichten trübe. Aber das ist noch nicht alles. Ich habe kaum Zeit, ein Aspirin zu nehmen, da schlüpft Robert in mein Büro und zieht die Tür hinter sich zu – ganz vorsichtig, mit einem Finger auf den Lippen. »Entschuldige, Robert, aber ich…« Ich will ihm erklären, dass ich in meine Arbeit vertieft bin und dass er stört, aber im Nu stürzt er sich auf mich und saugt an meinem Mund. Ich habe zwar gesagt, er sei ein ganz ordentlicher Liebhaber, muss aber doch sagen, dass ich kein großer Fan seiner feuchten Küsse bin und genauso wenig davon, wie er mir mit dem Feingefühl eines schlechtgelaunten Jugendlichen seine Zunge in den Hals steckt. Als ich es schaffe, seine Lippen von den meinen zu lösen, macht er seine Hose auf und sagt, ich könne ihn streicheln. »Wenn das so ist, halt ihn über den Papierkorb«, sage ich. Am späten Vormittag nutze ich die kurze Pause nach einem nervtötenden Termin mit dem Programmdirektor eines Kabelkanals – der noch vor einem Monat Manager bei L'Oréal war und *Mad Men* für einen Dokumentarfilm über eine psychiatrische Klinik hält –, um meine Nachforschungen bei Hexagone anzustellen.

Es stimmt tatsächlich, Hélène Zacharian und ich arbeiten im selben Büroturm, zwei Etagen liegen zwischen uns, sie ist eine hinreißende Dunkelhaarige mit wachem Blick, die am Empfang arbeitet, und mir scheint, ich bin ihr schon ein paarmal im Aufzug begegnet. Ich glaube, meine Sorgen sind berechtigt. »Ich bin die Ex von Richard«, sage ich, reiche ihr mit einem offenen Lächeln über die Mattglastheke hinweg die Hand und versuche dabei so heiter wie möglich auszusehen.

»Oh, freut mich, wie schön«, antwortet sie mir und drückt herzlich meine Hand.

»Wir sollten uns mal verabreden in den nächsten Tagen«, sage ich. »Zumindest braucht uns Richard jetzt nicht mehr vorzustellen.«

»Aber ja … Natürlich. Jederzeit gern.«

»Na, dann sagen wir nächste Woche. Ich kläre die Details mit Richard. Lassen Sie mich nur machen.«

Ich nehme die Treppe, weil ich nicht unter ihrer Beobachtung auf den Lift warten will. Meine Absätze klappern hektisch auf den Betonstufen der Nottreppe, während ich den Rückzug antrete.

Seien wir ehrlich: Ich bin eher fünfzehn Jahre älter als sie, und sie ist so hübsch, wie ich befürchtet habe.

Solange sich meine Mutter weigerte umzuziehen, hatten wir alle erdenklichen Schikanen und Qualen ertragen müssen. Ich war schon über zwanzig – mein Vater befand sich seit fünf Jahren in Isolationshaft und hatte den Ehrentitel »Monster von Aquitanien« verliehen bekommen, nachdem er siebzig Kinder in einem Ferienlager an der Atlantikküste erschossen hatte –, als ich Richard kennenlernte, und er hat nicht nur in meinen jungen Jahren über mich gewacht und ist neben Irène deren einziger Zeuge, sondern er hat auch mein Leben verändert, er hat mich und meine Mutter gerettet, ich kann es nicht anders sagen, und ich habe plötzlich Angst, dass all das zu Ende geht.

Zum ersten Mal in meinem Leben habe ich das Gefühl, ich könnte Richard verlieren, und ich versuche nicht, es zu verbergen. Anna drückt mich einen Moment, küsst mich auf die Stirn und bestellt zwei Croque-monsieur, zwei Salate mit Olivenöl aus den Abruzzen und stilles Wasser.

Anschließend gehen wir ins Kino, dann bringt sie mich heim, und dann bekommt sie Lust, eine letzte Zigarette vor meiner Tür zu rauchen, bevor sie aufbricht. Wir stellen unsere Kragen auf, lassen beim Rauchen unsere Handschuhe an.

Ich sage ihr, dass ich an diesem Abend nur dank ihr nicht völlig verzweifelt bin. Sie antwortet: »Sehr gut. Du kannst dich bestimmt mal revanchieren.« Ich schaue auf, um den wunderbaren Sternenhimmel an diesem Abend zu betrachten. »Ich bin vergewaltigt worden, Anna. Es ist vor fast zwei Wochen passiert.«

Ohne das Firmament aus den Augen zu lassen, warte ich auf ihre Reaktion, aber es kommt keine, man könnte meinen, sie sei tot oder plötzlich taub geworden oder dass sie mir nicht zuhört. »Hast du mich gehört?« Ich spüre, wie ihre Hand nach meinem Arm greift. Dann wendet sie sich mir zu, ihr Gesicht ist weiß. Wie versteinert. Nun drückt sie mich. Wir stehen reglos da. Sind totenstill. Und vollkommen stumpf. Ich spüre ihren Atem an meinem Hals.

Wir gehen ins Haus. Sie wirft ihren Mantel aufs Sofa. Ich mache ein Feuer. Wieder starren wir uns an. Danach holt sie tief Luft und fragt mich nicht, wie ich mich fühle. Sie weiß es. Natürlich. Dann wirft sie mir vor, dass ich so lang gewartet habe, es ihr zu sagen, und ich probiere, ihr zu erklären, wie unsicher ich mich fühlte und dass ich wahrscheinlich erst einmal versucht war, die Sache totzuschweigen. »Oh«, sage ich, »weißt du, mir war nicht klar, wie ich damit umgehen sollte. Es hat nicht wirklich weh getan, ich bin nicht an Patrick Bateman geraten, verstehst du? Ich konnte sehr wohl darüber hinwegsehen, niemandem davon erzählen. Das war das Einfachste. Ich wusste nicht, was ich tun sollte, verstehst du?«

»Mir so eine Sache zu verschweigen. Meine Güte.«

»Abgesehen von Richard bist du die Erste, der ich davon erzähle.«

»Du erzählst Richard davon, aber mir nicht? So was. Das soll mal einer verstehen!«

Ich setze mich neben sie, und wir sehen dabei zu, wie das Feuer größer wird, wie die Flammen an dem bullernden Kaminabzug hinaufzüngeln. Je mehr Zeit vergeht, desto mehr bereue ich, dass ich den Annäherungsversuchen von Robert nachgegeben habe und unser Verhältnis fortsetze. Ich denke an den Preis, der zu bezahlen wäre, wenn sie es irgendwann entdeckt, und ich erschauere neben ihr. Ich denke daran, wie feig ich mich verhalte, was für ein ausgemacht schlechtes Beispiel ich abgebe, und ich zittere hemmungslos, bis sie mir den Rücken streichelt und immer wieder sagt, dass alles in Ordnung sei, na, ist ja gut, als ob ich gleich in Tränen ausbrechen würde.

Anna hat mir erzählt, dass ich ununterbrochen geschrien habe, von dem Moment an, als ich frühmorgens eingeliefert wurde, bis spät in die Nacht hinein, als die Geburt endlich vorüber war – und mein Körper in letzten, fürchterlichen Höllenqualen von der unerbittlichen Kreatur erlöst wurde, die in ihm hauste und ihn Tag und Nacht drangsalierte und ihm beispielsweise auf die Blase drückte, ihn aushungerte oder der Zigaretten beraubte.

Sie lag im Zimmer nebenan, hatte gerade ihr Kind verloren und wäre bei meinem Gebrüll bald durchgedreht, sagte sie mir, wenn sie nicht schließlich aufgestanden wäre und mir Gesellschaft geleistet hätte. Die Wehen beruhigten sich ein wenig, und sie blieb einige Stunden bei mir, das Drama, das sie durchgemacht habe, meinte sie, werde dank des Kindes, das ich zur Welt bringen würde, leichter zu ertragen sein, eine Entschädigung für ihres.

Heute Morgen hatte Josie Blut in ihrem Slip, und sie sind ins Krankenhaus gerauscht, wo ich jetzt mit Kaffee und Croissants aus der Cafeteria zu ihnen stoße. Sie weiß es zu schätzen, dass ich gekommen bin, und für mich ist es wichtig, dass sie mich nicht als Gegnerin betrachtet, wenn ich eine Situation im Auge behalten will, die Vincent anscheinend kein bisschen unter Kontrolle hat.

»Wenn es jetzt losgeht, ist sie zu früh dran«, erklärt mir Vincent.

»Deine Mutter kann selbst zählen, Vincent«, sagt Josie.

Es braucht nicht viel, um sich über die Stimmung klarzuwerden, die in einer Beziehung herrscht, eine kleine Bemerkung reicht, manchmal auch schon ein einziger Blick oder ein beredtes Schweigen, und schon ist alles gesagt. Daraufhin nimmt eine Krankenschwester Josie mit, und Vincent sagt mir, dass er fest entschlossen ist, das Kind anzuerkennen – und ich denke sofort: Warum setzen wir solche Dummköpfe in die Welt? Ich habe mir geschworen, nicht mehr in dieses Leben einzugreifen, das sie aufbauen wollen, aber ich kann nicht mehr an mich halten.

»Denkst du eigentlich ab und zu mal ein bisschen nach? Weißt du, worauf du dich einlässt? Es ist ein Gefängnis, Vincent, du stößt die Tore zu einem Gefängnis auf, lüg dir nicht in die Tasche, mein Sohn, stell dich der Realität. Es ist ein Käfig, glaub mir. Du liegst in Ketten. In einem Gefängnis.« Resigniert winke ich ab, noch bevor er überhaupt den Mund aufmacht, um mir zu antworten – er hat mich schon zornig angefunkelt, er ist blass geworden, eine Ader zuckt auf seiner Stirn, ich bin das Schlimmste, was ihm je in seinem Leben widerfahren ist.

Josie kommt auf einer Trage zurück und verkündet mit ernster Miene, dass sie innerhalb der nächsten Stunde entbinden wird. Mein Blick begegnet dem von Vincent, bevor er Josie hinterhereilt, es ist der Blick eines verschreckten Kindes – und ich tue rein gar nichts, um es zu beruhigen. Ich bin überzeugt davon, dass sie nicht lange zusammenbleiben werden. In dieser Stadt zu leben erfordert ein Minimum an finanziellen Mitteln, die sie ganz offensichtlich nicht haben, und dann wird alles recht schnell gehen. Nur wird das Leben, das sie erwartet, etwas schwieriger sein als zuvor, etwas schwieriger zu entwirren, aber es gibt kein Zurück, was geschehen ist, ist geschehen.

Ich möchte nicht an Josies Stelle sein. Ich muss nur an die Prüfung denken, die sie erwartet, und bin der Ohnmacht nahe. Wenn ich höre, wie manche Frauen sagen, sie hätten die Geburt ihres Kindes erlebt wie einen Orgasmus, muss ich schallend lachen. So was Blödsinniges ist mir selten untergekommen – das klingt, als würde man Überlebende aus alten Zeiten hören, deren Gehirn in der Sonne verdorrt ist und die gerade von einem Trip runterkommen. Tausend Tode. Tausend Tode bin ich gestorben für Vincent. Von wegen tausend Wonnen. Spaß beiseite. Scheuen wir uns nicht, die Wahrheit zu sagen.

Es ist ein schöner Tag, kalt und sonnig. Die Luft riecht gut. Ich nutze die Gelegenheit und gehe in der Stadt spazieren – bleibe aber auf den belebten Straßen. Ich schicke Vincent eine Nachricht, um ihn zu fragen, ob er etwas braucht, schließe aber aus seiner vagen Antwort, dass er immer noch nicht gut auf mich zu sprechen ist.

Im Lauf des Nachmittags versuche ich mehrmals, ihn anzurufen, aber er geht nicht ran. Dann habe ich eine lange Besprechung mit zwei Autoren einer Serie, die jede Kürzung, die ich von ihnen verlange, jede Korrektur und jeden Strich des Rotstifts als persönliche Beleidigung auffassen, als Schlag unter die Gürtellinie, als Angriff auf ihr Genie – einer von ihnen haut schließlich sogar mit der Faust auf den Tisch, rennt raus auf den Gang und knallt die Tür zu. Als er zurückkommt, scheint er sich beruhigt zu haben, und wir machen weiter bis zum nächsten Problem, das sich nur allzu bald einstellt.

Ich lasse sie erst in der Abenddämmerung gehen, ihre Laune ist miserabel. Ich kann nur immer wieder staunen, wie groß ihr Ego ist und wie überzeugt sie von sich sind, dabei sind sie selten gut und allzu oft durchschnittlich. Auf dem Parkplatz verabschieden wir uns mit einem kurzen Gruß, und ich glaube, in dem seltsamen Lächeln von einem der beiden – ein Kerl um die dreißig mit kantigem Gesicht und strohigen Haaren – ein Aufleuchten purer Verachtung auszumachen, und ich denke, so ein Typ könnte es sein, genau so ein Typ könnte es sein, ein Typ, den ich vernichtend kritisiert habe, an dessen Arbeit ich etwas auszusetzen hatte, ein Typ, dessen Intelligenz, Überlegenheit und Knowhow ich angezweifelt habe. Und das als Frau. Es ist dunkel geworden. Ich wäre jetzt ungern mit ihm allein auf weiter Flur.

Vincent ruft mich endlich aus einer Telefonzelle an – er hat kein Guthaben mehr –, während ich am Louvre im Stau stehe – die Place de la Concorde ist ein Ozean aus Rücklichtern, der auf geheimnisvolle Weise von langsamen, kaum wahrnehmbaren inneren Strömungen durchlaufen wird.

»Wahnsinn, Mama, es ist ein Junge!«, brüllt er mir völlig euphorisch ins Ohr.

»Ja, Vincent, schon gut… Aber es ist nicht *dein* Junge. Verlier das nicht aus den Augen.«

»Ich bin superglücklich, ehrlich. Superglücklich.«

Er schnauft, als würde er seilspringen.

»Vincent, hast du mich verstanden?«

»Was? Nein, was hast du gesagt?«

»Ich sagte, dass es nicht *wirklich* deiner ist, Vincent. Das ist alles. Wie viel wiegt er eigentlich?«

Eisiges Schweigen am anderen Ende der Leitung. »Wessen Sohn soll er sonst sein, wenn nicht meiner?«, meint er plötzlich in einem ganz anderen Tonfall. Ein Unwetter ist im Anzug, das spüre ich deutlich, aber da kann man nichts machen. »Etwa deiner?«, fährt er keuchend fort. »Oder der des Papstes vielleicht?«

»Der seines Vaters, würde ich sagen. Und du bist nicht sein Vater, Vincent.«

Ich weiß, was er gerade tut: Er drischt den Hörer gegen eine Wand oder sonst irgendwas. Eine Geste blinder Wut. Es ist nicht das erste Mal, dass er sich zu so einer Einlage hinreißen lässt. Er hat mir zu verstehen gegeben, dass es eigentlich gar nicht das Telefon ist, das er in diesen Momenten zerschmettern möchte. »Den Tag«, habe ich zu ihm gesagt, »an dem du Hand gegen mich erhebst, Vincent, kann ich kaum erwarten« – und dann haben wir auf unser Wohlergehen angestoßen, denn an diesem Abend waren wir guter Laune und in der Lage, ohne Hintergedanken über uns selbst zu lachen. Ich habe diesem Jungen keinesfalls verborgen, durch welche Hölle ich bei seiner Geburt gegangen bin, aber ich habe ihm niemals verraten, was für eine wahnwitzige Liebe ich für ihn empfand – und ich liebe ihn bestimmt immer noch von ganzem Herzen, Vincent ist mein Sohn, aber mit der Zeit flaut wohl alles ab. Ich habe es nicht sonderlich geschätzt, ihm die Brust zu geben, aber wie glücklich hat er mich danach gemacht, was für eine Erfüllung – ein neues, ungeahntes Gefühl – habe ich durch ihn erfahren, was für grenzenlose Freuden des Mutterdaseins hat er mir geschenkt – in etwa bis zu dem Zeitpunkt, als die ersten Mädchen ins Spiel kamen.

Dass ich dieses Kind empfangen habe, hat mich vor der psychischen Apokalypse gerettet, in die mich mein Vater hineingerissen hatte, mit Vincent hat für mich ein neues Leben begonnen, mit diesem kleinen Weltwunder, das so weit entfernt ist von dem planlosen Grobian, mit dem ich es heute zu tun habe und der gerade der Vater eines Kindes werden will, das nicht von ihm ist, nachdem er dessen Mutter geheiratet hat. So eine Geschichte geht in einem von tausend Fällen gut aus, und wenn es außer mir niemanden gibt, der ihm das sagt, wer soll es dann sonst auf sich nehmen?

Richard ganz sicher nicht, denn er scheint derzeit andere Prioritäten zu haben – ich muss zugeben, dass ich nicht so ungerührt bin, wie ich es sein sollte hinsichtlich des neuen Lebens, das er anstrebt, ohne sich die Mühe zu machen, es mir mitzuteilen, oh, mir ist schon bewusst, dass er dazu nicht verpflichtet ist, aber wir haben zwanzig Jahre zusammengelebt, ich habe zwanzig Jahre mit ihm geschlafen, wir saßen uns beim Essen gegenüber, haben das Badezimmer, das Auto und den Computer geteilt, kurz und gut – ich weiß es nicht, keine Ahnung, ob er mir etwas schuldig ist, keine Ahnung, ob ich würdig bin, über seine Pläne auf dem Laufenden gehalten zu werden, keine Ahnung, ob ich für ihn etwas anderes bin als ein Stück Scheiße, das frage ich mich manchmal ernstlich. Richard wird es also ganz sicher nicht tun, hat er doch seinen Sohn umso mehr in Schutz genommen, je steiler es mit unserer Beziehung bergab ging und je mehr seiner Kinoprojekte abgelehnt wurden.

Ich rufe ihn trotzdem an, um mit ihm darüber zu sprechen, und er sagt mir: »Ich bin im Krankenhaus.« Mir stockt das Blut in den Adern, fast ramme ich das Auto vor mir, aber er fügt hinzu: »Ich bin rausgegangen, um eine zu rauchen. Vincent will nicht mit dir reden.«

Ich spüre, dass ich nicht hier sein sollte, sondern dort, und dass Richard vor Ort ist, löst bei mir Schuldgefühle aus. »Ich wollte dich um Unterstützung bitten«, sage ich. »Ich möchte, dass du die Gelegenheit nutzt, um mit ihm zu sprechen und ihm klarzumachen, dass er nicht überstürzt handeln und leichtfertig die Weichen für sein Leben stellen soll. Hallo? Hörst du mich?«

»Ich glaube nicht, dass es nur einen einzigen richtigen Weg gibt, sein Leben anzugehen.«

»Es gibt aber einen falschen, das kannst du mir glauben. Er hat keine Ahnung. Er ist noch ein kleiner Junge, siehst du das nicht? Ich sage gar nicht, dass sie eine schlechte Frau ist, ich zweifle seine Entscheidung nicht an, aber es ist einfach ein bisschen *zu früh*, ist das für dich nicht offenkundig? Siehst du nicht, in was sie sich da Hals über Kopf hineinstürzen? Ich frage mich, ob du dir noch die Zeit nimmst, sie dir anzuschauen, ob du dafür noch die Zeit hast, entschuldige bitte, Richard, aber ehrlich gesagt ist das schon eine Frage, die ich mir stelle.«

»Beruhige dich.«

»Nein, ich mache mir nun mal Sorgen. Ich bin nicht sicher, ob du der Lage gewachsen bist. Aber egal, hör zu. Ich mache ein Essen bei mir, sobald Josie aus dem Krankenhaus entlassen wird. Die ganze Familie soll zusammenkommen. Anna und Robert werden da sein, meine Mutter auch. Deine Freundin habe ich schon eingeladen. Wie wäre es, wenn du mir hilfst? Ich fand sie übrigens bezaubernd. Du könntest dich ums Einkaufen kümmern, was meinst du? Dann wirst du uns deine neue Auserwählte vorstellen.«

Ich könnte schwören, dass er mit den Zähnen knirscht. Ich sehe ihn vor mir, wie sich seine Miene verfinstert und er seine Schultern hängen lässt. »Ich will keine große Sache daraus machen«, füge ich hinzu, »aber ich hätte es lieber von dir erfahren.« Ich lege auf, bevor er es tut – zugegeben, ich bin vielleicht nicht die umgänglichste Person auf der Welt und kann mich wie ein richtiges Miststück aufführen, aber ich finde, das hat er verdient. Er hat mich verletzt. Ich schaffe es schließlich, die Place de la Concorde zu verlassen, und fahre auf die Brücke, mit zusammengebissenen Zähnen und tränenfeuchten Augen. Ich habe soeben realisiert, dass ich keinen Mann, keinen Sohn und keinen Vater mehr habe. Ich fahre an den Quais entlang, schaue auf die Lastkähne, die hässlichen Touriboote, die Lager der Obdachlosen. Das ist eine Feststellung, ich ziehe keinerlei Schlüsse daraus. Um mich herum hat sich Leere breitgemacht, und ich bin überrumpelt und fassungslos.

Als ich zu Hause vorfahre, stoße ich buchstäblich mit dem Nachbarn aus dem Haus gegenüber zusammen, Patrick weiß-nicht-mehr. Er taucht im Scheinwerferlicht auf, wankt dann, den Kopf in den Händen haltend, über die Allee und kommt auf mich zu, als ich aus dem Auto steige. »Schnell, gehen Sie rein«, sagt er zu mir. »Da ist ein Herumtreiber in der Nähe!«

»Was sagen Sie da?«

»Gehen Sie rein, Michèle. Bleiben Sie nicht hier draußen. Dieses Schwein hat mich fast bewusstlos geschlagen. Gehen Sie rein, schließen Sie sich ein, ich schaue mich um.«

»Wenn Sie wollen, kann ich Ihnen eine Taschenlampe geben. Geht's Ihnen gut? Sie sind doch hoffentlich nicht verletzt?«

»Nein. Gehen Sie. Machen Sie sich keine Sorgen. Ich gebe sie Ihnen morgen zurück. Gehen Sie. Er sollte besser zusehen, dass ich ihn nicht zu fassen kriege, das möchte ich ihm geraten haben.«

Seine Worte klingen blutrünstig, aus seinen Nasenlöchern schießt weißer Atem in die eisige Nachtluft.

Ich bin keine bekannte Persönlichkeit, mein Nachname steht auf meinem Briefkasten, und jeder kann ihn dort ablesen, aber ich bin doch recht erstaunt, dass er mich mit meinem Vornamen angesprochen hat, als wäre es das Natürlichste der Welt, obwohl wir nie mehr als ein paar Worte gewechselt und uns nur einige Male zugenickt haben, seit sie letzten Frühling eingezogen sind, guten Tag, schönen Abend. Ich weiß nicht recht, was ich davon halten soll. Ich schalte den Alarm ab und lasse ihn herein.

»Meine Frau ist immer noch ganz aufgewühlt«, erklärt er mir. Wir kommen in die Küche. Ich gebe ihm die Lampe. Ich schenke ihm ein Glas Wasser ein. Ich weiß nicht einmal so richtig, wer er ist. Er will, dass ich seine Telefonnummer aufschreibe und nicht zögere, ihn zu jeder Tages- und Nachtzeit anzurufen, wenn es irgendwelche Probleme gibt. Dafür seien Nachbarn da, sagt er zu mir, dann stürzt er sich in die Nacht, um seinen Angreifer zu stellen.

Ich glaube, die Wahrscheinlichkeit ist hoch, dass es sich um denselben Mann handelt, und in gewisser Hinsicht bedauere ich, dass Patrick ihn vertrieben hat. Nicht, dass ich eine konkrete Vorstellung, einen Wunsch oder sonst irgendetwas im Kopf hätte, was die morbide Anziehung rechtfertigen würde, die er auf mich ausübt. Aber wenn ich daran denke, dass er vermutlich mir auflauerte, dass diese Nacht vielleicht etwas ans Licht gebracht hätte, dass wir diese Sache kurzerhand geklärt hätten – egal, zu welchem Preis –, so gesehen hat Patricks Eingreifen für mich den bitteren Geschmack einer verpassten Gelegenheit.

Aber Patrick ist ein anständiger junger Mann, ein Manager in einer Bank, der sich immer noch über das viele Geld wundert, das er kassiert hat, und über die Privilegien, die es ihm ermöglicht haben, sehr schnell Hauseigentümer zu werden, noch bevor die große Krise von 2007 uns da hingeführt hat, wo wir heute stehen, und deren Ende nicht abzusehen ist. In aller Frühe bringt er mir am nächsten Morgen die Taschenlampe zurück und erkundigt sich, ob ich nach den Ereignissen der vergangenen Nacht gut geschlafen habe.

»Patrick, lassen Sie uns kein Drama machen aus diesem Vorfall. Das ist die Sache nicht wert.«

»Die Polizei hat mir zugesagt, in unserem Abschnitt verstärkt Streife zu fahren.«

»Hervorragend. Wissen Sie, ich möchte Sie nicht ins Krankenhaus bringen müssen, weil Sie ein Messer im Rücken haben oder Ihnen mit einem Holzscheit der Schädel gespalten wurde. Zeigen Sie mir, dass Sie sich auch etwas vorsichtiger verhalten können als heute Nacht. Ich bitte Sie – schießen Sie nicht übers Ziel hinaus. Sie sind jung. Ich will nicht, dass Sie auf einer Trage enden oder weiß Gott was.«

Ich glaube, er ist so ein Typ, der mit dem Chef seiner Filiale Squash spielt, jedenfalls sieht er fit aus. Als ich noch ein Kind war, hatten wir einen großen Hund, und das Ärgerliche war, dass er nie müde wurde; selbst wenn mein Vater ihn nach der Arbeit stundenlang ausführte, half es nichts, und wir hörten das rastlose Tier nachts unentwegt in der Küche auf und ab tappen – bis mein Vater ihn schließlich erschossen hat. Genau so einen Eindruck hinterlässt Patrick bei mir. Er ist ein Energiebündel, aber die Energie verpufft etwas unnütz und sinnlos. Als seine Frau und er sich nach ihrem Einzug vorstellten, war mir das nicht aufgefallen, ich hatte einen Scherz gemacht über die Tatsache, dass ich in diesen Zeiten einen Banker zum Nachbarn habe – das sei, als würde man während einer Hungersnot einen Bauern kennenlernen, und es hatte ein Weilchen gedauert, bis er darauf ansprang, sein Händedruck war schlaff, und um ehrlich zu sein, hatte ich den Mann der Tat, den Draufgänger in ihm nicht wahrgenommen. Es ist erstaunlich, wie sehr er sich verändert hat. Es würde mich nicht wundern, wenn er DHEA oder irgendein Amphetamin nehmen würde – aber es heißt ja, dass man in der Finanzwelt Nerven wie Stahlseile haben muss, dass diese kleinen Süßen je nach Kursentwicklung schrecklichem Druck ausgesetzt sind. »Ich bin Ihnen jedenfalls unendlich dankbar, Patrick«, sage ich und lege den Kragen meines Morgenrocks enger um meinen Hals, denn es ist zwar schön, aber die Sonne wärmt kaum mehr, und es weht ein kühles Lüftchen, das die Bäume und Büsche erzittern lässt. »Ich bin Großmutter geworden«, sage ich noch, als er sich mit einem Lächeln von mir verabschiedet.

Ich weiß nicht, warum ich das sage – und auch nicht, was das eigentlich bedeutet –, aber ich erwarte sicherlich nicht, dass man mir dazu gratuliert. »Oh, herzlichen Glückwunsch!«, antwortet er und blickt mir tief in die Augen.

Ich verbringe den Tag zu Hause, inmitten meiner Drehbücher, und gönne mir lediglich einen Spaziergang im benachbarten Wald, ich bin warm angezogen, habe eine Mütze auf, genieße das schöne Licht, die herbe Frische, die goldbraune Laubdecke, die Vogelschreie und die Ruhe, die zarte Stille eines Herbstnachmittags – nach einer gefühlten Million Anmerkungen, Vorschlägen, Kommentaren, Listen mit Ungereimtheiten, Klischees, Gemeinplätzen und Passagen, die es zu überarbeiten und zu entwickeln, zu klären oder zu kürzen gilt, die einmal, zweimal, dreimal, ad nauseam rot unterstrichen sind, ohne dass ich auf etwas wirklich Zufriedenstellendes gestoßen wäre. Das Unterholz ist verschleiert, und auch das Gestrüpp liegt im Dunkel, aber ich verlasse die Wege nicht. Auf der Anhöhe steht eine Orientierungstafel, davor drängen sich Rentner in Wettkampfbekleidung – Elastananzug, neonfarbenes Stirnband, am Arm befestigtes Smartphone, Kopfhörer, rote Bäckchen, tropfende Nase. Durch die spärlichen Blätter entdecke ich weiter unten das Dach von meinem Haus und das meiner nächsten Nachbarn, also Patricks und seiner Frau, das weihnachtlich beleuchtete Tor der Familie Audret, links eine kleine Wohnanlage mit sechs Appartements, der Rest verliert sich dann in den Bäumen, außer dem kleinen Supermarkt, bei dem sich die Leute aus der Umgebung versorgen und der durch den ziegelroten Belag seines Parkplatzes und seine Banner heraussticht, die stolz im Wind flattern.

Ich rauche eine Zigarette, während die alten Athleten Energieriegel und Vitamingetränke austauschen.

Ich bin nicht sicher, ob ich so alt werden will, da möchte ich mich noch nicht endgültig festlegen. Ich würde auch nicht versagen, dass Patrick genau mein Typ Mann ist, aber im Vergleich zu Robert, dessen Zärtlichkeiten mir wie gleichgültig geworden sind, erweckt mein junger Banker in mir gemischte Gefühle, und dafür bin ich doch ziemlich empfänglich, denn es sind seit der Vergewaltigung die ersten Anzeichen eines sexuellen Wiedererwachens – und ich bin dem Himmel dafür dankbar. Ich werde wieder einen Mann in die Arme schließen können – ich hatte solche Angst. Ich hatte solche Angst davor, dass etwas in mir zerbrochen, dass dieses Kapitel für mich abgeschlossen sei. Es geht mir wieder besser. Ich gehe nach Hause, masturbiere und denke dabei an ihn, ich beiße mir auf die Lippen, und die Maschine funktioniert. Ich könnte heulen vor Freude und Dankbarkeit. Ich wische mir die Finger ab und verweile eine Minute mit geschlossenen Augen.

Ich bin oben in meinem Schlafzimmer, als er nach Hause kommt, ich bin im Dunkeln – ich habe sogar den Bildschirm meines Tablets ausgeschaltet, als er aus seinem Wagen gestiegen ist, und beobachte ihn mit dem Fernglas. Er sieht viel besser aus, als ich ihn aus der Zeit in Erinnerung hatte, in der wir uns zum Zeichen gutnachbarlicher Beziehungen nur kurz zuwinkten, er wirkt viel aufgeweckter, viel energischer als damals – was war mein Lächeln doch gequält gewesen nach dem ersten Eindruck, den er bei mir hinterlassen hatte! Ich blicke ihm nach. Ich weiß, dass ich es mir einfach mache und dass es klüger wäre, in die Stadt zu fahren, um über eine breitere Auswahl zu verfügen – Patrick gehört zu der auf Partys am weitesten verbreiteten Spezies, amüsant und aufgedreht, so dieser Typus, narzisstisch, ja belanglos in ihrem Ralph-Lauren-Polohemd –, etwas Besseres zu finden wäre bestimmt nicht schwierig, aber ich habe keine Lust. Ich glaube, manchmal ist es ein Zeichen von Vernunft, sich für die einfachste Lösung zu entscheiden.

Es macht mir Spaß, aus meinem dunklen Schlafzimmer heraus einem Mann nachzuspionieren, ich spüre so etwas wie eine kindliche Erregung, ich verstecke mich halb hinter dem Vorhang, während er seine Tür aufschließt und einen letzten Blick über die Schulter wirft, in *meine* Richtung, und obwohl er mich nicht sehen kann, halte ich die Luft an. Das ist etwas Neues – oder eher etwas ganz Altes –, und es ist komisch und angenehm. Als er hineingeht, steige ich auf den Dachboden, um freie Sicht auf die Fenster seines Hauses zu haben – die sonst hinter dem Geäst verborgen sind, das Richard hat wachsen lassen, um unsere Privatsphäre zu schützen, als sie ihm noch wichtig war. Ich sehe ihn hinter den erleuchteten Fenstern umhergehen, in der Nacht schwebende Miniaturen – Patrick hängt seinen Mantel auf / Patrick läuft durchs Wohnzimmer / Patrick küsst seine Frau / Patrick im Bad / Patrick übers Waschbecken gebeugt –, da klingelt plötzlich mein Telefon.

»Was machst du?«, fragt Richard.

»Nichts. Ich lese. Was willst du?«

»Ich will dir erklären, warum ich es dir nicht erzählt habe.«

»Ach, weißt du, das interessiert mich nicht.«

»Ich habe dir nichts erzählt, weil ich mir absolut noch nicht sicher bin, verdammt.«

»Du bist dir bei überhaupt nichts je sicher, ist dir das noch nicht aufgefallen?«

»Hör auf damit. Warum sollte ich etwas vor dir verbergen? Was hätte ich davon?«

»Ich bin beschäftigt, Richard.«

»Du liest, das nennst du beschäftigt sein? Jetzt übertreibst du aber ein bisschen, oder? Ich möchte jedenfalls wissen, ob du etwas gegen mich im Schilde führst.«

»Was?«

»Ich möchte wissen, ob du etwas gegen mich im Schilde führst.«

»Und du glaubst, das würde ich dir sagen? Meinst du wirklich, ich würde das tun?«

»Ich wüsste überhaupt nicht, womit das gerechtfertigt wäre. Ich wüsste nicht, dass ich etwas falsch gemacht habe. Ich halte mich an unsere Regeln. Wir haben beide ein Anrecht auf die Wahrheit. Da bin ich völlig einverstanden. Und die Wahrheit ist, dass es nichts Konkretes zu vermelden gibt. Stimmt schon, ich bin irgendwie mit dieser Frau zusammen, aber wenn ich dir nichts davon erzählt habe, dann deswegen, weil es meiner Ansicht nach nicht weiter erwähnenswert war.«

»Warum glaubst du, dass ich etwas aushecke?«

»Diese Einladung, verdammt! Du hast sie verdammt noch mal eingeladen.«

»Wunderbar. Du schaffst es, in alle deine Sätze ein ›verdammt‹ einzubauen. Wirklich ganz wunderbar.«

»Das riecht nach einem Trick. Das riecht nach einem deiner miesen Tricks.«

»Wie kommst du darauf, mein Lieber? Ich habe andere Sorgen, das kannst du mir glauben, also sei bitte nicht paranoid. Übrigens, gibt es Sachen, die sie nicht essen kann? Hat sie irgendwelche Allergien? Marty haart gerade.«

Viele verheiratete Frauen geben eine gute Liebhaberin ab, und ich finde, dass er *ein Risiko eingegangen* ist, als er sich für eine Singlefrau entschieden hat; ich erinnere ihn also daran, dass wir übereingekommen waren, *keine Risiken einzugehen*, damit wir uns eben nicht mit solchen Problemen auseinandersetzen müssen, und ich frage ihn, ob er das unter *keine Risiken eingehen* versteht, wenn er in fremden Gewässern fischt, nämlich bei Singlefrauen, die noch im gebärfähigen Alter sind, oder ob ihm das alles einfach herzlich egal ist.

Als ich auflege, stehe ich allein im hintersten Winkel meines Dachbodens, umgeben von staubigen und nutzlosen Dingen, während Patrick drüben in der plötzlichen Dunkelheit seines Schlafzimmers verschwunden ist, nachdem sich seine Frau im Nachthemd zu ihm gesellt hat.

Von Frauen, die Nachthemden tragen, steht nicht viel zu befürchten: Ihre Männer sind in der Regel leicht zu haben.

Anna holt die drei Drehbücher ab, die ich ausgewählt habe, und ich warne sie vor, dass nichts Umwerfendes dabei ist. »Ich weiß nicht, wie du das machst«, sagt sie. »Ich an deiner Stelle hätte mir schon einen Schäferhund angeschafft.« Sie bleibt zum Essen – sie hat unterwegs bei Flo haltgemacht und beschließt, dass sie dieses Essen lieber mit mir teilt als mit Robert, der seit seiner Rückkehr äußerst unleidlich zu sein scheint.

Ich weiß, dass er unleidlich ist, ich bekomme seine Nachrichten, ich sehe, dass er mich anruft. Ich versuche, nicht daran zu denken, denn es gefällt mir überhaupt nicht, mir vorzustellen, was passieren könnte, wenn er es mir übelnimmt. Wenn er mir mein Desinteresse für seine Person übelnimmt, die nicht mehr zu überwindende Distanz, die sich zwischen uns aufbaut. Und wenn er erfahren würde, dass ich zur selben Zeit von meinem Nachbarn gegenüber träume, dass ich mich schon bei dem Gedanken an ihn sexuell verletzlich fühle, da könnte etwas passieren, etwas, woran ich nicht denken will, das ich mir nicht vorstellen will, etwas ziemlich Chaotisches könnte passieren.

Vor allem glaube ich, dass meine Freundschaft mit Anna platzen und sich in Luft auflösen würde. Ich habe so gut wie gar keine Erinnerung an meine Freunde vor dem Tag, als mein Vater bis an die Zähne bewaffnet das Haus verließ, ich habe jedenfalls niemand mehr wiedergesehen, und Anna hat diesen leeren Raum eingenommen, ich habe nur sie, außer meiner Familie habe ich nur sie. Ich habe keine Lust, sie auf die Probe zu stellen. Ich habe nicht das Herz, wie eine zügellose Zockerin mit ihr zu spielen, ich will nichts aufs Spiel setzen.

Da ich weiß, wie viel Leidenschaft sie für ihren Mann empfindet, würde die verratene Liebe nur wenig zum Ende unserer Verbindung beitragen, die verratene Freundschaft aber umso mehr, daran besteht kein Zweifel. Sie würde mir nicht verzeihen, dass ich das hinter ihrem Rücken gemacht habe – wie ich es ihr im Übrigen auch nicht verziehen hätte –, und dennoch habe ich das Bedürfnis, ihr zu sagen, wie sehr ich das Gefühl habe, dass ich in diese Beziehung mit ihrem Mann *hineingerutscht* bin, dass ich *hineingezogen* wurde, dass ich unaufhaltsam in einen Abgrund *geschlittert* bin, dass mein Kopf betäubt war. Ich möchte ihr sagen, wie aussichtslos unsere Kämpfe sind, aber ich glaube, das weiß sie.

Robert war damals auch eine einfache Lösung – die Langeweile, die Nähe, die Sicherheit –, aber es ist niemand da, der diese Dinge zusammenbringt und voreilige Schlüsse zieht. Mein Job ließ mir nicht mehr Zeit als heute, und es ist alles andere als einfach, eine Beziehung zu beginnen, wenn man erst spätabends aus dem Büro kommt, noch Arbeit mit nach Hause nimmt und einem längst der Appetit vergangen ist. Robert ordnete sich meiner Zeitplanung unter und bot zu allem Überfluss noch den Vorteil, dass er Schuhe von Louboutin zum halben Preis besorgen konnte und regelmäßig auf Reisen ging. Es ist fast schon lächerlich. Abgesehen davon hatten Anna und ich in diesen fünfundzwanzig Jahren andere Dinge im Kopf als unser Liebesleben. Wir hatten eine solide Firma aufgebaut, einen Katalog zusammengestellt, auf den wir stolz waren, und sogar einige Ideen an die Amerikaner verkauft. AV Productions. Sie hat mir schon davon erzählt, als wir noch im Krankenhaus waren, stundenlang hat sie davon erzählt, sie war wild entschlossen, und als ich nach Hause kam, habe ich zu Richard gesagt, wir könnten jetzt eine Wohnung mit einem zusätzlichen Zimmer für unser Kind suchen, denn ich hätte einen Job gefunden.

»Hä? Was für einen Job überhaupt?«

»Anna und ich werden einen Film produzieren.«

»Einen Film produzieren? Na, sehr gut. Tolle Idee. Verdammt.«

Heute winselt er vor unserer Tür und wirft mir vor, dass ich meine Beziehungen nicht spielen lasse, aber da er keinerlei Sinn für Humor hat, kann er die Ironie des Schicksals nicht schätzen und denkt weiterhin, ich würde aus irgendwelchen obskuren und undurchschaubaren Gründen seinen Aufstieg verhindern, seit er sich in den Kopf gesetzt hat, Drehbücher zu schreiben. Dabei habe ich seine Autorenseminare mit den besten Federn des Metiers bezahlt, Leuten wie Vince Gilligan oder Matthew Weiner, die mit WGA Awards ausgezeichnet wurden, aber sie haben es nicht geschafft, ihm ihr besonderes Talent mitzugeben, nämlich die Dinge nicht von außen, sondern von innen zu sehen, beherzt zu sein, sprich dieses Talent, *entertainment* auf das Niveau der schönen Künste zu heben – ich glaube, es wird noch ein oder zwei Generationen dauern, bis man ihnen etwas entgegensetzen kann, ohne sich lächerlich zu machen, vielleicht auch weniger, ein paar Namen machen hier immer mehr von sich reden, vor allem bei den Schriftstellern, ist ja auch egal – sie waren teuer, sehr teuer, aber Richard hat noch nicht gezeigt, dass er da etwas gelernt hat, auch wenn er selbst anderer Meinung ist.

Nachdem Anna gegangen ist, gehe ich nach draußen und rauche eine Zigarette. Ich entferne mich nicht vom Haus, stehe an die Mauer gelehnt. Ich zeige einfach, dass ich nicht eingeschüchtert bin, dass ich mich nicht unter mein Bett verkrochen habe. Anna hat mir angeboten, dass ich bei ihr schlafen könne, solange es nötig ist, aber es war nicht einmal der Gedanke, mit Robert unter einem Dach zu wohnen, der mich ihre Einladung ablehnen ließ – auch wenn mir allein schon bei der Vorstellung die Haare zu Berge stehen und ich angeekelt das Gesicht verziehe. Nein, ich weiß auch nicht, was ich eigentlich will. Es ist kalt, die Tage werden kürzer. Ich lese keine guten Drehbücher. Ich bin vergewaltigt worden. Vom Verhältnis zu meinem Mann und meinem Sohn rede ich gar nicht, ganz zu schweigen von meinen Eltern. Das Schlimmste ist, dass man schon bald über Geschenke nachdenken muss.

Ich gebe zu, dass sie nicht viel Zeit hatten, um die Sachen einzuräumen, und dass sie wahrscheinlich ein bisschen zu sehr eingespannt waren, um wie geplant die Wände neu zu streichen, aber ihr Zuhause ist eine richtige Rumpelkammer, und es riecht nicht besonders gut – es müffelt nach Scheiße und saurer Milch, aber ich habe jeglichen Groll, jegliche verletzende Bemerkung und jeglichen negativen Gedanken ganz tief in einen schwarzen Sack gestopft, zugebunden und auf dem Treppenabsatz ihrer neuen Wohnung gelassen.

»Wunderbar!«, sage ich, als ich mich an den Küchentisch zu Josie setze, die einen unförmigen Jogginganzug trägt und das Kind stillt. Im Gegensatz zu vielen anderen Müttern verabscheue ich es, die schlaffe und puterrote Wange eines Neugeborenen zu küssen, sage aber dennoch: »Ist der süß. Darf ich ihn küssen?«

Vincent hat von etwa dreißig Kilo gesprochen, aber ich glaube, es sind eher um die fünfzig. Sie ist unglaublich dick, es wirkt nicht so, als hätte sie schon entbunden. Sie gibt mir das Kind und erklärt, dass es nun denselben Familiennamen trägt wie ich. »Na, du kleiner Schlingel?«, sage ich und hebe den Säugling in die Höhe. Dann küsse ich ihn mit spitzen Lippen und gebe ihn ihr zurück.

»Jetzt aber zu den ernsten Themen«, sage ich. »Was wünscht ihr euch zu Weihnachten?«

Sie schauen sich an, blasen die Backen auf.

Ich helfe ihnen: »Was würdet ihr zu einer guten Waschmaschine sagen, Kinder? Mit einem Neugeborenen ist das doch unerlässlich, oder?« Sie sehen mich an, als würde ich versuchen, ihnen einen Schinken anzudrehen.

»Wollt ihr einen Staubsauger? Eine Nähmaschine? Eine Kenwood Cooking Chef? Einen Herd? Eine Spülmaschine? Ein Dampfbügeleisen? Einen Kühlschrank?«

»Ich glaube, ich hätte lieber einen Flatscreen mit einem Abonnement fürs Pay-TV«, erklärt Josie.

Ich pflichte ihr bei. »Ja, aber wenn du mich fragst, wäre es besser, Prioritäten zu setzen –«

»Genau das tue ich«, unterbricht sie mich. »Danach kommt die Stereoanlage und dann der DVD-Player mit Brenner.«

Ich beiße ganz fest die Zähne zusammen und lächle, während Vincent zustimmend nickt.

Ich lächle, denn nachdem er den Hund getötet hatte, war mein Vater auf unseren Fernseher losgegangen – er warf ihn einfach aus dem Fenster, und von diesem Moment hatten wir die ersten ernstzunehmenden Schwierigkeiten, denn allmählich konnten die Nachbarn diesen Kerl nicht mehr leiden, der derart übellaunig war und so vollkommen andere Werte hatte, der davon sprach, in der Bretagne Zuflucht zu suchen, wenn in der Hauptstadt die ersten Unruhen ausbrächen, und der im Treppenhaus die Kinder bekreuzigte, ohne dass man ihn um irgendetwas gebeten hätte.

Ich rufe Richard an, um sicherzugehen, dass er den Einkauf für den nächsten Tag nicht vergessen hat, und er nutzt die Gelegenheit, um nochmals unser letztes Gespräch aufzunehmen.

»Also wirklich, spar dir die Mühe«, sage ich zu ihm. »Heirate sie meinetwegen, ist mir doch egal.«

»Wie kommst du denn auf die Idee, verdammt noch mal?«

»Dann heirate sie eben nicht, ist mir völlig egal.«

»Mach bloß keinen Aufstand morgen. Mach keinen nicht wiedergutzumachenden Fehler. Fangen wir nicht an, uns auf ihre Kosten zu zoffen, okay?«

»Aber Richard, ich zoffe mich gar nicht mit dir. Ich habe dich nicht angerufen, um mir dein Gejammer anzuhören. Mach, was du willst. Fühl dich nicht verpflichtet, mich über irgendetwas zu informieren. Du bist frei. Das werde ich dir nicht fünfzigtausendmal vorbeten, klar? Ich habe dieses Mädchen eingeladen, um dir eine Freude zu machen. Habe ich mich deutlich genug ausgedrückt? Könnten wir jetzt das Thema wechseln? Bist du damit durch?«

»Du kannst nicht meine Arbeit ablehnen und mir noch dazu ein eigenständiges Leben verweigern. Das ist ein bisschen viel für meinen Geschmack.«

»Wie auch immer. Komm bloß nicht zu spät. Allein schaff ich das nicht. Wird deine Freundin uns helfen?«

Es war ja zu erwarten, dass er den Hörer auflegt. Sein starrsinniges Leugnen, dass er ein ernstzunehmendes Verhältnis mit dieser Hélène Zacharian hat, ist wirklich grotesk.

Ich verbringe einen Teil des Nachmittags damit, zahllose Drehbücher auszusortieren, die sich wie kalkweiße Säulen in meinen Büroregalen türmen oder sogar auf dem Boden stapeln – aber Anna und ich übernehmen die erste Lektüre höchstpersönlich, und was auch immer ich über diese Aufgabe gesagt haben mag, was auch immer ich dazu habe durchblicken lassen, bei dem Gedanken, womöglich einen großartigen oder zumindest akzeptablen Text vor mir zu haben, bin ich noch genauso aufgeregt und begeistert wie am ersten Tag.

Zu Büroschluss steckt Anna den Kopf zur Tür herein. Nach einem kurzen Blick gratuliert sie mir zu der Fronarbeit, die ich hinter mich gebracht habe und die auch sie bald erwartet. »Ich habe gerade mit Vincent gesprochen«, fährt sie fort. »Ich habe geschworen, nichts davon zu erzählen. Aber weißt du, dass er Schulden hat?«

Da ich bereits sitze, kann ich mich nur noch in die Armlehnen meines Sessels krallen und nach vorne beugen.

»Was redest du da, Anna? Von welchen Schulden redest du?«

Sie weiß es eigentlich auch nicht, er will ihr nichts sagen, spricht nur in Andeutungen. Sie gibt ihm Geld. Es macht ihr nichts aus, ihm Geld zu geben, sie ist seine Patentante, sie freut sich, dass sie etwas für ihn tun kann, sagt sie mir, während wir im Aufzug vom Dreißigsten nach unten fahren. »Ich falle aus allen Wolken«, sage ich.

Er ist erst vierundzwanzig. Ich dachte nicht, dass man mit vierundzwanzig Schulden haben kann. Er kommt mir plötzlich viel älter vor, so als hätte ihn eine Krankheit erwischt, bei der man schon richtig Pech haben muss, um sich mit unter dreißig anzustecken. Wie ist er nur zu diesen Schulden gekommen – Schulden, dieses Wort klingt in meinen Ohren wie eine Seuche, für die man sich schämen muss –, Drogen, Frauen, Glücksspiel? Anna ermahnt mich, ich solle mir nicht unnötig Sorgen machen, aber dennoch weiter die Augen offen halten. »Sehr gut«, sage ich, »aber kannst du mir auch sagen, wie das aussehen soll? Denn er wohnt ja nicht bei mir und wimmelt mich wenn irgend möglich ab. Was versteht du da unter Augen offen halten? Sag mir, was ich deiner Meinung nach machen kann. Erklär's mir. Er erzählt dir mehr als mir, Anna. Ich bin die Letzte, der er sich anvertrauen würde, das weißt du doch. Ich bin seine Mutter, die Frau, die seinen Vater vor die Tür gesetzt hat, ich bin die Inkarnation des Bösen.«

Wir haben uns untergehakt und spazieren einige Minuten schweigend durch die kühle Luft, dann gehen wir in eine Bar, bestellen Daiquiris. »Du kriegst das Geld von mir zurück«, sage ich zu ihr. Sie lehnt ab. Nicht einfach aus Gutherzigkeit, vielmehr geht es ihr um das enge Verhältnis, das sie von Anfang an zwischen sich und Vincent gesucht hat – ich hatte eingewilligt, dass sie ihm zwei- oder dreimal die Brust gab, als wir noch im Krankenhaus waren, und sie hatten das genutzt, um geheimnisvolle, besondere Bande zu knüpfen, deren Beständigkeit sich bis heute immer wieder zeigt, eine direkte Verbindung, die natürlich nicht über mich läuft. Ich sehe sie noch vor mir, wie sie eine Träne wegwischt, damit sie nicht auf Vincents Stirn fällt, der ungeniert an ihrer Brust saugt, ich war noch jung damals, dieses Bild rührte mich, und ich war froh, dass mein Sohn und ich ihren Schmerz lindern konnten, und selbstverständlich würde ich es wieder tun, aber ich finde es ein bisschen ärgerlich, dass sie gewisse Dinge vor mir erfährt, dass sie weiß, was in dieser Familie vor sich geht, bevor ich darüber informiert werde, und dass sie gewisse Probleme an meiner Stelle regelt.

»Ich betrachte ihn als meinen Sohn«, sagt sie. »Das weißt du. Ich habe ihm aus der Patsche geholfen, das ist alles, das ist eine Sache zwischen ihm und mir. Das ist abgeschlossen.«

»Du bist seine spirituelle Mutter. Aber nicht seine Bank.«

Sie steht auf, um noch zwei Daiquiris zu holen. Der Himmel ist mit Sternen übersät.

»Vielleicht ist es auch etwas anderes«, sagt sie, als sie zurückkommt. »Ich denke an Josie.«

Sie bohrt ihren Blick in meinen, durchdringt mich mit ihren glänzenden Augen.

Wenn sie sagt, dass sie an Josie denkt, meint sie damit, dass Josie die Ursache von Vincents Schwierigkeiten sein könnte. »Das erste Mal habe ich ihm aus der Patsche geholfen, kurz nachdem sie sich kennengelernt haben. Ich bin mir nicht sicher, ob das ein Zufall ist. Darauf will ich hinaus.«

Ich trinke mein Glas mit dem Strohhalm, ohne sie aus den Augen zu lassen. Dann erzeuge ich absichtlich den hässlich gurgelnden Saugton am Boden des leeren Glases.

Ich bin schon lange nicht mehr eifersüchtig auf Vincents Freundinnen, eher bedaure ich diese armen Mädchen, weil sie mit jemand zusammen sind, der so beleidigend und pampig ist – es sei denn, er spart sich all seinen Groll und seine Fiesheiten für mich auf, was ich tatsächlich nicht ausschließen kann. Angeblich sind auch Anna solche Gefühle fremd, und sie behauptet, die vernichtenden Urteile, die sie stets über diese Unglücklichen fällt, beruhten keineswegs auf vorgefassten Meinungen – dennoch ist sie immer schnell dabei, sie schlechtzumachen, und verpasst ihnen den letzten entscheidenden Schlag, um sie vom Thron zu stoßen, wenn sie

Gelegenheit dazu hat. »Ich würde das nicht als Eifersucht bezeichnen«, sagt sie. »Ich helfe ihm dabei klarzusehen, das ist nicht dasselbe. Denn im Grunde ist er in diesen Dingen völlig unbedarft, weißt du, er ist noch ein Kind.« Ich bin mir nicht sicher, ob Vincent noch ein Kind ist – ich glaube sogar, dass er keines mehr ist seit dem Tag, an dem er sich geweigert hat, meine Hand zu nehmen, als ich ihn zur Schule bringen wollte –, er ist jedenfalls blöd genug, um mit einer hundert Kilo schweren Frau zusammenzuziehen und noch flugs ihr Kind anzuerkennen, das überdies nicht von ihm ist, was mehr als deutlich zeigt, dass er bisweilen die geistige Reife eines etwas zurückgebliebenen Jugendlichen aufweist, der für vernünftige Argumente nicht zugänglich ist.

»Ich glaube, Josie ist die Wurzel des Übels«, erklärt sie. »Ich will das nicht überbewerten, weißt du, und ich will auch nicht den Eindruck erwecken, ihn allzu sehr in Schutz zu nehmen, aber eines kann ich sagen: Solche Probleme hat es bei Vincent nicht gegeben, bevor er sie kennengelernt hat. Jetzt kannst du dir selbst einen Reim drauf machen, Michèle. Jetzt kannst du selbst darüber urteilen, ob ich mir das nur einbilde.«

»Ich weiß es nicht. Ich höre dir zu. Ich denke nach.«

»Zuallererst möchte ich Informationen. Weiß man, wer der Vater ist? Du weißt es auch nicht, stimmt's? Das ist doch die Höhe, oder? Das kann alles heißen. Möglicherweise stoßen wir auf etwas Furchtbares.«

Ganz offensichtlich liest sie zu viele Drehbücher – diese Art, allen nur denkbaren Spuren nachzugehen, sich in etwas hineinzuversetzen –, dennoch habe ich das Gefühl, Anna hat recht, und ich bin erleichtert, dass Vincent nicht in vorderster Front steht, mir ist bedeutend wohler dabei – ich dachte schon, er stehe bei einer Bande Hells Angels oder den Managern einer Geschäftsbank in der Kreide.

Als ich zu Hause vorfahre, fällt mir sofort auf, dass in meinem Schlafzimmer Licht brennt – der Vorhang bauscht sich sanft im Luftzug. Ich bleibe einen Moment im Auto sitzen, während ich die Umgebung absuche, die im Schein der Straßenbeleuchtung schimmert, aber es rührt sich nichts, bei den Nachbarn ist kein Licht an, es ist überall vollkommen ruhig. Erstaunlicherweise bin ich das auch, wobei das Wort »vollkommen« vielleicht etwas übertrieben ist, denn ich umklammere mein Pfefferspray so heftig, dass ich den Schmerz bis in die Schulter hinauf spüre.

Ich entriegele die Wagentür, warte einige Sekunden, bevor ich sie öffne, dann setze ich einen Fuß auf den Boden. Da nichts Ungewöhnliches passiert, lasse ich den zweiten folgen. Das Adrenalin breitet sich in meinem Körper aus wie ein warmer Saft. Bis ich auf leisen Sohlen meine Tür erreicht habe, bin ich schweißgebadet und außer Atem.

Ich presse mein Ohr an die Tür. Ich höre nichts. Ich zücke meinen Schlüssel.

Drinnen ist der Alarm eingeschaltet. Ich schalte ihn ab. Unten nichts weiter. Ich steige die Treppe hoch – ich kenne den Klang einer jeden Stufe, ich weiß, welche knarren und welche knacken, ich bewege mich völlig geräuschlos.

Die Tür meines Schlafzimmers ist zum dunklen Gang hin geöffnet. Mit pochendem Herzen trete ich ein, mein Bett ist zerwühlt, die Decken liegen auf dem Boden, meine Kommode ist aufgerissen, die Slips sind verstreut. Auf meinem Nachttisch steht mein Laptop, der Bildschirm ist an. Ich gehe weiter.

Da entdecke ich die widerlich duftenden und klebrigen Flecken auf meinem Laken – an dem sich offenbar jemand abgewischt hat –, begleitet von der Nachricht »Oh, Entschuldigung! Ich konnte nicht warten!«, die liebenswürdig auf dem Bildschirm flimmert.

Ich schaue auf und verliere mich einen Moment in der Betrachtung des Vorhangs, der vor dem offenen Fenster flattert.

Richard kommt am frühen Nachmittag, und das mit vollen Händen – ich selbst habe mich in aller Frühe um die Aperitifs, die Desserts und die Weine gekümmert und trage gerade ein paar Holzscheite herein, als er hupt.

Ich sehe ihm an, dass er bereit ist, sich mir gegenüber charmant und aufmerksam zu zeigen, und ich glaube, dass er damit die richtige Entscheidung getroffen hat, ich glaube, er kennt mich gut. Denn eigentlich ist es schon ein bisschen schwierig für mich, mit den Frauen an meinem Tisch zu sitzen, die – um es theatralisch auszudrücken – mir meinen Sohn und meinen Mann wegnehmen, auch wenn ich versuche, so unvoreingenommen wie nur irgend möglich zu sein. Ich weiß, dass ich mich entspannen muss, dass ich diesen leichten Stress abschütteln muss, der mich schon früh am Morgen beschlichen hat, gleich als ich die Augen geöffnet habe, und den ich seitdem nicht mehr losgeworden bin. Die Scheite zu tragen gehört zu den Dingen, die mich beruhigen sollen, denn sie sind schwer – Richard war auf günstige, einen Meter lange Holzscheite aus dem Département Landes gestoßen, wo der Orkan gewütet hatte, aber der Transport ist nicht zu unterschätzen.

Er stellt seine Tüten im Haus ab und kommt fast augenblicklich wieder heraus, um mir zu helfen. Es ist schön und kalt.

»Ich werde bald mal nach dem Garten sehen«, sagt er. »Sowie ich Zeit habe, packe ich das Werkzeug ein und komme vorbei.«

»Nein, alles in Ordnung. Darum brauchst du dich nicht zu kümmern.«

»Einmal im Jahr, es macht mir nichts aus. Ich möchte dir damit behilflich sein.«

»Du bist mir damit aber nicht behilflich. Ich weiß auch nicht, wie ich dir das erklären soll.«

»Michèle, wenn du irgendeinen Typen kommen lässt, kostet dich das den letzten Heller. Überleg doch mal.«

Ich sehe ihn an. »Nun, wenn du darauf bestehst, könntest du bei der Gelegenheit die Dachrinne reinigen«, sage ich.

Er schält das Gemüse, während ich mich um das Fleisch kümmere. Es ist zwar noch früh, aber er schenkt mir ein Glas ein. Er sagt zu mir: »Zurzeit siehst du gut aus, finde ich.« Ich weiß nicht, wie er es hinkriegt, so aufrichtig zu klingen und dass es noch dazu glaubhaft wirkt. Er ist der Mann, der mich geohrfeigt hat, der mir jedoch zu Hilfe eilt, sobald er meint, ich sei in Gefahr oder einfach nur melancholisch oder schrecklich müde. Mag sein, dass er seine Haare verliert, aber er ist und bleibt ein bemerkenswerter Kerl.

»Ich bin dir nicht böse«, sage ich zu ihm. »Im Grunde weiß ich nicht, warum ich davon ausgehe, dass man auf mich Rücksicht nehmen müsse. Das ist wie ein alter Reflex, der aus unserer gemeinsam verbrachten Zeit stammt, es passiert gar nicht bewusst. Hör einfach nicht hin.«

»Ich habe nichts gesagt, als du mit dem Geiger zusammen warst.«

»Oh, ich bitte dich. Stell dich nicht dumm. Er war verheiratet und hatte drei Kinder, er erfüllte alle Voraussetzungen. Was man in deinem Fall nicht behaupten kann. Du entscheidest dich für eine unverheiratete Frau ohne Kinder. Oder täusche ich mich?«

»Ich habe mich für überhaupt nichts entschieden. Ich habe sie in deinem verdammten Aufzug kennengelernt, wenn du's genau wissen willst.«

»Das ist also deine Masche? Du lernst Frauen in einem verdammten Aufzug kennen?«

»Bitte, ich habe geschworen, mich nie wieder mit dir zu streiten. Ich möchte, dass wir ein gutes Verhältnis haben.«

»Wir haben ein gutes Verhältnis.«

»Sehr gut. Und ich hoffe sehr, dass wir es auch noch nach diesem Abend haben, ja ich hoffe sogar, dass wir nach diesem Abend ein noch besseres Verhältnis haben.«

»Du meinst so eine Art Bruder und Schwester? Ist es das, was dir vorschwebt? Dass wir beste Freunde werden?«

»Nun ja … so ungefähr, jedenfalls etwas sehr Enges.«

Ich nicke kurz. »Und du hast dir gedacht, wenn du eine Beziehung zu dieser Frau anfängst, würdest du dazu beitragen? Du hast gedacht, damit tust du das Richtige?«

»Ich habe überhaupt nichts gedacht, Michèle. Hör doch auf.«

»Du entscheidest nichts, du denkst nichts – was für ein Leben!«

Er beißt die Zähne zusammen und widmet sich wieder der gewissenhaften Schälung einer Kartoffel der Sorte Roosevelt. Insgeheim bewundere ich seine Selbstbeherrschung und hoffe, dass er sich nicht die Zunge abbeißt.

Meine Mutter kommt am Arm eines Mannes in meinem Alter, in dem ich sofort den sagenumwobenen Ralf erkenne, von dem sie mir erzählt hat. »Sie spricht so oft von Ihnen«, sagt er. Ich setze ein gezwungenes Lächeln auf. Meine Mutter trägt einen kurzen Rock aus schwarzem Leder. Sie ist so stark geschminkt, dass ich kurz erschrecke, als sie sich über den dampfenden Topf beugt, weil ich Angst habe, das Make-up könnte im Dampf schmelzen und in die Brühe tropfen. Ich bin boshaft. Sie ist nicht stärker geschminkt als sonst. Ich sage ihr, sie soll es sich mit ihrem Gefährten bequem machen, während Richard und ich in der Küche bleiben.

»Bring mich um, bevor ich so werde, versprich mir das«, sage ich, als sie – im Rahmen ihrer Möglichkeiten – mit überschwenglich wiegenden Hüften zum Kamin geht. Ralf folgt ihr auf dem Fuß.

Sie war nicht immer so. Diese schlechte Gewohnheit hat sie nach dem Massaker angenommen, das mein Vater angerichtet hatte – in einem Micky-Maus-Club, als die Eltern gerade beim Surfen waren. Sie hat schließlich verstanden, dass das ihre einzige Chance war, um zu überleben, denn sie war nicht zum Arbeiten geschaffen. Und das war es nun, was mit fünfundsiebzig davon übrigblieb, die Karikatur einer alten Verführerin. Eine Vogelscheuche. Ich übertreibe. »Beim ersten Anzeichen bringst du mich um«, sage ich.

Josie passt noch durch die Haustür, muss sich jedoch leicht zur Seite drehen, und außerdem, scheint mir, hält sie die Luft an. Das Baby ist so süß, so bläulich. Sie bringen einen Schwung kalte Luft herein. Über fünfhundert Meter schneit es, und diese kalte Luft strömt hinunter ins Flachland. Schon kurz darauf haben sie rosige Wangen, und die Zahl der Weinflaschen ist gewachsen. Wir machen den Champagner auf, den Ralf mitgebracht hat, und alle kommen zu mir und fragen, wer dieser durchgeknallte Typ ist, und ich antworte, dass ich es nicht weiß, es aber eigentlich auch nicht wissen will.

Niemals werde ich es zulassen, dass meine Mutter diesen oder irgendeinen anderen Idioten heiratet.

Ich hoffe, man sieht mir das nicht allzu sehr an. Ich hoffe, dass da ein Lächeln auf meinem Gesicht ist und keine Grimasse, wenn unsere Blicke sich treffen, denn ich habe nicht die Absicht, uns wegen so einer Lappalie diese kleine Feier zu verderben, zu der ich gewöhnlich einige Wochen vor Weihnachten einlade, um die Familie und enge Freunde zusammenzubringen. Ich war mehr als zwanzig Jahre lang mit Richard verheiratet, und wir haben es immer so gehalten, mindestens einmal im Jahr sind wir zusammengekommen, und meistens lief alles wunderbar, bis auf diese kleinen, unvermeidlichen Auseinandersetzungen, die man aber mit ein bisschen gutem Willen in den Griff bekommen oder sogar im Keim ersticken kann.

Nun werden ein paar Gläser herumgereicht und auch ein paar Flaschen Bier. Anna und Robert bringen Wein. Die Kleiderhaken quellen über. Das Feuer knistert. Robert sucht meinen Blick, aber ich weiche ihm aus. Dann kommt Patrick. Er ist allein, seine Frau konnte nicht. »Doch nichts Schlimmes?«, frage ich und reiche ihm ein Glas. Ich stelle ihn vor. Ich erzähle, wie wir uns kennengelernt haben, als er vor nicht allzu langer Zeit einen Herumtreiber verfolgte. Meine Mutter findet, dass es wichtig ist, gute Nachbarn zu haben.

Vincent ist mit seinem Vater ins Gespräch vertieft, und ich könnte schwören, dass sie gerade über mich lästern, dass sie sich gerade gegenseitig ihr Leid über mich klagen. Sie sind so unterschiedlich, wenn man mal von der schlechten Laune absieht, die sie mir gegenüber oftmals an den Tag legen. Ich glaube, Vincent ist inzwischen genauso kräftig wie sein Vater, und es ist ein ziemlich verstörendes Gefühl für mich zu wissen, dass ich ein Kind zur Welt gebracht habe, das nun in der Lage ist, seinen Vater zu schlagen – da ihr Getuschel am Kamin stattfindet, sehe ich den Widerschein der Flammen auf ihrem Gesicht tanzen.

Josie sitzt mitten auf dem Sofa und gibt dem Baby die Brust, damit ist Robert für den Augenblick ruhiggestellt.

Schließlich klingelt Hélène Zacharian, und Richard springt auf wie ein Rehbock. Jetzt sind alle versammelt. Und die Ungeduldigen, die zum x-ten Mal den Topfdeckel heben, um zu sehen, was da wohl so gut riecht, werfen mir nun bekümmerte Blicke zu. Ich habe nur Augen für Hélène, die gerade hereingekommen ist. Phantastisch. Das Lustigste ist, dass es Richard anscheinend verlegen macht, so viele schöne Dinge in derselben Person vereint zu sehen. Ich wechsle einen Blick mit Anna. Ich weiß, sie denkt dasselbe wie ich, dass der Wettbewerb für Frauen unseres Alters hart und unlauter ist, dass wir manchmal besser tot wären.

Wir gehen zu Tisch, Patrick setzt sich neben mich und flüstert mir zu, es sei sehr nett von mir, ihn einzuladen, er fühle sich geehrt, in so sympathischer Gesellschaft zu speisen. Das scheint mir etwas förmlich, etwas aufgeblasen, aber ich nehme seinen Dank ohne Zögern an, denn während er mir das sagt, hat er seine Hand auf meinen Arm gelegt und nicht weggenommen – was keinem der Anwesenden entgangen ist.

Robert, der am anderen Ende der Tafel sitzt, fast mir gegenüber, hält lieber die Augen geschlossen. Und da ich nicht die geringste Absicht habe, ihn zu provozieren, erhebe ich mich, um das Essen aufzutragen, ich schiebe meinen Stuhl zurück, aber die Hitze ist mir ins Gesicht gestiegen. Vincent steht auf und trägt das Baby herum – das sie aus irgendeinem blödsinnigen Grund Édouard-Baby nennen –, denn dieses Édouard-Baby hat in seinen waschbaren Bambusfaserwindeln leise zu wimmern begonnen.

Anna hat auf der anderen Seite zu servieren begonnen, als meine Mutter in die Hände klatscht, damit es still wird und sie sagen kann, was für ein Glück es sei, hier mit Familie und Freunden zusammenzusitzen, blablabla, ihre Rede ist immer dieselbe, bis sie sich den Neuankömmlingen zuwendet, diesmal also Ralf, Patrick und Hélène – Josie, die Vincent uns durch irgendeinen Winkelzug in letzter Minute als seine neue Freundin aufgedrängt hatte, war letzten Winter abgehandelt worden –, um sie willkommen zu heißen. Die von dieser alten Quasseltante heraufbeschworenen Bilder nehmen immer einige Minuten in Anspruch, so dass wir Zeit haben, das Essen zu verteilen, wunderbar. Dann wendet sie sich Ralf zu, und obwohl ich nicht auf sie achte, erregt irgendetwas meine Aufmerksamkeit, irgendetwas blitzt auf, und ich höre sie sagen, dass sie die Gelegenheit nutzt, um ihre Verlobung mit dem hier anwesenden Ralf zu verkünden.

Ich lache laut auf. »Oh, Verzeihung«, sage ich. »Entschuldige. Aber wie schaffst du es nur, so grotesk zu sein?«

Sie verzieht das Gesicht, erwidert jedoch nichts. Richard beeilt sich, einen Toast auf alle auszusprechen, die an diesem Tisch versammelt sind, und Sekunde um Sekunde bröckelt das Schweigen, das ich verursacht habe, denn alle sind bemüht, die Atmosphäre aufzulockern, die meine Mutter und ich aufgeladen haben, und die Gespräche kommen wieder in Gang, während meine Mutter sich schließlich wieder hinsetzt, wozu Ralf, der ihren Arm drückt, sie verhalten auffordert, und ich begebe mich wieder an die Seite von Patrick, der irgendeine Adresse von mir haben will.

»Verzeihung, Patrick. Entschuldigen Sie, was für eine Adresse?«

»Die Adresse von Ihrem Metzger.«

Ich lächle ihn vage an, aber hinter dieser Maske arbeitet es. Ich bin nicht sicher, ob ich wirklich will. Oder ob ich überhaupt noch will. Vor einem Mann, der sich für eine Laufbahn in einer Bank entschieden hat, sollte man sich stets in Acht nehmen, sage ich mir, während ich das Glas betrachte, das er mir gebracht hat.

Am Ende des Essens sind unsere Knie aneinandergepresst, aber ich bleibe nicht ewig am Tisch sitzen. Ich bin weder dafür noch dagegen. Am liebsten würde ich ihn warten lassen, ich möchte nicht, dass er etwas überstürzt. Er hat mich gefragt, was ich will, und ich habe ihm gesagt, dass ich es nicht wisse und dass es nicht gerade der richtige Ort sei, um so ein Gespräch zu führen. »Außerdem hasse ich Getuschel«, habe ich zu ihm gesagt und ihn gebeten, er möge doch ein neues Scheit aufs Feuer legen.

Draußen sieht es nach Schnee aus, leichter Nebel glitzert in der kühlen Nachtluft. Einige Gäste sind am Tisch sitzen geblieben. Zweimal kreuze ich den Blick meiner Mutter, aber einmal hätte auch gereicht. Ich weiß, dass sie wütend auf mich ist. Ich weiß, dass sie weiß, dass ich wütend auf sie bin.

Anna hat einen himmlischen Kuchen gebacken und Josie einen weniger himmlischen Kuchen. Wirklich weniger himmlisch. Eher gehaltvoll. Ich glaube, sie hat die doppelte Menge Butter und Mehl genommen. Ich bemerke sehr wohl, dass Vincent nicht begeistert ist, aber Josie strahlt, sie ist unglaublich stolz auf ihr Werk, auf dem bläuliche Schattierungen zu sehen sind.

Ich flüstere Robert ein paar nette Worte zu, bevor er aus Frustration zu einem richtigen Problem wird.

»Alles in Ordnung, Robert. Aber wie das eben so geht, ich werde dir jetzt keinen Vortrag über weibliches Unwohlsein halten. Ich kann nicht im Moment, was soll ich dir sagen. Hast du keine andere Freundin?«

»Dann erklär mir mal eins – was soll der Zirkus mit diesem Kerl da? Was soll dieses bescheuerte Rumgeflirte?«

Er spricht zwar leise, aber es kommt mir vor, als würde er schreien.

»Robert, du möchtest mir doch nicht in meinen eigenen vier Wänden eine Szene machen? Das möchtest du nicht, oder?«

Ich drücke ihm einen Teller in die Hand und gebe ihm ein bisschen von den beiden Kuchen, bevor ich ihm zuzwinkere und die Lippen zu einem unsichtbaren Kuss spitze. Josie schaut uns zu, dann erklärt sie, dass sie ein Demeter-Rezept verwendet habe und im Bioladen übrigens ein hervorragendes Panettone im Angebot sei. Sie macht es sich wieder bequem, um Édouard-Baby die Brust zu geben. »Theoretisch gehören da gar keine Heidelbeeren rein«, erläutert sie. »Nur die Schokolade, aber ich liebe Heidelbeeren. Und Maronencreme auch.« Ihre Brüste sind so groß wie Handbälle. Es würde mich interessieren, was dieser Dummkopf Vincent mit ihnen anstellt.

Hélène gratuliert mir zu dem gelungenen Essen und wünscht sich ehrlich, dass wir Freundinnen werden. Richard bleibt im Hintergrund, verzieht aber das Gesicht, als müsste er dringend Wasser lassen. Wie gesagt, ich finde sie nicht unangenehm, aber was soll das denn werden, daraus kann nichts werden, auf keinen Fall. Was erhofft er sich? Auf was für verrückte Konstellationen, was für sterile Verbindungen sind Männer nur bereit, sich einzulassen?

»Deine Freundin ist reizend«, sage ich, als er dazukommt.

»Ach. Herrlich. Es war wirklich köstlich. Du musst uns besuchen kommen.«

»Ja, natürlich. Aber sollten wir damit nicht ein bisschen warten? Nur nichts überstürzen.«

»Lass mich nur machen, Richard. Zunächst einmal werde ich Michèle anrufen, nicht wahr, Michèle, ich rufe Sie an, und wir gehen zusammen Mittag essen. Für den Anfang.«

»Also mir ist das sehr recht«, sage ich. »Auf diese Art werden wir uns bestimmt gut verstehen, Hélène.«

»Wirklich herrlich«, sagt er.

Ich bin am Ende, lasse mir aber nichts anmerken. Ich sehe mich schon mit einem Blumenstrauß und einer Packung *Macarons Ladurée* vor ihrer Tür stehen. Kann man so etwas durchleben, ohne einen großen Teil seiner Selbstachtung einzubüßen?

Ein Arm legt sich um meine Taille. Es ist der meiner lieben Anna, die, was mich betrifft, eine sehr scharfe Beobachtungsgabe entwickelt hat und die weiß, was zu tun ist – je nachdem, ob ich mir auf die Lippe beiße oder das Gesicht verziehe, die Stirn runzle oder blass werde –, und die mir genau im rechten Moment den Gin Tonic bringt, den ich jetzt dringend brauche.

In den vergangenen Jahren sind viele Projekte ins Wasser gefallen, das Geld sitzt nicht gerade locker, und die ganze Branche steckt in der Krise, das sind Dinge, die Richard nachvollziehen kann, »aber zahlen wir nicht *auch*«, sagt er und schaut dabei auf Anna und mich – ich bemerke in diesem Moment, dass er schon einen intus hat –, »für euren Mangel an Kreativität, eure Weigerung, langfristig zu denken, und eure ungezügelte Leidenschaft für alles Amerikanische?«

Wir sind es gewohnt, nach jedem Drehbuch, das wir ablehnen, abfällige Bemerkungen einzustecken, ja manchmal sogar ein paar unglaublich obszöne Beleidigungen, und wir können mit diesen Situationen umgehen. Wir weichen aus. Meine Mutter scheint auch schon einen intus zu haben – ihre Wangen leuchten wie reife Aprikosen. »Herrgott, Richard«, sagt sie, »spielen Sie doch nicht immer den sterbenden Schwan.«

»Irène, ich sterbe den letzten von tausend Toden.«

Sie hängt sich an seinen Arm, umso besser. Jemand hat eine Schachtel Pralinen aufgemacht, die nun herumgereicht wird. Hélène setzt sich hin und schlägt die Beine übereinander, schon allein das ist ein kleines Feuerwerk. »Sei doch nicht so negativ«, sagt sie. »Das ist extrem nervig, okay?«

»Ich bin nicht negativ, Hélène. Ich rede Klartext. Heutzutage ist es undenkbar, die ausgetretenen Pfade zu verlassen.«

Anna beugt sich an mein Ohr und fragt mich flüsternd, wo Richards Drehbuch die ausgetretenen Pfade verlasse, während er mit seinem düsteren Plädoyer fortfährt und sich zum Verfechter des Andersartigen, der Originalität, des Singulären stilisiert, für das er ein ziemlich gutes Beispiel abgebe. »Ich glaube«, antworte ich, »Richards besondere Begabung liegt im Theoretischen.«

Inzwischen schneit es, ohne zu schneien – ein paar Flocken wirbeln durch die Luft, hängen in der Schwebe. Ralf telefoniert. Josie packt wieder ein. Robert starrt traurig ins Leere. Vincent und Patrick haben es sich in Sesseln bequem gemacht. Als ich an ihnen vorbeigehe, höre ich Vincent sagen: »Wir sind das Volk, natürlich werden wir verarscht.«

Die Tagen werden kürzer, die Temperaturen sinken, und bei manchen Leuten steigert der Winter jedes Jahr aufs neue den Pegel an allgemeiner Verbitterung und ungläubiger Wut – vor allem, so scheint es, wenn man sein Gehalt von einer dieser Fast-Food-Ketten bezieht. Ich schalte den Wasserkocher ein. Jedes Mal, wenn ich ihn bedauern will, denke ich daran, was für ein Leben mir das Schicksal bereitet hat, als ich so alt war wie er, und verzichte dann darauf. Meine Mutter und ich wurden nicht wie Aussätzige behandelt, sondern wie *miese* Aussätzige – die Erwachsenen verfluchten uns, die Kinder zogen uns an den Haaren, verheulte Eltern warfen nach uns, was sie gerade zur Hand hatten, wie dieser Mann in der Metzgerei, der sein Stück Fleisch bezahlte und es mir danach ins Gesicht schleuderte.

»Woran denkst du?«, fragt mich meine Mutter.

Ich drehe mich um. »Oh, an nichts Bestimmtes«, sage ich.

Sie bleibt stehen, schwankt mit hängendem Kopf – so dass es schon fast beunruhigend ist. Dann schaut sie auf.

»Machst du dir eigentlich eine Vorstellung davon, wie hart du mich vorhin angefahren hast?«

»Ja, absolut. Aber das ist noch gar nichts, weißt du. Da ist noch viel Luft nach oben.«

Sie gluckst verzweifelt und lässt sich auf einen Stuhl fallen, stützt den Kopf in die Hände.

»Er ist seit dreißig Jahren im Gefängnis! Was soll ihm das ausmachen?«

»Mir macht es was aus. Ich habe keinen Vater, wie könnte ich da einen Stiefvater haben?«

»Werde ich mein ganzes Leben lang zittern müssen? Ist das deine Vorstellung von meiner Zukunft? Dass ich bis zum letzten Tag davor zittern muss, in einem staatlichen Altersheim zu enden? Umgeben von lauter Armen und Fremden?«

»Was?«

»Schon gut, oje, beruhige dich! Ich nehm's zurück.«

Der Wasserkessel pfeift. »Wenn Ralf nicht mehr da ist, wenn eure Geschichte wie zu erwarten mit einer Bruchlandung endet, werde ich als deine Tochter immer noch da sein. Objektiv bin ich eine bessere Altersversicherung als er, Mama.«

Ich spüre, wie im Grunde ihres Herzens ein Hoffnungsschimmer erwacht. Als sie mir ihr leeres Glas hinhält, warne ich sie davor, über die Stränge zu schlagen, aber sie schickt mich zum Teufel. Ich schenke ihr ein und mache auf dem Absatz kehrt – ich hab genug von ihr. Da höre ich, wie sie hinter mir zusammenbricht, höre das Krachen eines umkippenden Stuhls.

Nun sind wir also auf dem Weg ins Krankenhaus. Sie hat das Bewusstsein verloren. Ich bin vollkommen panisch. Ich bin wieder ihre kleine Tochter, außerdem macht mir ihr Gesicht Angst. Aschfahl, fast bläulich. Patrick fährt schnell, er kennt den kürzesten Weg. Ich weiß nicht einmal, ob sie atmet. Ich halte ihre Hand, während Tränen in Sturzbächen an meinen Wangen herabfließen und ich nicht das Geringste tun kann, um sie einzudämmen. Nur meine Lippe zittert ein wenig. »Tu mir das nicht an!«, knurre ich wutentbrannt und dumpf, während wir hupend durch die Stadt rasen und rote Ampeln überfahren und uns Typen beschimpfen, die bei dieser Kälte unten beim Kanal in Zelten schlafen. Es weht ein frischer, beißender Wind, und während ich sie in meinen Armen halte, um sie aus dem Wagen zu ziehen, fährt ihr dieser eisige Luftzug übers Gesicht, in einer krampfartigen Bewegung stemmt sie sich gegen mich, klammert sich fest und raunt mir ins Ohr: »Michèle, geh ihn besuchen.« Diese Worte versetzen mich in Angst und Schrecken – ich muss mich zusammenreißen, um sie nicht fallen zu lassen. »Besuch deinen Vater«, bettelt sie.

»Was, Mama?«, stöhne ich. Um uns herum pfeift es stürmisch, während eine dicke Krankenschwester angerannt kommt, gefolgt von Patrick und einem Sanitäter, dessen langer blonder Pferdeschwanz vom Wind hin- und hergeworfen wird.

»Mama liegt im Koma.« Mehr habe ich nicht zu sagen. Ich warte. Wir warten. Patrick ist fest entschlossen, bei mir zu bleiben. Ich spreche mit Richard und Vincent und überlasse es ihnen, die anderen zu informieren und Gastgeber zu spielen. Ich fühle mich nicht besonders. In mir bricht etwas zusammen. Ein schrecklicher Schatten liegt über allem. Patrick legt seinen Arm um meine Schultern, und das ist das Beste, was er unter diesen Umständen tun kann. Ich habe nie einen Gedanken daran verschwendet, dass meine Mutter sterben könnte, denn diese Aussicht war absolut unerträglich, und nun stehe ich plötzlich vor dieser Katastrophe, und ich habe nicht die Kraft dafür.

In der Vergangenheit hatten wir es oftmals einzig und allein dank unserer engen Verbindung geschafft, schwere Zeiten zu überstehen oder einfach nur den Kopf aus der Schlinge zu ziehen, und es gibt wirklich keinerlei Anzeichen dafür, dass es in Zukunft leichter werden könnte. Ich sehe Patrick an. Ein Mann, der in einer Geschäftsbank arbeitet, wird mir in diesem Punkt sicherlich nicht widersprechen.

Der Tag bricht gerade an, als ein Arzt kommt und mir rät, nach Hause zu gehen, denn das sei das Beste, was ich tun könne. Sie ist unter ärztlicher Aufsicht, und sie werden mich unterrichten, sobald es Neuigkeiten gibt. Anstatt ihm Fragen zu stellen, ihn zu löchern, versuche ich, Luft zu bekommen. Patrick stützt mich. Im Lauf der Nacht hatte ich mich wieder einigermaßen beruhigt, aber allein der Anblick eines Arztes, eines Mannes in weißem Kittel, bringt mich erneut total durcheinander, holt mich zurück in die Gegenwart, und ich bin unfähig, mit dem diensthabenden Arzt ein normales Gespräch zu führen, mein Körper arbeitet nicht mehr normal. Er rät mir, eine Schlaftablette zu nehmen und mich ins Bett zu legen, außerdem versichert er mir, Irènes Zustand sei stabil, er werde mich am Abend anrufen. Ich nicke. Ich kauere mich zusammen. Patrick ist da. »Gehen Sie wenigstens heim, um zu duschen und sich umzuziehen«, rät er mir und legt seine Hände auf meine Schultern. Ich habe Stunden auf einer harten Bank gelegen und kein Auge zugetan, da ich nicht wusste, ob sie leben oder sterben würde. Manchmal setzte ich mich auf, blieb aber gebeugt, mit dem Kopf auf den Knien und verschränkten Armen, und war bemüht, nicht zu zittern wie ein armseliges, welkes Blatt. Diese dunkle Nacht war genauso bedrückend wie die, in der mein Vater der Polizei die Stirn bot, bevor er festgenommen und vor der wütenden Menge in Sicherheit gebracht wurde. Ich sehe Patrick, ohne ihn wirklich wahrzunehmen. Ich lasse mich also widerstandslos zum Ausgang geleiten, als würde ich in der lauwarmen Strömung eines Flusses treiben. Ich spüre nicht einmal die Kälte draußen, während wir den vor glitzernder Reifglätte spiegelnden Parkplatz überqueren.

Er macht die Heizung an und wirft mir ein mitfühlendes Lächeln zu, bevor er in der Morgendämmerung auf die fast menschenleere Avenue fährt.

An einer Ampel berührt er mein Knie. Er versucht mich zu beruhigen. »Noch ist nichts verloren«, sagt er, um mich aufzumuntern, während wir den Bois de Boulogne durchqueren, über dem ein strahlend weißer Nebel liegt. Ich sage nichts.

Mir ist klar, dass er sich sofort bereit erklärt hat, uns ins Krankenhaus zu fahren, dass er die Nacht an meiner Seite verbracht, dass er sich vorbildlich verhalten hat – achtsam, aufmerksam –, dass er mir noch vor einigen Tagen gefallen hat, ich ihn noch recht anziehend fand, alle diese Faktoren sind mir natürlich bewusst, aber bin ich noch in einem Alter, in dem ich alles erklären will, muss ich mich noch zu irgendetwas *zwingen*?

Als wir zu Hause ankommen, ist Richard noch da – was augenblicklich die unangenehme Frage beantwortet, die ich mir stelle, seit wir das Krankenhaus verlassen haben, nämlich, wie ich Patrick erklären soll, dass ich unsere Beziehung im Moment nicht vertiefen kann und es mir leidtut, wenn ich ihm zu verstehen gegeben habe, dass ich bei der nächstbesten Gelegenheit mit ihm schlafen würde.

Als wir hereinkommen, hebt Richard den Kopf und sieht mich fragend an. Er weiß es. Richard ist der Einzige, der es weiß – Vincent auch, aber es ist ihm nicht so bewusst –, er weiß, wie sehr mich der Gedanke zur Verzweiflung treibt, Irène zu verlieren, wie ohnmächtig ich mich fühle und dass ich überzeugt davon bin, der erstbesten Attacke wehrlos ausgeliefert zu sein. Irène hat manchmal nicht geschlafen, um über mich zu wachen, damals, wenn Gefahr im Verzug war, wenn eine Mutter oder irgendeine andere Person, die vor Schmerz den Verstand verloren hatte, sich selbst Recht verschaffen wollte, indem sie sich an uns rächte. Wie sollte es jetzt weitergehen? Wie sollte es weitergehen, wenn sie nicht mehr über mich wachte?

Er steht auf und schließt mich in die Arme. Ich lasse es mir gern gefallen. Von allen Männern, mit denen ich zusammen war, ist er wahrscheinlich der beste, ja, aber ist das genug? Ist das bewundernswert? Darf man sich nichts Besseres erträumen?

Ich lasse mich in einen Sessel fallen. Die beiden Männer sehen sich an. Dass ich nicht tot bin, bemerke ich an der Schnelligkeit, mit der ich feststelle, wie zwischen den beiden sofort eine Rivalität entsteht – und an der Tatsache, dass ich deren Auslöser bin. Das ist ein bisschen Balsam – wenn auch ein leichter und zarter – für meine Seele. »Oh, entschuldigt«, sage ich seufzend, »ich weiß gar nicht mehr, ob ich euch vorgestellt habe.«

Habe ich, versichern sie mir. Richard nutzt die Gelegenheit, um Patrick für den Beistand zu danken, den er mir geleistet hat, und ihm zu versichern, dass er nun ganz beruhigt nach Hause gehen könne. Ich schaue weg. Ich habe keine Lust, in ihre Spielchen hineingezogen zu werden. Ich fühle mich abgespannt. Richard hält mich weiter an seine Schulter gedrückt. »Oh, Patrick, tausend Dank«, sage ich etwas zu spät, als er schon auf dem Weg nach draußen ist. »Tausend Dank, ich rufe Sie an, ich halte Sie auf dem Laufenden.«

Reichlich enttäuscht winkt er mir kurz zu, es ist ziemlich rührend, als er aus der Tür tritt, durch die ein eiskalter Wind hereinfährt, dass es im Kamin bullert.

»Bisschen aufdringlich, findest du nicht?«

»Wenn ich das so empfinden würde, hätte ich ihn nicht eingeladen, das kannst du dir doch denken.«

»Sag mal, ist das dein Ernst? Du willst mich auf den Arm nehmen, oder?«

Ich lache laut los: »Mein Gott! Richard, du willst mir doch nicht etwa eine Szene machen! Eine Szene. Das gibt's ja nicht. Du bist wohl auf den Kopf gefallen. Oder du hast den Verstand verloren.«

Wir haben uns Patrick gegenüber nicht besonders freundlich verhalten, daher meine mürrische Laune. »Pass mal auf«, sage ich zu ihm, »lass uns das nicht weiter vertiefen. Ich habe wirklich andere Sorgen. Ich bin nicht die ganze Nacht unterwegs gewesen, um mit ihm zu *flirten*, falls es dich interessiert. Und übrigens – was geht dich das eigentlich an? Wie kommst du dazu, dich einzumischen? Ich hör wohl nicht recht!«

»Es reicht, reg dich ab.«

»Sag mir nicht, was ich zu tun oder zu lassen habe, Richard. Wir haben uns getrennt, damit jeder von uns beiden seine Ruhe hat. Ich frage dich doch auch nicht, was du mit deiner gerade flügge gewordenen Telefonistin treibst. Also nimm dir ein Beispiel an mir.«

Draußen lichtet sich der Nebel, und der Himmel klart auf, der Morgen dringt durch die Schäfte und die fast kahlen Äste. Ich atme auf. Als wäre der Tag ein sicherer Hafen, als wäre mir bis zum Abend eine Gnadenfrist vergönnt.

Ich lasse mir ein Bad einlaufen. Nachdem Richard gegangen ist, nachdem ich ihm tausendmal und noch auf der Türschwelle versichert habe, dass alles in Ordnung sei, habe ich zum dritten Mal die Waschmaschine mit einem kompletten Programm gestartet, inklusive Einweichen, und das bei Höchsttemperatur, damit meine Laken ein für alle Mal von diesem Schmutz gereinigt werden, dann bin ich hinaufgestiegen. Marty ist mir auf dem Fuß gefolgt. Ich habe die Tür hinter uns abgesperrt.

Er hat sich auf den Rand des Waschbeckens gesetzt und wartet darauf, dass ich den Wasserhahn aufdrehe. Er hat Durst. Aber nachdem er mehr oder weniger der Einzige ist, der mich nicht im Stich lässt – Irène gehört ja nun auch dazu –, beeile ich mich, seiner Bitte nachzukommen, damit er mir ein bisschen Liebe oder sonst irgendetwas zeigt. Während er schnurrend trinkt – eine echte Herausforderung, die nur ein alter Kater bewältigen kann –, rufe ich Anna an und entschuldige mich, dass ich auf ihre Nachrichten gestern nicht geantwortet habe. »Du Arme«, sagt sie zu mir. »Kommst du zurecht?«

»Ich weiß es nicht. Ich werde ein Bad nehmen und dann weitersehen. Ich bin müde. Ich glaube, es ist eine Gehirnerschütterung, ich weiß es nicht genau.«

»Geht es wirklich? Oder soll ich kommen?«

Ich sage, dass ich mich ausruhen und sie am Abend besuchen werde, nach dem Krankenhaus. Dass sie mich auf einen Drink ausführen könne. Noch während ich mit ihr spreche, lasse ich mich in die Badewanne gleiten. Das Beste wäre, wenn ich vergessen könnte, worum Irène mich gebeten hat, keinen Gedanken mehr daran zu verschwenden, aber so weit ist es noch nicht.

»Ich kann nicht glauben, dass sie dir das angetan hat«, sagt Anna. »Das finde ich wirklich schlimm.«

»Und gleich danach lässt sie mich sitzen. Das könnte ihr letzter Atemzug gewesen sein, Anna. Weißt du, was das heißt?«

»Was wirst du tun?«

»Wie? Was ich tun werde? Hm. Nichts, glaube ich. Nein, es gibt nichts, was ich tun könnte. Soll er doch im hintersten Winkel seines Gefängnisses versauern.«

Sie findet, dass ich recht habe, nichts bindet uns an einen Letzten Willen, der nicht schriftlich festgehalten ist, an ein falsch interpretiertes Hauchen, ein falsch übermitteltes Röcheln, an undeutliches Gestöhn, das man nicht recht versteht, diesen ganzen kaum hörbaren Wahn der Sterbenden.

Sie entschuldigt sich für ihre Unverblümtheit – die doch ganz einfach nur auf gesundem Menschenverstand beruhe, beeilt sie sich hinzuzufügen. Man muss die Wünsche von Sterbenden erfüllen – *bis zu einem gewissen Punkt*, erklärt sie. Sonst könne man ja gleich einer Sekte beitreten, könne gleich einer dieser Verrückten werden. »Du weißt, ich liebe deine Mutter. Aber das geht zu weit«, sagt sie. »Das ist *out of frame*. Denk nicht mehr daran.«

Als ich ins Bett gehen will, klopft es an der Tür. Es ist Patrick. Er kommt, um zu sehen, ob alles in Ordnung ist, er sei auf dem Weg ins Büro und wolle nachfragen, ob ich etwas brauche, das er mir auf dem Heimweg mitbringen könnte. Ich will nichts, aber ich danke ihm. Er macht ein Gesicht, das zugleich heiter und traurig ist, und scheint auf etwas zu warten. Ich ziehe den Kragen meines Morgenmantels zusammen, während hinter ihm eine Schar schwarzer Vögel geräuschlos über den Himmel zieht. »Nun gut, Patrick«, sage ich, »also ich wollte gerade schlafen gehen, nicht wahr. Ich möchte ein bisschen zu Kräften kommen, bevor ich wieder ins Krankenhaus fahre.«

Er lächelt mich an. Einen Augenblick lang frage ich mich, ob er sich auf mich stürzen will – dann bemerke ich mit Schrecken, dass ich meinen blaugemusterten Morgenmantel angezogen habe, den kurzen anstelle des langen, ebenfalls blaugemusterten, und nicht nur das, ich bin auch noch im Slip. Ich bin so erschöpft, dass ich in diesem Aufzug an die Tür gegangen bin! Es ist zu spät, um noch irgendetwas zu retten, man liefe sogar Gefahr, die Sache noch schlimmer zu machen, sich wirklich der Lächerlichkeit preiszugeben, die aufgescheuchte Jungfrau zu geben oder weiß Gott was. Ich rücke kurz meinen Gürtel zurecht. Hätte ich je befürchtet, keinen Eindruck auf ihn zu machen, wäre ich jetzt beruhigt.

Er hüstelt. »Zögern Sie nicht, mich anzurufen, wenn ich irgendetwas für Sie tun kann«, sagt er und greift in seine Manteltasche, um sein Telefon hervorzuholen, damit wir, sagt er, unsere Nummern austauschen können, doch ich finde, er hantiert reichlich seltsam damit herum.

»Haben Sie mich gerade fotografiert?«, frage ich. »Das ist es doch, was Sie gerade gemacht haben, oder, Patrick?«

Er verzieht das Gesicht, er errötet. »Aber nicht doch, Michèle. Natürlich nicht.«

»Ich glaube schon, Patrick. Wollen Sie es auf Facebook stellen, oder ist es nur für Sie?«

Er leugnet, schüttelt wie wild den Kopf und geht schließlich, als ich ihm gerade verbittert die Tür vor der Nase zuschlagen will, auf »Fotos«, um mir seine letzten Aufnahmen zu zeigen, und ich stelle fest, dass ich nicht darauf zu sehen bin, oder vielmehr, dass ich sehr wohl darauf zu sehen bin, aber nicht halbnackt auf meiner Türschwelle, sondern mit angezogenen Beinen auf der Bank im Krankenhaus, im Licht des anbrechenden Tages, das mir ein blasses und unschuldiges Engelsgesicht verleiht.

Nachdem die Überraschung vorüber ist, muss ich lachen und mache eine Bemerkung darüber, wie dumm ich im Schlaf aussehe.

»Ganz und gar nicht. Sie sind wunderschön«, sagt er.

So, wie ich gekleidet bin, ist es wirklich sehr kalt. Kein Zentimeter Körper ohne Gänsehaut, kein Härchen, das nicht elektrisiert wäre. Ich bebe noch von der unglaublich ergreifenden Stimme, mit der er mir dieses Kompliment gemacht hat. Es verschlägt mir die Sprache.

Am liebsten würde ich mich bei ihm bedanken für die süße Freude, die er mir bereitet hat, aber ich verzichte darauf, um ihn nicht noch weiter anzuspornen. »Lassen Sie uns über all das ein andermal sprechen, Patrick. Ich hole mir den Tod in dieser Kälte.« Er lächelt und verabschiedet sich mit einem kurzen Wink. Ich mache die Tür zu. Schiebe den Riegel vor.

Durch das Guckloch beobachte ich, wie er zu seinem Wagen geht. Wer das Für und Wider abwägt, bevor er eine Beziehung eingeht, schießt es mir plötzlich durch den Kopf, zählt schon ein bisschen zum alten Eisen – sogar ein bisschen sehr.

Als ich aufwache, ist es schon weit nach Mittag. Ich gehe sie besuchen – ich kann nur so viel erkennen, wie es die Masken, Schläuche und Anschlüsse zulassen –, aber es gibt nichts zu sehen, sie liegt einfach nur bewegungslos da. Eine Zeitlang halte ich ihre Hand, aber sie ist wie abwesend. Oder um es anders auszudrücken: Ich spüre, dass sie nicht da ist. Seit ein paar Jahren verstanden wir uns nicht mehr besonders – unser Verhältnis hatte sich verschlechtert, nachdem Richard und ich getrennte Wege gegangen waren, denn ich hatte es abgelehnt, mit ihr zusammenzuziehen, was sie sich aber sehr gewünscht hätte, damit sie nunmehr so viel Unterstützung von mir bekommen könnte wie ich von ihr in den dunklen Jahren. Aber selbst wenn wir uns einen Monat oder mehr nicht sahen, wusste ich dennoch, dass sie da war. Jetzt weiß ich nicht mehr, wo sie ist.

Diese Angst, entlarvt zu werden. Dass man uns erkennt

und wir mit all diesen Toten konfrontiert werden, dieser Ungerechtigkeit, diesem Wahnsinn. Dreißig Jahre danach ist diese Furcht immer noch beständig und allgegenwärtig. Irène dachte irgendwann, dass wir nach so viel Zeit außer Gefahr seien, aber sie hat mich niemals überzeugt, so dass ich weiterhin – wie ein großes Kind, das immer noch Daumen lutscht – mehr oder weniger auf der Hut war, eher weniger, würde ich sagen, denn ich habe es ja geschafft, mich vergewaltigen zu lassen wie jede andere.

Als ich Richard kennengelernt habe, war ich kurz davor, verrückt zu werden, denn es verging keine Woche, ohne dass wir auf die eine oder andere Weise angegriffen wurden, umgestoßen oder angerempelt, geohrfeigt oder gedemütigt, ich saß stundenlang heulend in meinem Zimmer, hatte sogar die Uni abbrechen müssen, wo ich noch härter angepackt, schlimmer schikaniert und gemobbt wurde als anderswo – anscheinend hatten sie alle einen Bruder oder eine Schwester, die durch den mörderischen Wahnsinn meines Vaters dahingerafft, oder einen engen Freund, eine Freundin, die umgekommen oder zugrunde gerichtet worden waren. Ich lebte in ständiger Panik und verfluchte ihn jeden Tag und jede Minute, weil er uns mit in den Abgrund gerissen hatte. Manche begnügten sich auch damit, mir im Vorübergehen ein Buch über den Kopf zu ziehen.

Ich hätte ihn eigenhändig ermordet, wenn ich gekonnt hätte – er hatte sich mir gegenüber immer kühl und distanziert verhalten, er hätte mir nicht besonders gefehlt. Irène reagierte empört, wenn ich solche Sachen sagte, und manchmal bestrafte sie mich mit Schlägen dafür – in ihren Augen bedeutete das eine schreckliche Blasphemie, und obwohl sie ziemlich lange brauchte, bis sie vom Glauben abfiel, blieb ihr anfangs noch genug davon, um mir die Grenzen aufzuzeigen, die es nicht zu überschreiten galt.

Ich durfte meinem Vater nicht den Tod wünschen – und noch weniger verkünden, dass ich bereit sei, ihn mit eigenen Händen zu richten. Sonst war es der Teufel, der durch meinen Mund sprach, und Schläge prasselten auf mich nieder – vor denen ich mich geschickt schützte, indem ich stoisch das Gesicht in meinen Armen vergrub. Ich verstand nicht, warum sie sich darauf versteifte, ihn zu verteidigen, wenn wir doch durch seine Schuld eine Art Martyrium durchlebten. Ich hatte einen Freund, in den ich verliebt war, der Erste, mit dem ich richtig geschlafen hatte, der Erste, an dem mir wirklich etwas lag, ich war sechzehn, und er hatte mir ins Gesicht gespuckt – das ist eines der wenigen Ereignisse in meinem Leben, die mich wirklich verletzt haben –, er hatte mir nicht nur komplett das Herz gebrochen, sondern mich auch vor allen anderen gedemütigt, mich an den Pranger gestellt. Wie hätte ich damals das geringste Mitleid mit dem Mann empfinden können, der die Ursache für all das Leid war, das meine Mutter und ich hinnehmen mussten?

Ich sollte Richard erst sechs lange Jahre später kennenlernen. In der Zwischenzeit legte ich mir ein etwas dickeres Fell zu, und Irène erkannte, dass zu viel Religion und Moral uns geradewegs gegen die Wand fahren ließen, dass sie eigentlich eine hübsche Frau war, wenn sie sich nur ein bisschen zurechtmachte und ihren Look veränderte, was sie mit großer Begeisterung in Angriff nahm und einige schöne Erfolgserlebnisse erzielte – die aber leider nicht von Dauer waren. Sechs Jahre voller Chaos, Flucht, Verirrungen, Grübeleien.

Diese Zeit ist in meiner Erinnerung eine ewige Finsternis, eine Welt ohne Licht, aus der wir, so schien es mir schließlich, nie mehr herauskommen würden, doch dann hat eines Tages ein Mann eingegriffen, er hob das Steak auf, das mir jemand ins Gesicht geklatscht hatte, und donnerte es seinerseits auf das der Person, die es nach mir geworfen hatte, ja er versuchte sogar, ihr damit das Maul zu stopfen – dieser Mann war Richard, und drei Monate später heiratete er mich.

Mein Vater war im Gefängnis und würde dort bleiben. Ich hatte eine Weile gebraucht, um zu verstehen, dass das eine äußerst erfreuliche Nachricht war. Ich durfte ein vollständiges, gänzlich neues Leben aufbauen, während er in seiner Zelle verfaulte, dessen werde ich mir heute bewusst, aber das genügt nicht, um mein Mitleid zu erregen.

Ich lasse Irènes Hand los, die mir kein Lebenszeichen vermittelt hat und durch unsere Berührung nicht wärmer geworden ist. Dennoch schlägt Irènes Herz. Ich erinnere mich auch daran, dass wir in jenen Jahren ein eingeschworenes Team waren, und ich will sie nicht verlieren. Ich wusste, was sie machte, ich wusste, wo das Geld herkam, auch wenn sie sich weigerte, darüber zu sprechen, oder irgendeinen Schwachsinn erfand, mit dem ich mich schließlich aus Bequemlichkeit zufriedengab.

Die Tage sind kurz, und ich fahre los, bevor der Abend hereinbricht. Eine seltsame Einsamkeit überkommt mich. Ich mache unterwegs Halt und gehe gedankenverloren zu ihrer Wohnung hoch.

Ich sperre auf und stehe Ralf gegenüber.

Und schon stellt sich das Problem.

Ich fahre zu Anna, und wir denken über die Idee nach, zum fünfundzwanzigjährigen Jubiläum von AV Productions eine Party zu organisieren. Nur kostet das viel Geld, und niemand weiß, ob es irgendetwas bringt, aber nichts zu machen könnte als ein Eingeständnis finanzieller Schwierigkeiten gedeutet werden oder als ein Zeichen für eine griesgrämige oder snobistische Geisteshaltung, und das wäre alles nicht gut.

Ich habe immer größte Bewunderung empfunden für den bedingungslosen Einsatz, den Anna für die Firma erbringt, die wir gegründet haben – in dieser Entbindungsklinik, deren Grundfesten ich durch mein Gebrüll erschütterte –, sechzig für sie und vierzig für mich. Denn sie ist die Chefin. Denn sie ist es, die lange arbeitet, bis spätabends, samstags und manchmal sogar sonntags. Die nur wenig Urlaub nimmt. Die mit den Bankern redet. Dafür habe ich sie immer bewundert.

Ich rate ihr, dieses Fest zu geben. Einfach weil sie es verdient, weil sie stolz sein kann. Die Zahl der Produktionsfirmen, die in den letzten Jahren geschlossen haben, ist schlichtweg erschreckend, aber AV Productions ist immer noch da.

»Man kann nie wissen«, sagt sie. »Die Zeiten können sich ändern. Von einem Tag auf den anderen.«

2001, es war Ende August, hatte Anna noch mal eine Fehlgeburt, und wenn ihre unmenschliche Arbeitsbelastung auch nicht alles erklärte, so waren sich doch alle darin einig, dass sie den größten Teil ausmachte. Robert meinte im Übrigen, dass sie das Kind geopfert hätte für ihre beschissene Filmklitsche, wie er sie damals taufte und sie seitdem so nennt /... *Du und deine beschissene Filmklitsche... sprichst du von deiner beschissenen Filmklitsche?... Hör mir auf mit deiner beschissenen Filmklitsche, okay?... Ach, wieder deine beschissene Filmklitsche?...* / Nicht nur die Entfernung rettet ihre Ehe, also dass sie Abstand halten, denn Robert ist meistens am Steuer seines riesigen Mercedes unterwegs und selten länger als vierzehn Tage am Stück zu Hause, mehr noch ist es das Desinteresse Annas für alles, was nicht AV Productions betrifft. Sämtliche Männer liegen ihr zu Füßen, aber es interessiert sie nicht, Sex interessiert sie nicht. Natürlich verweigert sie ihn nicht, wenn sich die Gelegenheit bietet – wenn sie nichts Besseres zu tun hat, Robert gerade aus der Dusche kommt und appetitlich sauber ist –, aber dass sie so weit gehen würde, irgendeine Anstrengung dafür zu unternehmen, um in einem Bett zu landen, unter einem schweißgebadeten, hechelnden und behaarten Kerl, das wäre ihr viel zu viel. So ist sie eben, und Frauen interessieren sie auch nicht. Wir haben es einmal probiert, als wir Ferien am Strand machten, aber wir haben es nicht geschafft, lang genug ernst und konzentriert bei der Sache zu bleiben.

Es ist nach eins, als wir ihr Büro verlassen, und die Kälte und die Nacht brechen wieder über mich herein, während wir über den Parkplatz gehen. Ich bleibe stehen. Mir ist, als würde ich gleich anfangen zu weinen, aber dann kommt nichts. Ich beiße mir auf die Lippen. Anna drückt mich. Sie zu verlieren, ohne sie zu verlieren, ist noch schwerer, als sie wirklich zu verlieren. Anna versteht das sehr gut. Es ist, als würde ich aufhören zu atmen. »Natürlich, ja«, sagt sie und streichelt mir den Rücken.

Ich strande bei ihr. Im Kühlschrank haben wir Lachseier und Blinis gefunden, etwas zu essen tut mir gut. Der Weißwein auch. Wir reden sehr laut. Wir schenken uns noch ein Glas ein, wir lachen. Da steht Robert in der Tür, er hat Armani-Boxershorts an, sein Gesicht ist vom Schlaf zerknautscht, die Schultern hängen herab.

Er seufzt. »Also echt, Mädels, was treibt ihr denn da? Wisst ihr, wie spät es ist? Das gibt's doch nicht, ihr habt wohl den Teufel im Leib!«

Wir warten, bis er abgerauscht und wieder in seinem Schlafzimmer ist, bevor wir über ihn herziehen. »Keine Ahnung, was zurzeit mit ihm los ist«, sagt sie. »Er muss einfach immer schlechte Laune verbreiten.« Ich zucke mit den Schultern. Es ist höchste Zeit, dass ich diese stumpfsinnige Affäre beende – manchmal frage ich mich, ob es nicht gerade das Stumpfsinnige war, das mich an ihr gereizt hat. Ich weiß, dass es nicht einfach sein wird, aber ich bin bereit und schwöre hier und jetzt, einem spontanen Gefühl nachgebend, einem heftigen Bedürfnis nach Ehrlichkeit gegenüber Anna, angesichts des Zustands meiner Mutter zwischen Leben und Tod usw., dass ich bei nächster Gelegenheit den Stachel ins Fleisch treibe und Robert verkünde, dass ich beschlossen habe, unsere Treffen einzustellen.

Die Gelegenheit lässt nicht lange auf sich warten. Als ich am Morgen die Augen aufschlage, sind die Vorhänge noch zugezogen, es ist aber schon hell. Ich bin nicht zu Hause. Und es ist nicht Marty, der unter die warme Decke schlüpft und sich an mich schmiegt, sondern die kühne Hand von Robert, die sich mit großer Selbstverständlichkeit zwischen meine Beine schiebt.

Ich werfe mich zur Seite, die Decke an mich gepresst.

»Was machst du denn da?!«, rufe ich.

Meine Frage scheint ihn zu überraschen. Er runzelt die Stirn.

»Wie? Was werde ich wohl machen?«

»Wo ist Anna?«

»Keine Sorge. Sie ist weg.«

Er ist nackt. Ich trage Unterwäsche, bin nervös und hektisch.

»Na, und nun?«, fängt er wieder an. »Was ist los mit dir?«

»Hier haben wir es noch nie gemacht, Robert. Wir sind hier bei ihr zu Hause.«

»Ich bin hier *auch* zu Hause.«

»Ja. Egal. Hör mal, es geht nicht mehr. Das bringt nichts mehr. Wir müssen das beenden. Ich habe ein Gefühl für solche Sachen, Robert, ich habe nie mit dir darüber gesprochen – haben wir eigentlich je über irgendetwas gesprochen? –, aber da ist so eine innere Stimme, und ich weiß, Robert, dass wir alldem ein Ende setzen müssen. Ich glaube, wir würden daran wachsen.«

»Du glaubst, wir würden daran wachsen?«

»Ich mache dir keine Vorwürfe. Du warst ein toller Liebhaber, wir bleiben Freunde. Aber am Ende hat es uns belastet, oder? Das weißt du so gut wie ich, das brauchst du jetzt nicht abzustreiten.«

»Es hat dich belastet? Mich überhaupt nicht.«

Inzwischen habe ich schnell meinen Rock übergestreift. Mit einem entschlossenen Ruck mache ich den Vorhang auf.

»Deine Brüste sind größer geworden«, sagt er mir.

»Das kann ich mir nicht vorstellen. Nicht dass ich wüsste.«

»Ich bin mir ganz sicher.«

Ich schlüpfe in meinen Pulli. Ich suche meine Schuhe.

»Na gut«, seufzt er, »sag mir einfach, dass du keine Lust mehr darauf hast, und die Sache ist gegessen.«

»Ganz so einfach ist es nicht. Na gut, Robert, dann sage ich dir eben, dass ich keine Lust mehr habe auf diese Situation, auf diese Lügen.«

»Das ist keine Antwort auf die Frage, die ich dir gestellt habe.«

»Entschuldige. Ich habe keine Lust mehr, mit dir zu schlafen. Beantwortet das deine Frage?«

»Das kommt sehr plötzlich und unerwartet, Michèle. Ich glaube, da brauche ich eine Übergangsphase.«

»Kommt nicht in Frage. Absolut unmöglich.«

Ich habe meine Schuhe angezogen, meinen Mantel zugeknöpft und mir meine Tasche geschnappt.

»Es ist wie mit dem Rauchen, Robert. Wenn man nicht auf einen Schlag aufhört, erreicht man gar nichts. Sei vernünftig. Wir sind alte Freunde. Alles wird gut.«

Beim Hinausgehen winke ich ihm kurz freundschaftlich zu. Ich binde mir ein Kopftuch um, stelle meinen Mantelkragen auf und eile durch die helle und eiskalte Luft des frühen Vormittags in eine gemütliche Bar, in der Anna und ich uns manchmal treffen – die Toiletten sind tadellos, gedämpftes Licht, Musik à la Brian Eno, Duftnote in der Art von Petite Chérie oder Sous le Figuier, dazu Grünpflanzen und selbstreinigende Toilettensitze, regulierbare Wasserdüsen haben das Klosettpapier abgelöst, und auf Wunsch wird man von einem warmen Lufthauch umhüllt. Kurzum, ich muss mich ein bisschen zurechtmachen, meine Frisur wieder in Ordnung bringen. Dabei bin ich gerade noch mal davongekommen. Ich weiß nicht, wie, durch welche glückliche Fügung ich entwischen konnte. Ich dachte wirklich, unter den gegebenen Umständen und angesichts unserer Vorgeschichte müsste ich ihm ein letztes Mal nachgeben, aber glücklicherweise tritt der schlimmstmögliche Fall nicht immer ein. Wenn Männer auf die fünfzig zugehen, beginnen sie zu altern und reagieren langsamer, sie durchleben bittere Momente des Zweifels, der Unsicherheit, ja sogar größter Not. Ich betrachte meinen Busen im Spiegel. Von vorn. Und von der Seite.

Ich fahre ins Büro, um Anna zu drücken und sie zu schimpfen, weil sie mich hat schlafen lassen – und auch, weil sie mich mit Robert alleingelassen hat, ich weiß, das ist idiotisch, aber in mir steckt etwas von einem verklemmten kleinen Mädchen, das weißt du doch, und auch wenn diesem Mädchen klar ist, dass nichts passieren kann, ich kann nichts dafür, selbst nach all diesen Jahren will ich nicht allein in der Wohnung meiner besten Freundin aufwachen, wenn im Zimmer nebenan ihr Mann schläft, ich weiß, aber wenn es sich vermeiden lässt, ich weiß schon, ich bin nun mal altmodisch, nein, also ehrlich, das stört mich wirklich, aber wie dem auch sei, ich habe geschlafen wie ein Engel.

Sie hat mir amüsiert zugehört, dann erzählt sie mir, dass der Vater von Édouard-Baby wegen Drogenhandels im Gefängnis sitzt – und zwar im hintersten Winkel Thailands. »Vincent hat keine Schulden«, sagt sie mir. »Wenn ich es richtig verstanden habe, braucht der Typ Geld, um einen Anwalt zu bezahlen. Vincent schickt ihm welches.«

»Besser gesagt: *Du* schickst ihm welches.«

»Aber das ist jetzt vorbei. Schluss damit. Josie übertreibt, oder? Vincent hat wirklich ein Händchen, was die Wahl seiner Freundinnen angeht.«

Sie fand natürlich keine je gut genug, aber ich gebe zu, dass er sich bei Josie als ganz besonders scharfsichtig, ja ganz besonders klug erwiesen hat.

Von meinem Büro aus rufe ich Richard an.

»Ja«, sagt er, »ich bin tatsächlich im Bilde. Diese Drogengeschichte ist total hanebüchen. Der Kerl hat sich unbeliebt gemacht, das ist alles.«

»Na, vielen Dank noch mal, Richard, vielen Dank, dass du dir so viel Mühe machst, mich auf dem Laufenden zu halten!«

»Was denn? Moment, ich bin ja wohl nicht verpflichtet, dir über meine Gespräche mit Vincent zu berichten. Also mach mal halblang, okay?«

»Du kannst von Glück reden, dass ich dich nicht vor mir habe.«

»Ich kann vorbeikommen. Ich kann in zehn Minuten da sein.«

»Mein Gott, wie kannst du dich nur so unmöglich aufführen? Fällt dir keine freundlichere Antwort ein? Wenn mein einziges Verbrechen darin besteht zu verlangen, dass ich über die Geschichten Bescheid wissen will, die in dieser Familie im Gange sind? Insbesondere, wenn sie Vincent betreffen? Na danke für die warmen Worte, Richard, besten Dank. Aber heb dir noch ein paar von deinen Schmeicheleien für deine neue Freundin auf, verschwende sie nicht alle an mich.«

Der Tonfall dieses Gesprächs erinnert an den, der vor

einigen Jahren fast alltäglich geworden war, bevor wir beide das Handtuch warfen. Das ist keine schöne Erinnerung. Damals begannen sich die ersten Illusionen in Luft aufzulösen, die ersten jungen Frauen tauchten auf, die ersten Aussetzer machten sich bemerkbar. Wir waren gerade erst vierzig.

Ich lege auf. Ich habe gelernt, eine Sache zu beenden – es gibt nichts Schlimmeres als ein Gespräch, das man ausarten lässt und von dem nichts Gutes mehr zu erhoffen ist, da ist es doch besser, einen sauberen und schnellen Schnitt zu machen, ich werde etwas später wieder anrufen, wenn die Spannung sich gelegt hat, dann reden wir in aller Ruhe noch mal darüber.

Ich kann es mir erlauben, mich ihm gegenüber so zu verhalten. Ich kann es mir umso mehr erlauben, als da jetzt diese junge Frau zwischen uns steht, die allen Abmachungen widerspricht, die wir getroffen hatten, um nach unserer Trennung in Frieden und Freundschaft weiterzuleben – aber mit dieser Hélène ist es ja, als würde er sich komplett über mich lustig machen.

Ich kenne niemanden, der es schätzt, wenn man einfach auflegt. Ich lasse eine Stunde verstreichen, kümmere mich nicht um seine Nachrichten, trage Notizen zusammen, erledige ein paar geschäftliche Telefonate, dann rufe ich ihn noch mal an. »Richard, ich will mich nicht mit dir streiten. Lass uns dieses Gespräch noch mal unter besseren Vorzeichen führen. Bitte. Tun wir es für Vincent. Versuchen wir, nicht so sehr an uns zu denken, in Ordnung?«

Er antwortet mit einem beredten Schweigen. »Was machst du?«, frage ich ihn.

»Wer? Ich? Oh, nichts Besonderes. Jetzt gerade, meinst du? Nichts Besonderes.«

»Ich störe also nicht?«

»Überhaupt nicht. Ich liege in der Badewanne. Was gibt's Neues von Irène? Ich war bei ihr. Mir wurde angst und bange, ehrlich.«

»Schon klar. Nein. Keinerlei Veränderung. Sie ist eben alt. Sie ist *innerlich* gealtert, ihre Kräfte sind verschlissen. Aber du hast recht, es ist schrecklich, sie so zu sehen. Also hast *du* die Blumen gebracht. Ich hab's geahnt. Danke. Ich hab sie mit neuem Wasser versorgt.«

»Geht es dir gut?«

»Ja und nein. Ich weiß nicht, wie ich ausdrücken soll, was ich empfinde – ich bin noch unter Schock, ich nehme Lexotanil. Entschuldige, dass ich vorhin aufgelegt habe. Ob du es glaubst oder nicht, aber ich zittere, als würde ich frieren.«

»Du brauchst dich nicht zu entschuldigen. Ich weiß, was du gerade durchmachst.«

»Und ich weiß, dass du es weißt, Richard. Es tröstet mich zu wissen, dass da jemand ist, der es weiß, und ich nicht allein bin. Jedenfalls bin ich froh, dass du auf dem Laufenden bist bei dieser Sache mit Vincent, so kann ich das lockerer nehmen und ruhig schlafen, weil ich weiß, dass du diese Geschichte im Auge behältst, und zwar genauso gut wie ich, wenn nicht sogar besser.«

»Und wenn wir einsehen würden, dass Vincent alt genug ist, sich selbst durchzuschlagen? Es war ein Fehler von Anna, ihm das Geld zu geben.«

»Entschuldige, Richard, aber wie kannst du behaupten, Vincent sei alt genug, um sich selbst durchzuschlagen? Machst du Witze? Hat er schon, auf welchem Gebiet auch immer, den geringsten Beweis dafür erbracht? Keine Ahnung, hat er schon Wüsten durchquert, Meere bezwungen, Berge erklommen, bevor er in den Armen von Josie gelandet ist? Wozu sollten wir ihm Eigenschaften andichten, die er meines Wissens noch nie gezeigt hat? Einfach nur, weil er unser Sohn ist? Ist er deswegen intelligenter als alle anderen?«

»Nun ja, warum nicht?«

Stimmt, er hält sich ja für den besten Drehbuchautor der Welt – seine Sachen fürs Fernsehen sind es nicht wert, dass man darüber spricht, sagt er. Ich habe ihn schon oft dabei beobachtet, wie er auf seinem Bürostuhl grübelte, nachdem er eine Absage bekommen oder den Gegenstand all seiner Hoffnungen als einfache Postsendung zurückerhalten hatte, und konnte nie auch nur den leisesten Selbstzweifel bei ihm ausmachen – ich habe diese Kraft, die ihn erfüllte, über alles geliebt, diese Sicherheit, die er mir vermittelte, wenn ich am liebsten im Erdboden versunken wäre, wenn ich mich am liebsten im Dunkeln verkrochen hätte und es nicht einmal mehr wagte, meinen Namen zu nennen.

»Und was würdest du«, entgegne ich, »über eine Mutter sagen, die ungerührt dabei zusieht, wie ihr Sohn gegen die Wand fährt? Einfach nur, um zu sehen, wie der ach so erwachsene Junge sich durchschlägt.«

Die Antwort ist Schweigen, aber ich höre seinen Atem, das Plätschern des Badewassers. Es ist schön draußen, wenn auch ziemlich stürmisch, der Wind rüttelt an den Fenstern, die Bäume biegen sich in alle Richtungen.

»Krieg nicht alles in den falschen Hals«, seufze ich. »Ich weiß, dass du denkst, du machst alles richtig, aber du kennst ihn schlecht, oder nein, du kennst ihn nicht schlecht, aber du überschätzt seine Kräfte, unterschätzt seine Schwächen und schickst ihn auf die Schlachtbank.«

»Auf die Schlachtbank? Du drückst dich aber verdammt drastisch aus.«

»Wach auf, Richard! Dein Sohn verkauft Fritten bei McDonalds.«

»Mit vierundzwanzig Fritten zu verkaufen hat noch niemanden ins Grab gebracht.«

»Aber so wie es aussieht, muss er jetzt für eine Frau und ein Kind sorgen. Siehst du denn den Unterschied nicht? Pass auf, ein Kind großzuziehen bedeutet, den Weg bis zum Ende zu gehen, und nicht, es auf halber Strecke fallenzulassen. Ich weiß, was du mir antworten wirst, dass wir ihn in seinem Alter nicht gerade auf halber Strecke fallenlassen, dass er sich jetzt selbst beweisen muss, aber denk nur mal ganz kurz über die Möglichkeit nach, dass er in eine Falle getappt ist. Versuch es dir vorzustellen. Würdest du ihm nicht zu Hilfe eilen? Auf mich hört er nicht mehr, auf dich schon. Kannst du ihm nicht erklären, dass sie *nicht seine Frau ist* und das Kind *nicht sein Kind*? Kannst du ihn nicht zur Vernunft bringen?«

»Also ich glaube, er ist alt genug, sich um seine Angelegenheiten zu kümmern. Ganz bestimmt.«

»Nein, Richard, warte. Was willst du damit sagen? Da komme ich nicht mit.«

»Du hast mich ganz genau verstanden.«

»Soll das heißen, dass du nichts unternehmen, die Hände in den Schoß legen wirst? Was ist bloß mit euch los? Bist du auch vollkommen verrückt geworden? Macht ihr das absichtlich?«

Diesmal ist er es, der auflegt, aber nachdem ich seine Reaktion vorausgeahnt habe, empfinde ich nichts dabei, das zählt nicht wirklich, nein, das ist kein voller Punktgewinn.

Ich schaue aus dem Fenster, die Bäume der Avenue, der schwarze Monolith des Areva-Hochhauses, die Dächer im Wind, die winzigen Passanten, eingemummt und gebeugt, die vorüberziehenden Wolken. Bis Weihnachten sind es nur noch ein paar Tage. Das Schlimmste ist, tatenlos zuzusehen, wie die Katastrophe hereinbricht. Dass man es wusste, aber nichts tun konnte. Das werden wir bitter bereuen, daran besteht kein Zweifel.

Ich packe ein paar Drehbücher ein und besuche meine Mutter – in der Eingangshalle kaufe ich Zeitschriften und zwei Salatteller. Im Aufzug wird mir bewusst, dass meine Mutter weder lesen noch essen kann – und auch nicht sprechen, laufen oder mit den Wimpern klimpern, dabei war das eine ihrer Spezialitäten –, und hinter vorgehaltener Hand überkommt mich ein verzweifeltes Zucken.

Für alle Fälle lese ich ihr etwas vor – es geht weiter bergab mit dem alten Kontinent, im eisernen Griff der Banker haucht er langsam sein Leben aus. Ich fürchte mich ein bisschen davor, dass sie plötzlich aufwacht, sich an mir festklammert und wissen will, ob ich meine angebliche moralische Verpflichtung gegenüber ihrem teuren Gatten erfüllt habe.

Hat sie denn ihre erfüllt, als sie ein ausschweifendes Leben geführt und alle moralischen Grundsätze verhöhnt hat? Was für grässliche Winkelzüge hat sie sich nicht einfallen lassen, um mich zu nötigen, meinen Vater zu besuchen, was für niederträchtige Finten hat sie nicht ausgeheckt, um mir ihren Willen aufzuzwingen – der Coup mit der Gehirnerschütterung zeugt von abstoßender Bösartigkeit und geringer Rücksichtnahme.

Es ist mitten am Nachmittag, aber schon bricht die Dämmerung herein. Ein Flugzeug gleitet über den Himmel, seine weiße Spur driftet langsam in Richtung des Sonnenuntergangs, der in ein milchiges Orange gehüllt ist, während sich ihr Ende auflöst und verliert, ehe alles völlig im Azur verschwindet.

»Du darfst mir nicht böse sein«, sage ich. »Du weißt es. Du kannst nicht so tun, als ob du es nicht wüsstest.« Der Salat ist ekelhaft, voller viel zu salziger schwarzer Oliven. Heute ist jemand da gewesen, der sie gekämmt hat, ich fühle mich schuldig.

Ich kann sie nicht lang ansehen. Sonst beginne ich noch zu weinen. Aber wenn ich lediglich meinen Blick über sie gleiten lasse, wenn ich auf ihrem Gesicht, dessen Haut an Pappe erinnert, nicht allzu lang verweile, wenn ich nur kurz, nicht sonderlich intensiv hinschaue, gelingt es mir, die Herausforderung zu meistern, bei einer komatösen Mutter zu sitzen, ihre kalte Hand zu halten, auf etwas Unbestimmtes zu warten und dabei aus dem Fenster zu sehen. Am Spätnachmittag hängen sie in den Gängen Kugeln und goldene Girlanden auf. »Ich gehe nicht hin, Mama, kommt gar nicht in Frage. Ich weiß nicht, ob du mich hören kannst, Mama, aber es kommt nicht in Frage, auf keinen Fall. Er bedeutet mir nichts mehr. Ich schäme mich für den Teil in mir, der mich mit ihm verbindet, ich möchte dir das nicht noch tausendmal sagen müssen. Ich mache dir keine Vorwürfe wegen all deiner Besuche bei ihm, das ist deine Sache, ich respektiere deine Entscheidung, Mama, also sei so gut, und respektiere du die meine, zwing mich nicht zu etwas, das mir unerträglich ist. Du bist seine Frau, ich bin seine Tochter. Wir haben nicht dieselbe Sichtweise. Du hast ihn dir ausgesucht. Ich drehe dir keinen Strick daraus, du konntest das ja nicht ahnen. Aber dennoch hast du ihn dir ausgesucht. Ich nicht. Du kannst alle Bande mit ihm zerreißen. Ich nicht. Sein Blut fließt in meinen Adern. Verstehst du, wo das Problem liegt? Ich bin mir nicht sicher. Ich glaube nicht, dass du dich auch nur eine Sekunde in meine Lage versetzt; ja, dass du so etwas von mir verlangst, beweist zur Genüge, dass du dich *kein bisschen* in meine Lage versetzt.«

Ich verstumme, weil ein Pfleger hereinkommt, um zu sehen, ob alles in Ordnung ist.

Ralf tritt ein, als ich gerade am Gehen bin. Er nutzt unsere Begegnung, um noch einmal das Thema seiner Anwesenheit in Irènes Wohnung anzusprechen. »Fackeln Sie mir die Bude nicht ab, mehr verlange ich gar nicht«, sage ich zu ihm. »Alles Weitere entscheiden wir, wenn wir klarer sehen.«

Ralf ist mir ein Rätsel. Was sucht er eigentlich? Wenn er nicht gerade eine krankhafte Vorliebe für alte Damen hat, verstehe ich nicht, was er von dem Verhältnis mit meiner Mutter erwartet – und ich habe nicht den Eindruck, dass Irène, obwohl ich ihr eine gewisse Erfahrung auf diesem Gebiet nicht absprechen kann, eine außergewöhnliche Sexualpartnerin ist. Richard meint, ich solle mir darüber keine Gedanken machen. »Du hast recht«, sage ich. »Das sollte ich wirklich nicht. Ist ja auch egal, wir laden ihn nicht ein.«

Es ist besser so. Das Thema, ob Hélène zu diesem Familienessen kommt oder nicht, spreche ich nicht an, aber ich denke mir meinen Teil. Richard soll tun, was er für nötig hält.

Er hat ein Herz, er hat ein Gewissen, er kann frei entscheiden, also soll er eine Entscheidung fällen. Wir sitzen auf der sonnigen Terrasse eines Cafés, die wie durch ein Wunder windgeschützt ist, und der über Nacht gefallene Schnee bildet Kristalle und glitzert auf den Gehsteigen. Es ist nicht sonderlich kalt. »Aber es spricht eigentlich nichts dagegen, Patrick und seine Frau einzuladen«, sage ich, »oder was meinst du? Ein paar neue Gesichter. Sie sind nett.«

»Er ist nicht *nett*. Er arbeitet für eine Bank.«

»Ja, ich weiß. Nun, dann sagen wir eben, ich spiele meinen Joker aus. Versuchen wir den Abend aufzulockern, so gut es geht. Bitte. Lass uns für Abwechslung sorgen.«

Er nimmt meine Hände und reibt sie in den seinen, aber er weiß, ich werde ihm niemals verzeihen, dass er mich geohrfeigt hat, und bei seinen aufmunternden Gesten mir gegenüber gibt er seither immer einen Seufzer von sich – wenn er mir über den Rücken streicht, mich an seine Schulter drückt, mir die Knöchel massiert usw. Vor nicht allzu langer Zeit sagte er zu mir: »Michèle, drei Jahre, bald sind es drei Jahre, mehr als tausend Tage, könnten wir nicht …« Ich unterbrach ihn: »Ganz bestimmt nicht, Richard. Du träumst wohl. Man kann leider nicht alles vergeben. Selbst wenn ich wollte, könnte ich es nicht. Niemand kann das ändern, Richard, damit musst du dich abfinden.«

Ich habe eine ausgesprochene Abneigung gegen diese Momente, in denen einen von uns beiden die Gefühlsduselei überkommt, sei es bei einer gemeinsamen Erinnerung oder einem Drink, und die uns auf sinnlose Art beinahe rührselig macht. Sinnlos deshalb, weil es keinerlei Hoffnung auf Besserung gibt. Keinerlei Hoffnung für ihn auf Wiedergutmachung, keinerlei Aussicht darauf, die Schande auszulöschen – insofern geht es ihm wie meinem Vater: Diese Berufung zur Verdammnis, denn ihre nicht wiedergutzumachenden Taten berauben sie für alle Ewigkeiten der Vergebung, macht sie zu Geächteten.

Aber in letzter Zeit fühlt er sich bedeutend besser, er erträgt es bedeutend besser, für unsere endgültige Trennung verantwortlich zu sein, weil er damals die Hand gegen mich erhoben hat – und sie dann brutal auf meine Wange niedergehen ließ –, er findet sich bedeutend besser damit ab, dass er mich für immer verloren hat, seit er Hélène kennengelernt hat, ich glaube wirklich, dass er nicht vor Kummer sterben wird und dass diese junge Frau auf ihn die Wirkung einer starken Glückspille ausübt.

Ich ziehe meine Hände zurück, die Sonne scheint noch immer. Seit er mit ihr schläft, ist sein Gejammer weniger herzzerreißend. Er scheint sich auch frischer und fitter zu fühlen, das sehe ich an dem lächelnden Gesicht, das er aufsetzt – ich wusste gar nicht, dass er noch lächeln konnte –, und an seiner geduldigeren Art. Es ist total frustrierend. Da kommt diese junge Frau und nimmt sich nur das Beste. Ich bestelle einen Wodka. Ich rauche eine Zigarette.

Richard macht Menüvorschläge, ich nicke, höre aber nicht wirklich zu. Ich habe kaum noch Appetit, seit Irène im Krankenhaus ist. Manchmal ist mir sogar schlecht. Hoffentlich bin ich nicht schwanger. Kleiner Scherz. Wie sollte ich auch? Abgesehen von meiner Vergewaltigung ist mein Sexualleben seit geraumer Zeit eine öde Wüste, ein Problem, mit dem er ganz offensichtlich nicht zu kämpfen hat.

Mama stirbt während der Mitternachtsmesse. Wir haben

die Tafel aufgehoben, die Geschenke aufgemacht, wir sind zum Bollinger übergegangen und bereuen es nicht. Die Stimmung ist familiär und freundlich. Obwohl wir rundum eingeschneit sind, ist es fast mild, und einige sind rausgegangen, um zu rauchen. Ich hatte befürchtet, dass es zwischen Anna und Josie Spannungen geben könnte, aber Anna hat sehr schnell ein paar Gläser gekippt und war sehr schnell bester Laune – sogar derart, dass sie Édouard-Babys Wange gestreichelt hat, der in den Armen seiner Mutter eingeschlafen war. Der Himmel ist klar und sternenübersät. Rébecca, die Frau von Patrick, ist eine kleine Rothaarige mit kantigem Gesicht. Die Sterne seien wunderschön, meint sie. Von ihm erfahren wir, dass sie vor einigen Monaten auf ihren ausdrücklichen Wunsch hin getauft wurde, nachdem sie beim Besuch der Kathedrale von Beauvais eine mystische Erfahrung gemacht hatte, und dass sie sehr gern ein bisschen in die Übertragung der Mitternachtsmesse hineinschauen würde, wenn das niemanden stört. »Nein, machen Sie nur, drehen Sie einfach den Ton runter«, sage ich. In diesem Augenblick vibriert das Telefon in meiner Tasche.

Zunächst höre ich gar nichts, nur ein entferntes Knistern. Ich stehe auf, laufe zur Haustür und bitte meinen Gesprächspartner, seine Worte zu wiederholen, weil die Verbindung schlecht ist. Ich gehe hinaus. Ich sage: »Ja? Hallo?«, und da verkündet man mir, dass sie tot ist. Ich weiß nicht, was ich sagen soll. Ich mache: »Ah?« Ich lege sofort auf, sperre die eingehenden Anrufe. Ich erschauere.

Ich überlege kurz, ob ich das Krankenhaus anrufen und fragen soll, ob ich das richtig verstanden habe. Ich setze mich in einen Korbsessel, den sie uns geschenkt hat, als Richard und ich in dieses Haus gezogen sind, und dem Möbel entringt sich das furchtbare Ächzen, das ich gern ausstoßen würde, aber ich sage noch immer nichts. Einen Moment lang umklammere ich die Armlehnen und warte, bis das Erdbeben vorüber ist.

Als es zu Ende ist, bin ich schweißnass, und meine Schläfen sind feucht. Der Mond scheint über dem Wäldchen, Paris leuchtet in der Ferne. Ein Igel durchquert vor meinen Augen den Garten. Ich höre das Gemurmel der Gespräche. Ich drehe mich um und sehe, wie auf der einen Seite Anna und Vincent ihre Zigaretten rauchen, und auf der anderen Robert mit Patrick zusammensteht, glücklich darüber, dass er jemand gefunden hat, vor dem er sein gesammeltes Wissen über Zigarren ausbreiten kann.

Alles ist an seinem Platz, alles ist völlig friedlich. Niemand hat auch nur das Geringste mitbekommen. Ich zwinge mich, langsamer zu atmen und mein Herzklopfen zu unterdrücken.

Schließlich stehe ich auf. Zu lächeln bereitet mir keine Mühe. Ich frage sie, ob sie irgendetwas wollen, dann gehe ich hinein und lache dabei über eine Bemerkung von Robert, von der ich kein Sterbenswörtchen verstanden habe, aber ich komme wunderbar damit durch. Sie bemerken rein gar nichts. Ich gehe hinein. Rébecca hockt im Schneidersitz auf dem Sofa und betrachtet mit aufgerissenen Augen die geräuschlosen Bilder der Mitternachtsmesse. Die drei anderen sitzen mit ihren Gläsern am Kamin. Ich setze mich neben Rébecca.

»Ich habe gerade erfahren, dass meine Mutter gestorben ist«, sage ich und starre ebenfalls auf die Direktübertragung aus der Notre-Dame.

Sie sieht mich an, begnügt sich aber mit einem Nicken. Keine Ahnung, wo die sich gerade befindet, aber sicherlich nicht hier, neben mir. Ich lächle sie an. Seit ich ihr die schreckliche Nachricht anvertraut habe, löst sich deren Umklammerung. Noch dazu behalte ich die Kontrolle darüber, denn im Moment muss ich sie nicht mit den anderen teilen, und Rébecca verrät mich ganz bestimmt nicht. Ich biete ihr einen Kräutertee oder ein Stück Biskuitrolle an. Sie ist von beidem hellauf begeistert. Ich nehme die Bestellung auf. Ich hatte sie etwas seltsam und ätherisch in Erinnerung, aber nicht in diesem Ausmaß. Für den Kräutertee muss ich in die Küche. Als ich vorübergehe, zwinkert mir Richard freundschaftlich zu, und wenn selbst er nichts bemerkt, wenn selbst ihm nichts Ungewöhnliches auffällt, muss meine Tarnung wirklich hervorragend sein.

Als ich mit einem Tablett für Rébecca zurückkehre, kommen auch die anderen wieder herein und verbreiten den Duft von gefrorener Erde. Die Gespräche werden fortgesetzt, die Blicke kreuzen sich, und sehr schnell beginne ich, sachte zwischen ihnen zu schweben, mein schreckliches Geheimnis gegen meine Brust pressend wie einen wärmenden Talisman.

Im Morgengrauen schließe ich die Tür hinter Robert und Anna, die als Letzte gehen, und habe das Gefühl, Irène und auch mir selbst einige Stunden Aufschub verschafft und sie gut genutzt zu haben – es ist uns gelungen, diese letzten Momente gemeinsam zu verbringen, im Abseits, nur wir zwei, und ganz allein, wie früher, als wir auf niemand zählen konnten, daraus ziehe ich tiefe Zufriedenheit, erlange ich eine innere Ruhe. Ich bleibe einige Augenblicke in der Tür stehen, warte darauf, dass sie losfahren, dass Robert seine Autoschlüssel findet, da landet nur wenige Meter von mir entfernt eine Amsel, und wie sie sich verhält, den Kopf schieflegt, ohne mich dabei aus den Augen zu lassen, aufgeplustert und herausfordernd, erweckt sie den Eindruck, als seien wir alte Bekannte, als wüssten wir sehr wohl, worum es geht. Bevor ich mich ins Bett lege, schneide ich ihr einige Apfelstücke auf und kredenze sie ihr auf einem kleinen Teller.

Ich erwache mitten am Nachmittag, beginne, die traurige Nachricht zu verbreiten, und werde bedacht mit betretenem Schweigen, Ermutigungen, diese schwere Prüfung zu überstehen, und Hilfsangeboten aller Art, aber ich will niemanden sehen und schaffe es, all diese guten Seelen abzuwimmeln.

Außer Patrick. Doch sein Besuch hat nichts mit dem Tod von Irène zu tun – von dem er natürlich nichts weiß –, er findet anlässlich einer Suche statt, und zwar nach einem Namensarmband ohne besonderen Wert, das Rébecca aber von einer Wallfahrt nach Lourdes mitgebracht hat. »Es tut mir leid, aber sie ist wie von Sinnen bei dem Gedanken, dass sie es verloren hat«, sagt er, als er versucht, mit der Hand zwischen die Rückenlehne und die Sitzfläche des Sofas zu gelangen, auf dem seine Frau den ganzen Abend verbracht hat. »Nochmals tausend Dank für dieses wunderbare Weihnachtsessen«, fügt er hinzu und setzt seine verbissene Suche fort, mit gebeugten Knien und gerunzelter Stirn, den Arm bis zur Beuge in den Kissen versenkt.

Ich bedeute ihm, dass er sich nicht bedanken müsse, und beobachte dabei den Mann, der zu meinen Füßen kauert. Als ich ihm eben die Haustür öffnete, bemerkte ich den Nebel, der über der Landschaft hing, und hörte ein fernes Bellen, ganz als würde es durch eine Watteschicht herüberdringen.

Es ist erst vier Uhr, aber die Dämmerung setzt schon ein. Wie oft habe ich es mit Richard gemacht, genau hier, auf diesem Sofa, mit Robert oder diesem Geiger oder irgendeinem anderen, im Laufe all dieser Jahre?

»Und hopp, da ist es!«, sagt er breit grinsend und hält das Armband hoch.

Mein Schritt befindet sich ungefähr auf gleicher Höhe mit seiner Nase – in etwa einem Meter Entfernung. Natürlich habe ich mich diesmal nicht im Bademantel geirrt, ich trage den langen, aber ich habe ihn ein bisschen aufgehen lassen. Ich warte. Er lächelt immer noch und rührt sich nicht. Ich schaue auf und bewundere, wie sich der verschneite Wald vom immer dunkleren Blau des Abends abhebt, dann beschließe ich, dass die zugestandene Zeit abgelaufen ist, drehe mich um und gehe zur Tür. »Heute Morgen hat uns Irène verlassen«, erkläre ich. »Entschuldigen Sie, dass ich Ihnen nichts anbiete, Patrick, aber ich brauche Zeit für mich. Würden Sie Rébecca liebe Grüße von mir bestellen, bitte?«

Er erhebt sich, und die vielfältigen Gefühle, die auf ihn einstürzen, scheinen ihn einen Moment ins Schwanken zu bringen, doch dann überwiegt wohl Irènes Tod, und er zieht sich zurück, entschuldigt sich ungeschickt, küsst meine Hände, aber wenn er *jetzt* an die Sachen denkt, an die ich vor weniger als einer Minute dachte, ist es zu spät, denn sie sind leider aus meinem Kopf verschwunden – solche Stimmungen gibt es nicht auf Bestellung.

Zwischen Weihnachten und Neujahr ist unser Office geschlossen, und ich nutze diese Tage, um mich so grässlichen Dingen wie der Beerdigung und dem Aussortieren ihrer Besitztümer zu widmen.

Seine Mutter während der Feiertage zu verlieren ist besonders schlimm, denn die Bestattungsunternehmen laufen auf Sparflamme, und zum Schmerz kommt noch dieses Gefühl des Künstlichen und Unwirklichen, der stehengebliebenen Zeit und der Benommenheit, die das Ableben der Frau, die einen zur Welt gebracht hat, noch beängstigender und unverständlicher machen.

Ralf verspricht mir, die Wohnung bis Ende Januar zu räumen. Das ist spät, aber ich sage nichts, denn ich kann gut verstehen, dass er nicht von einer Sekunde auf die andere eine neue Unterkunft findet, also stimme ich zu – wir einigen uns auf bestimmte Zeiten unter der Woche, in denen ich Zutritt zur Wohnung habe und ihn möglichst wenig störe, wenn ich Irènes Angelegenheiten ordne und Dinge in Kartons verstaue.

Ich sehe mich kurz in der Wohnung um, weil ich mir, sage ich zu ihm, ein Bild von dem Umzug machen will, der mich erwartet. Ich informiere ihn auch über die Vorbereitungen, die ich für die Beerdigung getroffen habe, falls er vorhat, daran teilzunehmen.

Ich habe ihn gekränkt. Dass ich auch nur einen Augenblick glauben konnte, er würde nicht zu Irènes Beerdigung kommen, verletzt ihn tief. »Ich wollte damit einfach nur sagen, dass Sie sich nicht verpflichtet fühlen müssen zu kommen, aber Sie sind herzlich willkommen, Ralf, das wissen Sie doch.«

Ich entdecke, dass er aufbrausend sein kann, was mir bisher nicht aufgefallen war. Richard sagt mir, dass ihn das nicht überrascht, dass er gleich bei der ersten Begegnung mit ihm diesen Eindruck hatte. »Hinter seinem leicht gezwungenen Lächeln ist das durchaus erkennbar. Sicherlich eine Nervensäge.«

»Bestimmt hast du recht. Aber er hat vor nicht allzu langer Zeit noch mit ihr geschlafen. Das ist eine Tatsache. Er hat sie in seinen Armen gehalten, sie geküsst, sich an sie geschmiegt. Auf eine gewisse Art ist das erschreckend.«

»Was ist daran erschreckend?«

»Was daran erschreckend ist? Nun ja, keine Ahnung, ihr Verhältnis zueinander, wie gut er sie kennt, ihr Altersunterschied, ihre Vertrautheit… Weißt du, was das Schlimmste ist? Sie hat sich zwei Dinge gewünscht. Sie wollte noch mal heiraten, und ich war dagegen. Und zwar total. Das ist das erste. Beim zweiten ging es um meinen Vater. Sie wollte mich dazu bringen, dass ich ihn wenigstens noch ein Mal besuche, bevor es zu spät ist und er völlig den Verstand verliert. Ich habe mich geweigert. Was meinst du? Eine gelinde gesagt zwiespältige Bilanz, oder? Ich sage mir, dass Ralf vielleicht der Letzte war, der ihr eine Freude gemacht hat, und wenn er es nicht war – ich war es jedenfalls nicht, und dafür schäme ich mich fürchterlich und bin wahnsinnig traurig.«

Wir gehen zwischen den ausgestellten Grabsteinen auf und ab, prüfen die Särge. Auf der anderen Straßenseite liegt das Geschäft eines Wohnwagenhändlers, dessen verblasste Banner im grauen Himmel flattern. Richard führt mich am Arm. Ich hoffe, Hélène merkt schnell, dass die Dinge zwischen uns nicht so eindeutig sind, und dass sie irgendwann ausrastet. Bestimmt werden sich dann wieder alle Augen auf mich richten, bestimmt wird wieder mein Verhalten kritisiert werden. Als ob ich ihn zu irgendetwas zwingen würde, als ob ich ihn dazu nötigen würde, mir Gesellschaft zu leisten. Ich glaube, er weiß, was er tut. Und wenn er es nicht weiß, bin ich die Erste, die das bedauert.

Wie auch immer, ich bin froh, ihn dabeizuhaben, denn mir ist schwindlig, und ich bin unfähig, etwas *auszusuchen*, mich für ein Modell oder ein anderes mit dieser oder jener Polsterung zu *entscheiden*, und ich bitte Richard, das zu übernehmen, sein Bestes zu tun, während ich hinausgehe und sogar eine Zigarette rauche.

Das Begräbnis findet am Donnerstag statt. Der Himmel ist weiß, einige Flocken, die beim geringsten Luftzug aufwirbeln, streichen über die Oberfläche des polierten, blitzblanken Sargs. Richard und Vincent stehen rechts und links neben mir, ich spüre, dass sie bei einem Schwächeanfall sofort eingreifen würden, ich muss mir also keine Gedanken darüber machen, ob ein Stuhl in Reichweite ist – sollte ich unsicher auf den Beinen sein, bin ich in guten Händen.

Ich halte nicht bis zum Ende durch, ich habe nicht die Kraft dazu. Ich will nicht dabei sein, wenn der Sarg hinuntergelassen wird, möchte aber den Ablauf der Feier nicht stören, ich bedeute ihnen, dass alles in Ordnung ist, dass ich niemanden brauche, und begebe mich zum Ausgang. Ich mache ein paar Schritte, dann falle ich in Ohnmacht.

Als ich wieder zu mir komme, liege ich ganz in der Nähe auf einer Bank, die man für mich frei gemacht hat. Ich bin nicht überrascht. Es ist wirklich ein harter Schlag. Der Hausmeister, der schon ganz andere Dinge erlebt hat, rät mir, ein Stück Würfelzucker zu essen – ich bin die dritte Person, die in dieser Woche in Ohnmacht fällt. Ich richte mich wieder auf. Ich beruhige alle, die über mich gebeugt sind. Es scheint, als sei ich so weiß wie ein Blatt Papier. Ja, ganz bestimmt, aber jetzt geht es mir besser. Das war eine schwere Prüfung, die ich bestehen musste. Man glaubt immer, stärker zu sein, als man es in Wirklichkeit ist, und das kommt dann davon, sage ich. Die Wirklichkeit holt uns auf den Boden der Tatsachen zurück.

Patrick übernimmt es, mich nach Hause zu bringen – ich wurde für fahruntüchtig erklärt, und sie drohten mir, mich auf den Rücksitz eines Autos zu fesseln, wenn ich darauf beharrte, mich selbst ans Steuer zu setzen, nachdem ich ihnen ja gerade gezeigt hatte, wie es um meine Körperbeherrschung stand, als ich inmitten der Gräber zusammenbrach wie ein kleines, schwaches Ding.

Ich bin recht düsterer Stimmung, ich würde tausendmal lieber allein sein und bis zum nächsten Morgen kein Wort mehr sprechen, aber sie tragen mich fast bis zu seinem Auto, setzen mich hinein, gurten mich an und hängen sich ins Fenster – ich vermeide den lüsternen Blick von Robert, der zu einem echten Plagegeist wird und Anlass zur Besorgnis gibt –, um mir zu sagen, ich solle mich bis auf weiteres stillhalten.

»Kein Small Talk«, sage ich, als er startet. »Danke.«

Wir fahren die Seine entlang, über eine Brücke, dann durch Wälder, ohne dass ich ihn eines Blickes würdige oder auch nur ein Wort an ihn richte, und er gibt keinen Mucks von sich, fährt gemächlich und schweigend, während ein pudriger, feiner Schnee fällt, der langsam den Himmel verdunkelt. »Wir haben Glück gehabt«, sage ich.

»Für heute Nacht sind starke Böen angekündigt. Sie sollten Ihre Fensterläden schließen.«

Ich nicke. Seine Gesellschaft ist mir nicht unangenehm, aber Sprechen finde ich wirklich mühsam. Außerdem geht er mir auf die Nerven, wenn ich ehrlich bin. Immer sucht er sich den falschen Moment aus, nie sind wir zeitgleich in Stimmung.

Als wir ankommen, warte ich nicht, sondern steige gleich aus.

Ich bin schon an der Tür, aber er ist immer noch nicht losgefahren. Da ich jetzt ein bisschen mehr darüber weiß, was es mit Rébecca, seiner Frau, auf sich hat, bin ich ihm gegenüber milder gestimmt. Mit Rohstoffpreisen zu spekulieren oder neue Finanzsysteme auszutüfteln erfordert sicherlich keine außergewöhnlichen menschlichen Qualitäten oder eine übermäßige Feinfühligkeit, aber kann man jemandem wünschen, dass er sein Leben mit einer Person wie Rébecca verbringen muss?

Ich zucke mit den Schultern und gehe ins Haus. Schalte den Alarm ab. Ich schaue hinaus, aber ich sehe ihn nicht mehr, weil plötzlich dichter Schneefall eingesetzt hat. Bevor ich am Morgen gegangen bin, habe ich die Heizung hochgedreht, jetzt ist es warm. Das Haus kommt mir groß vor, seit ich allein bin, aber es war genau richtig, als Richard und Vincent hier lebten, und vor allem, als anfangs noch Irène bei uns wohnte. Ich hatte mir unter dem Dach ein großes Zimmer eingerichtet, einen Arbeitsraum, mit meinem Schreibtisch, einigen Kissen und einem großen Bildschirm, während Irène einen Teil des Erdgeschosses für sich hatte, denn letztlich verfügten wir über nicht allzu viel Platz. Aber schließlich trieb sie uns in den Wahnsinn, und wir entschlossen uns dazu, etwas für sie zu mieten, damit sie *woanders* wohnte – sonst wäre irgendwann Blut geflossen.

Ich habe es vor etwa zwanzig Jahren gekauft, nach dem unerwarteten Erfolg eines unserer ersten Projekte, und ich halte es gut instand, damit es nicht einstürzt, denn in dieser Familie soll wenigstens etwas stabil bleiben, es kann ja nicht alles umsonst gewesen sein. Es ist gegen Termiten behandelt. Bei dem Sturm '99 hat es ein paar Schindeln weggerissen, und wir haben das zum Anlass genommen, das Dach neu decken zu lassen. Richard hat es nie sonderlich gemocht, weil er es nicht ertrug, dass unsere vier Wände und das Dach darüber allein meinen Fähigkeiten zu verdanken waren.

Ich habe es nicht geschafft, dass er sich diese Gedanken aus dem Kopf schlägt. Irgendwann habe ich aufgegeben. Irgendwann habe ich verdrängt, dass alles Ungelöste früher oder später wieder hochkommt, nur noch heftiger, und dieses Übel hat uns bis zum letzten Moment geplagt. Ich gehe in den Speicher, weil ich abschätzen will, wie viel Platz ich habe, um Irènes Sachen zu lagern, und bei dieser Gelegenheit spähe ich hinüber zum Haus meines Nachbarn. Die Flocken fallen dicht und still herab. An den Fenstern im Erdgeschoss blinken ein paar Leuchtgirlanden, der Schornstein raucht, und der Himmel ist erfüllt von silbernem Zwielicht.

Ich bin nicht sonderlich hungrig, aber ich beschließe, etwas zu essen, damit ich wieder zu Kräften komme. Ich setze Kopfhörer auf und höre das Album *Felt* von Nils Frahm, während ich mit einer Zigarette im Mundwinkel Eier in die Pfanne schlage. Diesmal ist Mama wirklich tot, daran besteht nun kein Zweifel mehr, und dennoch zieht mich Nils Frahm irgendwann völlig in seinen Bann.

Jetzt kommt ein richtiger Sturm auf, und man kann nicht sagen, ob das Unwetter oder die Dämmerung den Himmel verdunkelt. Trotz meiner Kopfhörer vernehme ich das Aufbrausen des Winds.

Ich ziehe meinen Pyjama an, schminke mich ab.

Es wird gerade dunkel, als er kommt und mir erklärt, dass ihm der Anblick meiner offenen Läden bei diesem Wetter keine Ruhe lässt. »Ich wollte Sie nicht stören, aber dann habe ich mir gedacht, es ist zu dumm, die Hälfte Ihrer Scheiben wird zu Bruch gehen, wenn wir nichts unternehmen.« Ich zögere ganz kurz, dann lasse ich ihn herein. Wir schaffen es kaum, die Tür zu schließen. Er mustert mich von Kopf bis Fuß. Dieser Mann hat ein Talent dafür, mich in allen möglichen Aufmachungen anzutreffen. »Sie hätten sehen sollen, was das '99 für ein Spektakel war«, sage ich, »der reine Weltuntergang.«

Aber er lässt mich kaum ausreden, da hat er sich schon auf das erstbeste Fenster gestürzt und öffnet es, um den an der Mauer befestigten Laden zu erwischen. Augenblicklich sieht er sich einem gnadenlosen Kampf mit den Elementen ausgeliefert. Er beugt sich weit hinaus, seine Haare werden vom Wind erfasst, er knurrt. Ich bin unschlüssig, ob ich ihm bei einem solch heftigen Wirbelsturm, der schon so für einigen Aufruhr im Wohnzimmer sorgt, behilflich sein kann, doch Gott sei Dank gelingt es ihm, den Laden zu schließen, und es wird wieder ruhig. »Ich habe es nie durchgezählt, Patrick«, sage ich, »aber ich glaube, es gibt bestimmt zwanzig Fenster in diesem Haus.«

»Der Wind kommt aus dem Westen. Kümmern wir uns erst einmal um diese Seite.«

Er strahlt jetzt diese Autorität aus, die ihm sonst so oft fehlt. Ich gehorche und folge ihm zum nächsten Fenster. Er legt seine Hand auf den Griff. Ich gebe das Startkommando. Der eiskalte Wind fährt herein. Während Patrick das Fenster festhält, beuge ich mich nach draußen, um nach dem Laden zu greifen und nach Leibeskräften daran zu zerren, um ihn heranzuholen. Er geht zu. »Tadellos«, erklärt mein wohltätiger Nachbar, der hinter mir rasch das Fenster geschlossen hat. Ich bleibe einen Moment wie gelähmt stehen, bin noch ganz betäubt von dieser Einlage. Er streckt seine beiden Hände aus und streichelt mich durch den dünnen und weichen Stoff meines Pyjamas – zwischen uns liegt die gesamte Länge seiner Arme, also etwa fünfzig Zentimeter.

»Schauen wir, wie es im ersten Stock weitergeht«, erklärt er, während ich mich wieder fasse und die Tränen abwische, die mir der Wind in die Augen getrieben hat.

Mein Schlafzimmer liegt auf der Westseite. Er bleibt vor der Tür stehen. Wirft mir einen fragenden Blick zu. Ich schaue zu Boden und nicke. Wir gehen hinein. Mein Bett ist zerwühlt, meine Unterwäsche über einen Sessel geworfen. Ich habe nicht mit Besuch gerechnet.

»Ich habe nicht mit Besuch gerechnet«, sage ich, als ich seinem Blick folge.

Er tut so, als hätte er gerade das Fenster entdeckt, das knarrt und ächzt unter dem Druck der Böen, die den Schnee in die Hauptstadt tragen. An diesem Punkt hat er sich schon ein gutes Stück auf mich zubewegt. An diesem Punkt kann er das letzte Stück auch noch schaffen, wenn er will.

Anscheinend findet er es besser, wenn wir uns zuerst um das Fenster kümmern, also legen wir wieder los. Danach bin ich noch ein bisschen erschöpfter, wegen all der eiskalten Luft in meiner Lunge. Ich setze mich kurz aufs Bett, um zu verschnaufen. Er setzt sich zu mir. Er legt eine Hand auf mein Knie und streichelt es durch den dünnen und weichen Stoff meines Pyjamas.

»Gehen wir noch weiter hoch«, sagt er mir. »Wir haben es fast geschafft. Hören Sie das? Hören Sie diesen unglaublichen Wind? Ist das Ihr Schlafzimmer? Es gefällt mir. Haben Sie es selbst eingerichtet?«

Er steht auf. Wir gehen noch eine Etage höher. In mein Büro. Ich mache nicht alle Lichter an. Es liegen riesige Kissen herum. Das Fenster auf der Westseite ist mit der Feuchtigkeit aufgequollen, zu zweit versuchen wir, den Knauf des Espagnoletteverschlusses aufzustemmen. Als er sich löst, kugeln wir beide auf den Boden, und er landet plötzlich auf mir, liegt in voller Länge auf mir, es erscheint mir ewig und durchfährt mich wie ein Stromschlag, bevor er aufspringt, um diesen verteufelten Laden und dieses verteufelte Fenster zu schließen – durch das dieser verteufelte Wind hereinbläst.

Bleibt nur noch der Speicher. Ich habe nichts dagegen. Die besondere Atmosphäre dort rührt von all diesen Dingen, die wir nie mehr angefasst haben, seit sie hier lagern, sie sind der kümmerliche Rest unserer Vorgeschichte, zumindest der von meiner Mutter und mir. Große Koffer, Kartons, Dokumente, Fotos, die wir nie ausgepackt, nie geöffnet, nie angesehen haben. Wir klettern die enge Treppe hoch. Dort oben braust der Wind wie das Triebwerk eines Flugzeugs, der

Dachstuhl knarrt, was das Zeug hält. Es ist wunderbar. Ich mache Licht. Die Glühbirne brennt durch. »Ach du Scheiße!« Wir gehen trotzdem hinein.

Drinnen lauere ich auf das kleinste Zeichen von seiner Seite, aber er rast zum Fenster und beginnt mit aller Kraft, an dessen Riegel zu rütteln. Als es aufgeht, bin ich zur Stelle und lehne mich nach draußen, um den Laden zu erwischen. In höchster Not wackle ich in meiner flauschigen Pyjamahose mit dem Po und rufe: »Ich schaffe es nicht, Patrick! Helfen Sie mir!«

Ich finde es schon ein starkes Stück, dass ich den ersten Schritt machen muss, und nehme mir vor, es ihm später einmal zu sagen. Ich finde das ziemlich demütigend. Muss ich ihn scharfmachen, um ihm zu zeigen, wo's langgeht, soll ich seine Hand nehmen und sie mir zwischen die Beine legen? Wie auch immer, nachdem es mir gelungen ist, den Laden zu schließen, presst Patrick sich plötzlich von hinten an mich und reibt sich an mir, während seine Hand in meine Hose fährt, die nur locker von einem Gummi gehalten wird, und sich direkt den Weg zu meinem Geschlecht bahnt.

Ich hätte nicht gedacht, dass wir es noch schaffen. Ich seufze vor Befriedigung, spreize die Beine und verrenke mir den Hals, um ihm meine Lippen darzubieten, aber plötzlich springt er weg, gibt ein seltsames Gewinsel von sich und verschwindet im Halbdunkel Richtung Treppe, die er Hals über Kopf hinunterstürzt. Das kann ich nicht glauben. So etwas kann ich einfach nicht glauben. Mir verschlägt es den Atem.

Ich schlafe sehr schlecht. Am Morgen liegen Blumen vor meiner Tür. Ich werfe sie direkt in die Mülltonne.

Gegen zehn Uhr klingelt er. Interessiert mich nicht, würge ich seine Erklärungen ab und schließe die Tür wieder. Ich beobachte ihn durch das Guckloch, er ist ein paar Meter zurückgegangen und hat sich mit hängenden Schultern und abgespanntem Gesicht auf die Hollywoodschaukel fallen lassen, deren Kissen ich weggeräumt habe, und stützt nun den Kopf in beide Hände.

Mittags ist er immer noch da, hat sich nicht vom Fleck gerührt. Der Himmel ist wolkenlos, der Wind weniger stark, dafür konstant, doch es herrscht eine stechende Kälte. Trage ich irgendeine Verantwortung, wenn er vor meiner Tür hopsgeht, ohne dass ich Hilfe geleistet hätte? Ich tue, was ich zu tun habe, wechsle von einem Stockwerk ins andere und gehe manchmal zu einem Fenster, nur um nachzusehen, ob er noch da ist, und tatsächlich, der Kerl hält die Stellung.

Anna ruft an, und als ich sie über die Lage unterrichte, rät sie mir, Patrick schnell nach Hause zu bringen, bevor er sich eine Erkältung holt oder einen Aufstand macht. »Wie schaffst du es nur, dich in so etwas hineinzumanövrieren?«, fragt sie mich. »Ich bin sprachlos. Soll ich zu dir kommen?«

»Nein«, sage ich, nachdem ich einen Blick auf Patrick geworfen habe. »Nicht nötig.«

Ich schaue mir einen Film mit Leonardo DiCaprio an, und als ich wieder aufsehe, wird es dunkel, und er ist immer noch da. Ich laufe eine Weile ratlos herum, aber schließlich ziehe ich mich an und gehe hinaus.

Ich pflanze mich vor ihm auf, die Hände in die Seiten gestemmt.

»Sie halten sich wohl für besonders schlau, oder? Wollen

Sie die ganze Nacht auf dieser Hollywoodschaukel verbringen?« Seine Augen blitzen kurz auf, aber das ist auch schon alles. Er hält den Kragen seines Kamelhaarmantels, der in der Kälte von dünnem Rauhreif überzogen ist, umklammert, und seine Hand scheint am Revers festgeschweißt. Irgendetwas bedeutet mir, dass er sich an einem kläglichen Lächeln versucht, aber seine Gesichtsmuskeln scheinen gelähmt.

Ich hake ihn unter und zwinge ihn aufzustehen. Er ist wackelig auf den Beinen, durchgefroren bis auf die Knochen, total zusammengekrümmt, verstört. Ich setze ihn auf einen Hocker – ich habe nicht die Absicht, ihn lange dazubehalten – vor den Kamin und mache ihm einen Grog, den er sich einflößen soll, sobald er seine Finger wieder benutzen kann – doch einstweilen schlottert er vor sich hin.

»Was ist eigentlich Ihr Problem?«, frage ich ihn. »Was stimmt nicht?«

Ich erwarte keine Antwort von ihm. Ich rauche eine Zigarette. Er schüttelt den Kopf, ich sehe, wie er versucht, Worte zu formen, aber keinen Ton herausbringt. Ich biete ihm eine Lutschtablette mit leicht betäubender Wirkung an.

»Patrick, trinken Sie Ihren Grog, und gehen Sie nach Hause. Belassen wir es dabei, einverstanden?«

Er klappert noch ein bisschen mit den Zähnen und erklärt mir, dass er sich unbedingt bei mir entschuldigen möchte, mir sagen will, wie sehr er sich selbst dafür verachtet, dass er mich berührt hat.

Ich betrachte ihn eine Weile, während ich zitternd am Feuer sitze.

»Schon okay, alles in Ordnung, jetzt machen Sie da mal kein Drama draus«, sage ich.

Ich zünde eine Zigarette an und stecke sie ihm zwischen die Lippen.

»Patrick, seien Sie ehrlich, gefalle ich Ihnen nicht?« Er bringt vor Entrüstung fast kein Wort mehr heraus, stammelt herum. Inzwischen ist es dunkel geworden.

Ich beobachte ihn. Ich sage nichts. Ich glaube, ich habe die Geduld nicht mehr. Ich bin müde. Ich warte, bis er wieder etwas Farbe bekommt und seinen Grog ausgetrunken hat, dann setze ich ihn vor die Tür und zeige ihm den Weg zu seinem Wagen, der auf der anderen Gehsteigseite geparkt ist.

Er dreht sich noch zweimal zu mir um und schlägt sich auf die Brust, ich quittiere es mit einem kurzen Nicken. Es ist Vollmond. Ich schaue ihm zu, wie er auf der vereisten Fahrbahn wendet und dann auf der anderen Straßenseite nach Hause strebt. Ich habe in meinem Leben ja so manchen seltsamen Mann kennengelernt, aber Patrick bricht alle Rekorde. Trotzdem gefällt er mir. Ich möchte dieser Geschichte augenblicklich ein Ende setzen, jetzt sofort jeglichen Kontakt abbrechen, denn mit einem Mann, der so kompliziert, so unberechenbar ist, kann man sich nur Ärger einhandeln, andererseits fühle ich mich noch nicht so alt, dass ich nicht noch einige außergewöhnliche Abenteuer erleben könnte, ich fühle mich durchaus noch dazu imstande – denn so kurz kann das Leben nicht sein, denke ich mir.

Ich verweile einen Moment gedankenverloren am Feuer, dann gehe ich hoch in mein Büro, um ein paar Geschenke einzupacken – ich bin spät dran, Mamas Tod hat meine Planung gründlich durcheinandergebracht. Danach schreibe ich ein paar Karten und stecke sie dazu, schließlich muss ich gähnen. Ich habe noch die Hand vorm Mund, als sich jemand auf mich stürzt und brutal zu Boden wirft – der mit Teppich bedeckt ist. Im Fallen reiße ich den Stecker meiner Bürolampe heraus und tauche das Zimmer ins Halbdunkel. Ich schreie. Ich kassiere einen harten Schlag am Kiefer. Mein Angreifer ist vermummt. Ich bin etwas benommen, aber ich trete mit aller Kraft zu und brülle noch lauter. Diesmal hat er sich nicht so geschickt angestellt, oder ich bin es, die außer Rand und Band ist, jedenfalls schafft er es nicht, mich festzuhalten – ich verspüre keinerlei Angst, ich bin außer mir vor Zorn, ich weiß nicht einmal, ob er bewaffnet ist, so blind bin ich vor Wut.

Dennoch drückt er mich mit seinem gesamten Gewicht nieder und packt mich schließlich am Hals. »Zu Hilfe! Hilf mir doch jemand!« zu rufen bringt mir einen kräftigen Schlag ins Gesicht ein, aber ich empfinde zu viel Wut, um ohnmächtig zu werden, und während er versucht, meine Hose herunterzuziehen, erwische ich den Fuß eines vollen Bücherregals und schaffe es, mich aus seiner Umklammerung zu lösen, indem ich mich auf dem Rücken liegend freistrample, mit meinen Absätzen Tritte verteile, die auf seinen Kopf prasseln.

Doch er rappelt sich wieder auf, so dass ich abziehen muss, um gegen seinen nächsten Angriff gewappnet zu sein. Ich sitze mit dem Rücken zur Wand auf dem Boden, als meine Finger zufällig die Schere zu fassen bekommen, die ich für meine Päckchen benutzt habe.

Seine Hand schnellt nach vorn, um mich erneut zu ergreifen, aber sie kommt nicht weit, ich durchbohre sie in vollem Flug, hier rein, da raus, ich spieße sie brutal auf meine Schneiderschere.

Jetzt ist er dran mit Brüllen, er lässt seine Stimme hören, aber ich weiß schon, wer er ist, vielleicht habe ich es schon immer gewusst, noch bevor ich ihm seine Kapuzenmütze heruntergerissen habe.

Mit einem Satz bin ich auf den Beinen, die Schere auf ihn gerichtet. »Verlassen Sie mein Haus«, herrsche ich ihn mit dumpfer, vor Wut zitternder Stimme an. Ich stoße ihn zur Treppe. »Raus hier! Raus!« Ich fuchtle wild mit der Spitze vor seinem Gesicht herum, sie ist rot von seinem Blut. Meine Augen schleudern Flammen. Ich warte nur auf eine Gelegenheit, erneut zuzustoßen, blitzschnell. Ich bin unglaublich zornig. Er sieht es. Ich bin froh, dass er es sieht. Er verzieht das Gesicht, geht rückwärts, stolpert hinunter, presst die verletzte Hand gegen seinen Körper. Aber ich weiß nicht, weiß wirklich nicht, was er hinter dieser Grimasse tatsächlich empfindet. Ich dränge ihn bis zur Eingangstür. »Hauen Sie ab!«, sage ich zu ihm. »Kommen Sie nie mehr auch nur in meine Nähe!«

Er dreht sich um und greift nach dem Türknauf. Für mich ist das Verwirrendste daran die Tatsache, dass ich wütend auf Patrick bin. Auf den Patrick, den ich kenne, der mein Nachbar ist, der mit mir flirtet usw. Das ist natürlich nicht derselbe, der mich angefallen hat, er ist nicht dieser vermummte Typ. Wenn er nicht diese Verletzung an der Hand hätte, wäre das ein fürchterliches Durcheinander. »Was tust du denn da?«, würde ich mir sagen. »Es ist dein Freund Patrick, erkennst du ihn nicht wieder?«

Die Tür geht auf. Er zieht sich zurück. Ich folge ihm und halte dabei weiter die Schere vor sein Gesicht. Der Vollmond blendet fast. Ich blinzle. Jetzt überlagern sich die beiden Patricks in meinem Kopf, und ich bleibe stehen. Er weicht weiter zurück, und nun sehe ich vor mir ganz deutlich seinen Doppelgänger, der mich schon mal vergewaltigt und es gerade wieder versucht hat. Er rutscht aus und knallt auf eine Eisplatte – ich muss dem Reflex widerstehen, ihm aufzuhelfen.

Kurz denke ich daran, dass ich die Polizei verständigen sollte, aber ich tue es nicht. Ich nehme lieber ein Bad. Nicht einmal ich traue mich, die Wahrheit zu sagen.

Am Tag darauf hole ich mein Auto und mache bei dieser Gelegenheit meinen ersten Besuch auf dem Friedhof. Ich bin nicht dazu verpflichtet, das könnte auch noch warten, aber es ist relativ einsam dort, und niemand wird mich aufhalten, wenn ich plötzlich das Weite suchen will.

Der Stein ist nicht aufgestellt, aber der kleine Erdhügel macht vielleicht noch mehr Eindruck. Sie haben ein paar Blumen dagelassen, die nicht allzu verwelkt sind. Die Zeit zwischen Weihnachten und Neujahr ist immer ziemlich seltsam, das zeigt auch diese ungewöhnliche Stille, als ich eintreffe, die bei mir ein Gefühl der Gelassenheit und Unwirklichkeit hervorruft, das mir sehr gelegen kommt. Ich bücke mich, um irgendetwas zurechtzurücken, bitte sie um Entschuldigung für die schwache Vorstellung, die ich am Tag der Beerdigung abgeliefert habe. Es ist ein guter Tag, um sich ans Grab seiner Mutter zu begeben. Der Himmel ist hell und weiß wie eine Lilie und die kalte Luft gerade so schneidend, wie sie sein muss.

Als ich mich wieder aufrichte, stelle ich fest, dass es rundherum eine Menge Bäume und viel freien Himmel gibt. »Du hast es gut hier«, sage ich zu ihr. »Wir sind zwar in der

Stadt, aber für dich ist es wie auf dem Land. Im Sommer wirst du Vögel und Bienen um dich herum haben.«

Ich lege meine Hand auf die schwarze, kalte Erde, dann wende ich mich ab.

Die Sonne geht unter, als ich mich auf den Parkplatz des kleinen Supermarkts stelle, um Zigaretten und Katzenfutter zu kaufen.

Ich freue mich, dass ich die Prüfung des Friedhofbesuchs überstanden, dass ich das durchgehalten habe. Eine Sorge weniger. Ich verkrafte den Schock ganz gut, ich ziehe mich besser aus der Affäre, als ich gedacht hätte. Ich weiß jetzt, dass ich ab und an dorthin gehen kann, ohne ein Drama daraus zu machen. Ich brauche sie noch. Der Besuch hat mich beruhigt.

Am Eingang des Geschäfts begegne ich Patrick. Er ist mit Lebensmitteln bepackt, aber als er mich sieht, erstarrt er, wird bleich und fängt plötzlich an zu laufen – sicherlich hat er Angst, dass ich wieder mit irgendetwas bewaffnet bin –, und bei seiner überstürzten Flucht reißt eine seiner Tüten auf, und ihr Inhalt zerbirst krachend auf dem Boden.

Ich gehe weiter, ohne mich umzudrehen, und steuere auf die Spirituosenregale zu. Ich bin immer noch stinkwütend auf ihn. Ich bin auch stinkwütend auf mich, weil ich mich habe täuschen lassen und nicht sehen wollte, was doch eigentlich offensichtlich war. Ich behalte mir noch das Recht vor, ihn mit einem Knüppel oder sonst wie anzugreifen, keine Ahnung, ihn jedenfalls unschädlich zu machen, ihm die Seele aus dem Leib zu prügeln. Was passiert ist, kann sich wiederholen. Er darf mir nicht zu nahe kommen.

Aber ich fühle mich immer noch von ihm angezogen. Es

ist grässlich. Am liebsten würde ich vor Wut und Verzweiflung laut losbrüllen, wenn ich nicht befürchten müsste, damit die Security-Leute mit ihren kahlrasierten Schädeln aufzuschrecken und an einen Heizkörper gekettet zu werden. Ich verabscheue diesen schlechten Streich, den ich mir selbst spiele. Was stimmt eigentlich nicht mit mir? Ist es das Alter? Ich bin völlig ratlos und kaufe Softdrinks, Gin, Oliven und Magerquark mit 0% Fett. Einen Augenblick lang frage ich mich, ob ich nicht meine Beziehung mit Robert wiederaufnehmen, mich ausschließlich darauf konzentrieren, alles andere ausblenden soll, denn das würde vieles einfacher machen, das würde das Feuer löschen, das in ihm brennt, aber ich schaffe es nicht, mich selbst davon zu überzeugen, und lasse die Idee fallen.

»Deinem Freund habe ich keine Einladung geschickt«, sagt er mir, als er mich zur Silvesterparty begrüßt, er ist tadellos frisiert, trägt einen Seidenschal um den Hals, und sein boshaftes Lächeln entblößt strahlend weiße Zähne.

Er erinnert mich an den ersten Mann, mit dem ich Spaß am Sex hatte, nur dass ich da sechzehn war – es handelte sich um den Psychologen, der mich nach dem Massaker meines Vaters betreute, ein angesehener Psychologe, ein echter Schuft.

»Ach, Robert. Ich bin froh, dass du ihn nicht eingeladen hast. Sehr froh, wirklich.«

»Na, so was.«

»Du kannst es mir glauben.«

Ich gebe ihm meinen Mantel. Ich bin nicht gerade begeistert von dem Gedanken, das neue Jahr in seiner Anwesenheit zu feiern, aber ich hatte keine Wahl, weil alle anderen auch da sind. Ich bin noch nicht in der Lage, den Silvesterabend allein zu verbringen.

Das Begräbnis meiner Mutter liegt erst drei Tage zurück. Ich glaube nicht, dass ich voll überbordender Energie sein oder auf dem Tisch tanzen werde, aber ich spüre, dass ich ein wenig Gesellschaft brauche. Und auch den einen oder anderen Drink. Irène liebte solche Partys. Sie freute sich schon einen Monat im Voraus. Richard hat mich eben darauf hingewiesen, und er ist auf jeden Fall die Person, die nach mir am meisten um Irène trauert. Es war nicht sonderlich leicht, diese Frau zu lieben, aber Richard hatte sich dazu durchgerungen, und mit der Zeit hatte sich das Blatt zu seinen Gunsten gewendet, so dass sie nach einigen Jahren gute Freunde wurden – mit ihrem Lotterleben hatte er ja nichts am Hut.

Oft sagte sie mir, ich solle mir ein Beispiel an ihm nehmen. Wie er die Lebensweise der anderen respektiere. Oder sie wollte, dass wir ihn als Schlichter heranzogen. Oder sie hörte auf seinen Rat. Sein Angebot, mir beim Aussortieren ihrer Sachen zu helfen, nehme ich an.

»Ist Patrick nicht da?«, fragt er.

»Nein. Keine Ahnung. Warum fragst du mich das?«

»Warum wohl?«

»Er ist verheiratet. Er hat eine Frau. Warum fragst du *mich*, wo er ist?«

»Oh… Also entschuldige, ich dachte…«

Ich zucke mit den Schultern und lasse ihn stehen. Es sind einige Schriftsteller da, einige Drehbuchautoren, mit denen wir arbeiten, ein paar Filmemacher, die Videoclips für uns gedreht haben, und die ganze Wohnung ist so vollgefüllt mit

Ego, dass – sollte der Strom ausfallen – die ganze Runde einfach anfangen würde zu leuchten. Es scheint ihnen blendend zu gehen, sie haben tonnenweise Projekte, sind aber vor allem auf dieser Party, um sich zu entspannen, das Business wenigstens für ein paar Stunden zu vergessen, und man muss nur die Hand ausstrecken, damit in ihr plötzlich eine Champagnerschale Gestalt annimmt.

»Oh, Vincent, mein Schatz, danke. Wie geht es dir? Ist Josie noch gar nicht da?«

Sein Gesicht legt sich in Falten. Er nimmt sich eine Schale. »Sie kommt nicht. Sie würde nie auch nur einen Fuß in Annas Wohnung setzen.«

»Ach so? Warum das denn?«

»So ist es eben.«

»Ach, immer dieses ganze Theater. Na egal. Und der Flatscreen? Seid ihr zufrieden damit?«

»Ja. Also, ja und nein. Das Ding läuft von morgens bis abends. Ich frage mich, ob sie irgendwann mal aufs Klo geht.«

»Wenn sie so weitermacht, wird sie sich die Augen verderben.«

Anna winkt mich zu sich und sagt, es sei besser so, für Josie genauso wie für sie, und dass sie bei Vincent auf meine Unterstützung zählt. »Dieses Mädchen ist eine echte Plage, und dieser Dummkopf merkt es nicht, kaum zu glauben, oder?«

»Ich habe ihm hundertmal gesagt, er soll sich in Acht nehmen«, antworte ich. »Hundertmal habe ich ihn gewarnt. Hundertmal.«

»Sie will den Vater des Kindes aus dem Gefängnis holen.

Alles andere interessiert sie nicht. Dafür würde sie sonst was machen. Und wenn Vincent das Geld nicht auftreibt, bezweifle ich, dass sie noch sehr lange in ihn verliebt sein wird. Weißt du, mir scheint, wir sollten uns schon jetzt mit der Frage des Sorgerechts für das Kind befassen, bevor wir da noch böse Überraschungen erleben.«

»Ja, aber nicht heute Abend«, sage ich lächelnd.

Ich wende mich der Gesellschaft zu.

Ich bin kein Mann, aber wenn ich mir Hélène anschaue, kann ich mir fast vorstellen, was Männer in Anwesenheit einer so gutaussehenden jungen Frau empfinden. »Mir geht's genauso wie dir«, meint Anna und legt mir ihre Hand auf die Schulter.

Ich zünde mir eine Zigarette an. Sie haben die Möbel zur Seite geschoben und ein großes Buffet aufgebaut. Ich gehe mal hierhin, mal dorthin und meide Robert.

Aber später schafft er es, mich abzupassen. Es ist gegen drei Uhr morgens, als alle schon ein wenig müde sind, und ich bin unglücklicherweise an einem Fenster stehen geblieben, um das Schneetreiben zu beobachten.

»Ich werde eine Ankündigung machen«, zischt er mir ins Ohr. »Es ist so weit, Schluss mit den Lügengeschichten.« Ich packe ihn sofort am Revers seiner Jacke. Ich weiß, er blufft nicht. Ich kenne diesen Blick. »Einverstanden!«, presse ich zwischen den Zähnen hervor. »Einverstanden. Du tust mir leid, Robert.«

»Nein. Warte. Nimm das *Du tust mir leid, Robert* zurück. Jetzt sofort, sonst gehe ich los und mach es.«

»Ich nehme *Du tust mir leid, Robert* zurück.«

»Ich möchte dich nur daran erinnern, dass der Sex mit

mir nicht immer die Tortur war, zu der er angeblich geworden ist, wenn man dich so anhört.«

»Über Vergangenes zu reden bringt überhaupt nichts. Verlang nicht von mir, dir etwas zu erklären, wofür es keine Erklärung gibt.«

»Sprich nicht so mit mir. Ich bin nicht blöd.«

Wir einigen uns auf einen Spätnachmittag der kommenden Woche. Es schneit fast nicht mehr, die Lichter funkeln.

»Ekelst du dich nicht vor dir selbst?«, frage ich. »Dass es so enden muss?«

»Mir wäre es lieber gewesen, dass sich zwischen uns nichts verändert. Dass wir alles unangetastet lassen. Dass du die Alte bleibst.«

»Und diese Erpressung ist das Einzige, was dir eingefallen ist, du Scheißkerl?«

»Nimm das zurück.«

»Ich nehme *Scheißkerl* zurück. Aber das ist deiner nicht würdig, und daran kannst du nichts ändern, Robert. Deshalb entschuldige bitte, wenn ich bei unserem nächsten Treffen nur halbherzig dabei bin. Sei mir nicht böse, ja? Respekt muss man sich verdienen.«

Wie auch immer, ich nehme das Glas, das er mir anbietet, weigere mich aber, es mit ihm zu trinken. »Mich zu vögeln ist das eine«, sage ich.

Er lacht, dann rauscht er ab, nachdem er die Hand zu einer imaginären Schirmmütze erhoben hat. Mir ist bewusst, dass meine Antwort ziemlich lächerlich ist, aber ich bin allmählich ernsthaft betrunken. Perfekt. Das ist genau, was ich wollte. Das ist genau, was ich brauchte.

Gegen vier Uhr morgens verschwinde ich ohne ein Wort.

Die Straßen sind ausgestorben, ich meide die großen Verkehrsachsen und verlasse nach einiger Zeit das Stadtgebiet. Ich bin nur noch ein paar Kilometer von zu Hause entfernt, als ich durch eine Nebelbank fahre, die mir zunehmend zu schaffen macht – zweimal muss ich recht scharf bremsen, denn ich sehe überhaupt nichts. Eigentlich ist dieser Wagen mit Nebelscheinwerfern ausgestattet, aber wenn ich sie einschalte, sind sie nicht sonderlich sachdienlich. Es kommt also, wie es kommen muss, ich verpasse eine Kurve und lande im Straßengraben.

Der Aufprall ist ziemlich hart. So hart, dass der Airbag ausgelöst wird – und mich halbtot schlägt. Als ich wieder zu mir komme, läuft der Motor nicht mehr, und das Erste, was mir auffällt, ist die Stille. Ich strecke die Hand aus und schalte die Zündung ab, nun ist es völlig dunkel.

Ich weiß, wo ich bin. Ich bin in dem Wäldchen. Ich bin fast zu Hause angekommen, ich bin ganz in der Nähe, aber es ist eine kleine Straße, die schon zu normalen Zeiten wenig befahren ist. Kurzum, das neue Jahr fängt gut an. Ich lege den Kopf zurück und bleibe eine Weile bewegungslos sitzen. Als ich schließlich aussteigen will, stoße ich einen Schrei aus – laut genug, um die im milchigen Dunkel dösende Umgebung in Schreckstarre zu versetzen. Von meinem linken Knöchel her lodert ein brennender Schmerz auf – mir steht vor Verblüffung noch der Mund offen, so qualvoll war die Pein.

Dann hole ich tief Luft und beuge mich vorsichtig nach vorn, um ihn zu berühren, es ist stockdunkel, und ich habe panische Angst, mein Knöchel könnte zerquetscht sein oder mein Fuß abgetrennt, aber es ist alles da, und offenbar ist auch kein Blut geflossen. Ich kann ihn einfach nicht mehr bewegen.

Ich denke nach. Ich schalte den Warnblinker ein. Der Nebel ist so dicht, dass ich kaum das Ende der Motorhaube sehe. Ich breche in höhnisches Gelächter aus. Ich denke nach. Mir ist ein bisschen schwindelig. Ich gebe zu, dass ich ein böses Mädchen bin. Dass es ein böswilliges Machtgefühl ist, das mich antreibt. Ich rufe ihn an. Ich frage ihn nicht, ob ich ihn wecke, ich erkläre ihm einfach meine Lage.

»In zehn Minuten bin ich da«, sagt er mir.

Ich zünde mir eine Zigarette an. Die Vernunft behält nur ganz selten die Oberhand – und was für eine Frustration, was für eine Langeweile und Verzweiflung erzeugt sie, wenn man ihr nachgibt, sage ich mir.

Er hat lediglich einen Mantel über seinen Pyjama angezogen, und diese Eile rührt mich fast, aber ich lasse mir nichts anmerken. Er beugt sich herunter. Ich mache mein Fenster auf. »Bringen Sie mich nach Hause. Danke«, sage ich zu ihm. Er nickt, hat die Hände in den Taschen vergraben und die Augen auf seine Schuhspitzen geheftet. So verharren wir bewegungslos über eine Minute, dann sage ich: »Nun hören Sie mal, Patrick. Ich bin verletzt. Ich brauche Hilfe, sonst komme ich nicht raus aus diesem Auto, verstehen Sie?«

Er hat die Sprache verloren, aber nicht das Zupacken verlernt, und so halte ich mich an ihm fest, während er mich aus dem Wagen zieht und aus dem Graben befreit. Es ist das erste Mal, dass wir uns berühren, seit ich ihn entlarvt habe, und das löst bei mir sehr merkwürdige und sehr heftige Gefühle aus. Er trägt mich fast. Ich bin ziemlich fasziniert. Von diesem Typ natürlich, aber auch von mir selbst, angesichts dieser Gabe, mit der ich gesegnet bin – dieser außergewöhnlichen Gabe, mir die Richtigen auszusuchen.

Er platziert mich auf dem Beifahrersitz und rät mir, mich anzugurten. Ich schaffe es nicht ein einziges Mal, seinen Blick zu kreuzen, seine Hände lässt er gut sichtbar auf dem Lenkrad liegen, ja sie umklammern es krampfhaft – und ich sehe ihn immer nur im Profil, nur spärlich beleuchtet vom Schein des Armaturenbretts, nicht ein einziges Mal dreht er sich zu mir.

Ich sage nichts. Ich erkenne den Geruch dieses Wagens wieder, es duftet nach Weihrauch. Ich bin hier eingestiegen, als der Fahrer noch ein reizender Nachbar war und nicht der Psychopath, der mich ein paar Tage vorher vergewaltigt hatte, und ich erinnere mich, dass ich gelächelt habe, da ich diesen Duft mit meiner Kindheit verband und er etwas Beruhigendes für mich hatte. Diesmal erweckt er nicht dieselben Gefühle in mir. Ich finde ihn infernalisch. Ich lasse mein Fenster runter. Eiskalte Luft strömt herein, aber er sagt nichts. Er konzentriert sich aufs Fahren. Zum Glück gibt es diesen blutigen Verband an seiner Hand – ich könnte wetten, dass die Wunde wieder aufgegangen ist, als er mich aus dem Wagen gehoben hat –, der mich an die brutalen Szenen erinnert, die sich noch vor kurzem zwischen uns beiden abgespielt haben. Ich darf nicht den Fehler machen, das zu vergessen. Patrick ist gewalttätig. Er hat nicht gezögert, mich ins Gesicht zu schlagen, mich an der Kehle zu packen, mir brutal den Arm auf den Rücken zu drehen, mich auf den Boden zu drücken, und auch diesmal werde ich mit Blutergüssen übersät sein.

Doch seltsamerweise habe ich keine Angst vor ihm. Ich bin auf der Hut, aber ich habe keine Angst.

Ich weiß nicht, wie er es anstellt zu fahren, denn man sieht rein gar nichts. Die zwei Kilometer, die wir noch zurücklegen müssen, sind wie ein Schaummeer, in dem ich in meinem Zustand sicherlich versunken wäre.

Dieser letzte Gin, den ich noch kurz vor meinem Aufbruch, sozusagen als Wegzehrung, heruntergestürzt habe, war keine sonderlich glorreiche Idee.

Ich spüre, wie mein Knöchel anschwillt. Mühsam beuge ich mich vor, um ihn zu berühren – und stelle dabei voller Entzücken fest, dass ich total kreuzlahm bin –, er ist heiß und formlos. Patrick scheint mit dem Lenkrad verwachsen, er hat die Schultern hoch- und den Kopf eingezogen – was auch an der Kälte liegen könnte, die in den Wagen hereinweht, aber ich brauche frische Luft. Ich vergesse, mein Kleid herunterzuziehen.

Dann sind wir auf einmal angekommen. Ich sehe zwar das Haus nicht, aber es ist gut möglich, dass es da ist, und Patrick scheint sich seiner Sache absolut sicher. Er steigt sogar aus, um nachzuschauen, dann taucht er wieder auf und nickt bestätigend.

Erneut muss ich ihm erklären, dass ich es allein nicht schaffe, dass ich gerade an Ort und Stelle erfriere, bis er sich endlich einen Ruck gibt und mich aus meinem Sitz herausholt. Ich lege den Arm um ihn, um seine Verlegenheit noch zu steigern – ich spüre, wie sie wächst und meinen One-Night-Hero quält, wenn wir uns berühren. Ich freue mich, diese Reaktion bei ihm hervorzurufen, ich freue mich, dieses kleine bisschen Macht zu besitzen.

Er trägt mich. Ich habe ihn nicht darum gebeten, aber ich habe seinen Hals nicht losgelassen und gewartet, offensichtlich mit Erfolg, bis er mich hochhob. Jetzt trägt er mich durch den Garten und vor meine Tür, wo ich nicht die geringsten Anstalten mache, einen Fuß auf den Boden zu setzen.

Ich suche den Schlüssel in meinen Manteltaschen. Ich frage, ob ich nicht zu schwer bin, doch ich achte nicht auf seine Antwort.

Ich sperre auf, schalte den Alarm ab und bedeute ihm, er soll mich in den ersten Stock bringen. »Den Weg kennen Sie ja«, füge ich hinzu.

Ich glaube, dass er unter Schock steht, ich glaube, dass er überfordert ist und bereit wäre, meinen Keller zu entrümpeln oder meinen Speicher aufzuräumen, wenn ich ihn darum bitten würde.

Er legt mich auf mein Bett. Augenblicklich, und ohne ihn weiter zu beachten, streife ich hastig meine Strumpfhose ab, schleudere sie weg – zufällig landet sie zu seinen Füßen – und ziehe meinen Knöchel heran, um ihn genauer zu untersuchen. Er ist nicht schön anzusehen, ist schon rosa, glänzend und geschwollen und tut höllisch weh. Mit schmerzverzerrtem Gesicht schaue ich auf und bemerke erfreut, dass der Anblick meiner nackten Beine, meiner weißen Schenkel, meiner schwarzen Spitzenunterwäsche – die meine Gymnastik an den Tag gebracht hat und die ich meinerseits nicht versuche, dem Auge eines Kenners zu entziehen –, dass dieser reizende Anblick, sagte ich, ihn erstarren lässt – was ich mit Befriedigung zur Kenntnis nehme.

Ich strecke ihm mein Bein hin, wodurch ich meinen Schritt noch etwas mehr entblöße, damit er sich meinen Knöchel ansieht und mir sagt, was er davon hält oder Gott weiß was. Dann warte ich. Ich halte mich bereit, ihn mit Gas zu besprühen und auszuknocken, wenn sich die Sache zu meinen Ungunsten entwickelt, wenn ich mich getäuscht haben sollte – mein Guardian Angel liegt unter meinem Kopfkissen.

Ich bekomme langsam einen Krampf im Bein, da beginnt er zurückzuweichen, den Blick auf den Teil meiner Anatomie geheftet, den er am meisten begehrt, aber letztlich einmal mehr verschmäht. Er lässt den Kopf sinken. Ich verweile noch kurz in einer etwas obszönen, recht unmissverständlichen Stellung, aber sie zeigt keinerlei Wirkung, und mit einem Satz wischt er durch die Tür und stürzt die Treppe hinunter.

Marty springt aufs Bett und reibt sich an mir. Ich streichle ihn.

Ich gehe später wieder runter – nachdem ich meinen Knöchel mit einer fleischfarbenen elastischen Binde umwickelt habe –, halte mich am Geländer fest, hüpfe und verriegele die Tür hinter ihm. Da ich keinen Eisbeutel für meinen Knöchel habe, benutze ich eine Tüte tiefgekühlte Erbsen.

Der Nebel hat sich aufgelöst, der Himmel ist klar. Ich rufe einen Abschleppdienst, der mein Auto bergen soll, und nehme zwei Alka Seltzer. Es ist der 1. Januar. Ich bekomme einen Anruf aus dem Gefängnis. Mein Vater hat sich diese Nacht erhängt. Ich setze mich. In diesem Moment könnte es so wirken, als wäre ich in Gedanken versunken, doch in Wahrheit denke ich überhaupt nichts, ich bin leer – die Ellbogen auf dem Küchentisch ruhend, den Kopf in eine Hand gestützt. In der anderen vibriert mein Telefon. Ein Journalist möchte wissen, ob ich wirklich die Tochter des Mannes bin, der in den achtziger Jahren sämtliche Kinder eines Micky-Clubs abgeschlachtet hat. Ich erwidere nichts. Ich lege auf.

Mit sechzehn, also zu der Zeit, als mein Vater uns mit Blut besudelt hat, wollte ich Journalistin werden. Ich frage mich, was für eine Art Journalistin ich geworden wäre, wenn ich die Möglichkeit gehabt hätte, mein Studium fortzusetzen. Ich stehe auf. Ich lasse mein Telefon auf dem Tisch vibrieren.

Ich schäme mich für das Gefühl der Erleichterung, das ich empfinde. Ich schäme mich. Ich möchte es wenigstens mit einem kleinen Seelenschmerz ausgleichen, einer flüchtigen Grimasse, ein bisschen Trauer, aber es ist nichts zu machen.

Stattdessen mache ich mir Sorgen, dass diese alte Geschichte wieder hochkommt – dieser Schmutz wieder aus den Untiefen emporsteigt. Ich frage mich, ob das seine Art ist, sich zu rächen, seine Art, mich zu bestrafen, ob er seinen letzten Atemzug, seine letzten klaren Momente darauf verwandt hat, mir seinen Zorn nachzuschleudern, weil ich ihn in dreißig Jahren nicht ein Mal besucht habe, was doch nur recht und billig gewesen wäre, wie er sich gegenüber Irène beklagte. Weil ich ihm den Trost meiner Gesellschaft, die Unterstützung in meiner Eigenschaft als Tochter verweigerte.

Ich erinnere mich an nichts mehr, oder an fast nichts. Ich habe Fotos von ihm in Erinnerung – besonders diejenigen, die immer wieder und über Monate hinweg in den Zeitungen abgebildet waren –, aber ich habe nicht vor Augen, wie er sich bewegt, kann seine Stimme nicht hören, seinen Geruch nicht riechen, und wenn man dieser Merkmale beraubt ist, haben auch Bilder nur wenig Reiz, sie bringen nichts. Ich habe ihn vergessen. Für mich ist er ein leerer Stuhl. Irène hatte über all die Jahre hinweg und unter Missachtung all der Qualen, die wir seinetwegen durchstehen mussten, die Flamme der Erinnerung an ihn nicht erlöschen lassen, auch wenn diese noch so klein war, und erzählte gelegentlich Anekdoten, die ihn von seiner guten Seite zeigten – dein Vater machte dies, oder dein Vater besorgte das –, aber es war verlorene Mühe, sie plagte sich vergeblich – dein Vater sagte dies, dein Vater sagte jenes –, denn ich signalisierte zwar Zustimmung, nickte aber bloß, ohne auch nur ein Sterbenswörtchen von dem gehört zu haben, was sie mir erzählt hatte.

Ich glaube, Irène hat eine Schachtel voller Fotos aufbewahrt. Sie ist nicht auf dem Speicher, ich wollte sie nicht, aber ich vermute, dass sie sie aufgehoben und in ihrer Wohnung verstaut hat. Es sind offenbar Fotos von ihm, von seiner Kindheit bis zum Gefängnis, die Irène vor der Presse verbergen konnte, Dutzende Fotos vom Monster von Aquitanien, in allen Lebensphasen – man hat ihr ein Vermögen dafür geboten, man hätte bei uns eingebrochen, um sie zu bekommen, wären sie nicht in einem Tresor eingelagert gewesen, während meine Mutter und ich monatelang ohne festen Wohnsitz lebten, sondern in Pensionen, Hotels usw.

Es ist noch nicht spät, die Sonne steht noch nicht im Zenit. Die tiefgefrorenen Erbsen haben dafür gesorgt, dass mein Knöchel wieder annehmbar aussieht. Ich lege mir einen recht eng gewickelten Verband an und wappne mich mit einer Krücke, und während ich auf mein Taxi warte, mache ich im Wohnzimmer ein paar Gehübungen. Die Sonne scheint, und der Garten ist mit kristallisiertem Schnee bedeckt.

Ich gebe die Adresse meiner Mutter an. Auf dem Weg begegnen wir dem Abschleppwagen, der mein Auto mit einer Winde aus dem Straßengraben zieht.

Ich trete ein. Ich gehe in das Büro, das Irène in ein Ankleidezimmer umfunktioniert hat, und beginne, die Schubladen zu öffnen, als plötzlich Ralf hinter mir steht, er ist zerzaust und trägt nur Shorts und ein T-Shirt. Verärgert schüttelt er den Kopf. »Michèle, also nein, das geht wirklich nicht.«

Ich drehe mich zu ihm um. »Guten Tag, Ralf. Was ist denn los? Was geht nicht?«

»Das. Einfach so herzukommen. Einfach so hereinzuschneien, ohne zu läuten.«

»Ralf, ich habe einen Schlüssel, ja? Ich brauche nicht zu läuten. Lassen Sie sich nicht stören, ich bin gleich wieder weg.«

»Dass Sie gleich wieder weg sind, macht keinen Unterschied, Michèle.«

»Aber sicher. Das macht einen Riesenunterschied. Nun werden Sie bloß nicht unangenehm.«

»Nein und nochmals nein. Tut mir leid.«

Ich kratze mich kurz an der Schläfe. »Ja, aber, verstehen Sie, Ralf, ich bin gekommen, um wichtige Dokumente zu holen. Damit kann ich nicht warten, bis Sie mit Kofferpacken fertig sind. Also, wenn es Ihnen recht ist, machen wir keine große Sache daraus, in Ordnung?«

Händeringend und kopfschüttelnd bedeutet er mir, dass er ganz und gar nicht einverstanden ist, als hinter ihm eine splitternackte Braunhaarige auftaucht, die kaum halb so alt ist wie Irène, mit dem Kopf in meine Richtung weist und ihm fragende Blicke zuwirft. Ich sage nichts und ignoriere die beiden.

Schließlich stoße ich auf einen Schuhkarton voller Fotos, die ich auf den ersten Blick zuordnen kann, und verschließe ihn sofort wieder, als ob aus ihm alle Ausdünstungen der Hölle entwichen, bevor ich wieder in das Taxi springe, das im eisigen Sonnenschein auf mich wartet.

Der Tag neigt sich dem Ende zu. Ich nehme mir nicht die Zeit, mich umzuziehen, ich hole eine Schaufel aus der Garage und gehe hinters Haus.

Es herrschte noch keine sibirische Kälte, der Boden ist also nicht allzu hart. Dann hole ich Brennspiritus, leere den Karton über dem Loch aus, übergieße die Fotos mit reichlich Flüssigkeit und zünde sie an.

Ich gehe nicht so weit, dass ich die Hände ausstrecke, um sie zu wärmen, aber ich spüre die Hitze auf meinem Gesicht und schließe einen Moment die Augen und höre den feinen Sog der Flammen und bleibe so lange da wie nötig, ich bleibe da, um sicherzugehen, dass alles komplett verbrannt ist, ich zittere in der Abendfrische, dann schütte ich das Loch wieder zu und schlage mit der Schaufel darauf, um die Erde ordentlich festzuklopfen, während ein Rabe mit einem düsteren Krächzen durch den Himmel fliegt.

Für Irène wäre das ein Drama gewesen. Ich bleibe noch eine Weile draußen, stehe an die Hauswand gelehnt im fahlen Dämmerschein und im Geruch des verbrannten Papiers. Zu keinem Zeitpunkt hat sie darauf verzichtet, ihn zu sehen, mit ihm in Kontakt und damit ihm auch körperlich verbunden zu bleiben, was regelmäßig zu heftigen Auseinandersetzungen zwischen uns beiden führte, vor allem am Anfang, aber sie hat sich davon nicht ein einziges Mal von einem ihrer verflixten Besuche abhalten lassen. Dabei verbarg sie weiß Gott ihren Groll über ihn nicht, wenn man das Leben betrachtete, das wir seinetwegen führten, Rechnungen bezahlen, sich beleidigen lassen, fliehen usw., dennoch besuchte sie ihn ein ums andere Mal, was mich umso wütender machte, als ich sie nicht verstand und sie Mühe hatte, es zu erklären, ja sogar absichtlich vage blieb. Sie hätte es mir niemals verziehen, dass ich diese Fotos verbrannt habe. Ich höre schon, wie sie mir vorwirft, ich hätte den Mann ein zweites Mal getötet – was schlicht unmöglich ist.

Ich denke an ihren letzten Wunsch, an diesen äußersten Schritt, den sie von mir erwartete, und diese Bitte zeigt, wie sehr sie ihm verbunden war trotz des Lotterlebens, das sie zwischen ihren Besuchen führte – bei denen sie gewöhnlich ein Kopftuch und einen Rock trug, der übers Knie ging. Ich nehme es ihr übel, dass sie geglaubt hat, ihre Gehirnerschütterung würde mich weich werden und endlich den Weg der Nachsicht einschlagen lassen. Kannte sie mich so schlecht?

Ich habe eine Nachricht von Robert bekommen. Ich rufe ihn zurück. »Hallo, Robert? Ich wollte dich auch gerade anrufen. Es ist wegen morgen, könnten wir das nicht verschieben? Stell dir vor, ich kann nicht laufen …«

»Du kannst nicht laufen? Das tut nichts zur Sache«, erwidert er, »wir machen ja keinen Spaziergang.« Diese messerscharfe Logik verschlägt mir die Sprache.

Als ich zu unserer Verabredung eintreffe, bin ich nicht in allerbester Stimmung. Er liegt schon im Bett – mir scheint, dass seine Brustbehaarung seit unserem letzten Schäferstündchen noch weißer geworden ist, schon damals hatte mich diese Beobachtung bestürzt und für einen Augenblick völlig niedergeschmettert. »Wie auch immer, verlang nichts Ausgefallenes von mir, Robert. Wie du siehst und wie ich es dir angekündigt habe, werde ich weder tanzen noch springen.

Außerdem haben Anna und ich einen harten Tag hinter uns. Du weißt ja, wie es nach den Feiertagen wieder losgeht.«

Ich stelle meine Krücke ab und beginne, mich auszuziehen. »Robert, ich muss schon sagen, die Art, wie du mich dazu bringst, mit dir zu schlafen, verstört mich. Aber bitte beklag dich später nicht. Wenn von dem Respekt, den ich für dich aufbringe, nicht mehr viel da ist, brauchst du dich wirklich nicht zu beklagen.«

Ich drehe nicht den Kopf weg, als er versucht, mich auf den Mund zu küssen, aber ich verhalte mich wie eine tote Puppe. Es ist schon dunkel draußen, und das Zimmer wird nur von den Lichtern der Stadt erhellt. Ich habe immer gewusst, sage ich mir, dass ich es eines Tages bereuen würde, mich ihm hingegeben zu haben, jetzt ist es so weit, und ich denke an die Arbeit, die ich mit nach Hause genommen habe und in die ich in diesem Moment vertieft sein sollte und nicht in irgendetwas anderes, das wird mich einen Gutteil der Nacht kosten, und dabei nehme ich mir nicht einmal die Zeit zum Essen.

»Entspann dich«, sagt er.

»Ich bin keine Maschine, Robert. Das funktioniert nicht auf Knopfdruck.«

Jetzt ist er am Zug. Nach einer Minute beginne ich, mich zu fragen, warum ich es mir so schwermache, wo doch Robert einigermaßen mit meinem Körper umgehen kann und noch dazu geistig gesund wirkt. Aber ich weiß keine Antwort darauf.

Ich versuche, die Lust, die er mir bereitet, nicht allzu deutlich zu zeigen, denn ich vergesse nicht, unter welchen Bedingungen er sie mir gewährt. Es ist nicht einfach. Ich habe ihm alles beigebracht, er hat sich als guter Schüler erwiesen. Ich beiße die Zähne zusammen – um nicht auf meine Lippen zu beißen.

Als wir fertig sind, lassen wir zwei Gin Tonic kommen. Ich stehe auf und begebe mich leicht hinkend ins Badezimmer. Ich benutze ein Duschgel mit Kamille und nehme eine Ganzkörperwäsche vor – den Geruch von jemand anderem an mir zu haben war mir schon immer unangenehm.

Er kommt herein, um seine Haare zurechtzumachen. Er ist nackt. Er betrachtet sich im Spiegel.

»Du warst großartig«, sagt er zu mir. Im ersten Moment glaube ich, er scherzt, denn ich bin absolut unbeteiligt geblieben, während er auf mir sein Rodeo abgezogen hat, aber er meint es völlig ernst. »Du hast mir ganz besondere Gefühle bereitet«, fährt er fort. »Wie bist du nur auf die Idee gekommen, dich tot zu stellen?«

Ich schaue ihn einen Moment lang an, bevor ich antworte. »Na, sei's drum«, sage ich zu ihm, »wie du siehst, halte ich Wort. Du hast bekommen, was du wolltest. Sehr gut. Lass uns Freunde bleiben.«

»Selbstverständlich. Ich bin völlig einverstanden.«

Ich mustere ihn erneut ein paar Sekunden, dann scheint es mir angebracht klarzustellen, dass Freunde bleiben nicht miteinander schlafen bedeutet.

Anrufe mit unterdrückter Nummer beantworte ich nicht mehr, damit ich verschont bleibe von Journalisten, der Gefängnisverwaltung und allem, was irgendwie mit dem Tod meines Vaters zu tun hat. Was das Begräbnis anbelangt, beschließe ich, mich um nichts zu kümmern und mich, wenn auch in einem anderen Bereich, erneut tot zu stellen, um ge-

gebenenfalls die Rechnung zu begleichen, wenn alles vorüber ist.

Richard unterstützt mich. Ich brauche ihm nicht zu erklären, warum ich so handle, er weiß es, er hat gesehen, in was für einem Zustand ich war, als wir uns kennenlernten – in was für einen Zustand uns mein Vater versetzt hatte, Irène und mich, als er all diese Kinder abschlachtete. Ich glaube, ich hätte verrückt werden können, wenn Richard nicht gewesen wäre, wenn er nicht mit größter Umsicht über mich gewacht hätte während der ersten Jahre, als ich langsam wieder auf die Beine kam – betrübt, bleich, verängstigt. Wenn er nicht über mich gewacht hätte, als ich wieder zu leben lernte und er mir ein Kind machte, weil ich wieder mit beiden Beinen auf der Erde stehen und zur Ruhe kommen sollte – wobei ich mir im Übrigen nicht sicher bin, ob mich die Geburt von Vincent in irgendeiner Weise zur Ruhe kommen ließ, ich habe jedenfalls nichts davon bemerkt.

»Es ist doch erstaunlich, dass Irène am Weihnachtsabend gestorben ist«, sagt er zu mir, »und dein Vater am Silvesterabend.«

»Ja, das ist mir nicht entgangen«, sage ich.

Er nimmt Anteil an meinem Unglück und drückt mich. Ich mache mich los, sonst fängt er noch zu heulen an. »Mit jemand zusammenzuziehen war nicht vorgesehen!«, sage ich zu ihm. »Kapierst du nicht, dass das alles kaputtmacht?«

Er lässt den Kopf hängen. Dass er sein Wort gebrochen hat, bereitet ihm großen Kummer. Ich genieße es, sein schlechtes Gewissen zu sein.

Bestimmt tragen die Feiertage ihren Teil dazu bei, aber

ich sehe ihn häufig zurzeit, und auch Hélène begegne ich ziemlich regelmäßig, so dass ich mir sehr gut vorstellen kann, von was für einem Strom er sich hat mitreißen lassen, was für einem Taumel er nicht hat widerstehen können. Ich weiß, was er bei mir sucht. Ich weiß, was für eine Erregung und was für eine Angst ihn in letzter Zeit umtreiben, denn ich war zwanzig Jahre mit ihm zusammen, und ich sehe, wie er sich ihr gegenüber verhält, wie sein Blick ihn verrät und das schmerzhafte Verlangen durchscheinen lässt, das sie in ihm auslöst. Aber ich kann nichts dagegen tun. Ich kann nichts tun gegen die schreckliche und lächerliche Absurdität, die unser Leben bestimmt.

Unser Sohn Vincent ist ein gutes Beispiel für derartige Verstrickungen. Nun hat er sich also bei einer Besprechung mit dem Leiter seiner McDonald's-Filiale geprügelt und seinen Job verloren. Was seine Möglichkeiten, die Miete zu bezahlen, für die ich gebürgt habe, sicherlich erheblich einschränken wird.

Es ist sonnig und kalt, der Verkehr fließt ungehindert, die Dächer der Autos sind schneebedeckt. Josie hat kein Gramm abgenommen, vielleicht hat sie nicht zugelegt, aber die Wohnung ist ziemlich klein, und die Decken sind niedrig, so dass sie mir wahnsinnig dick vorkommt – es sind einundneunzig Kilo, beteuert Richard, der besser informiert ist als ich und der mich als Beobachter begleitet, da er aufgrund seiner mageren Einkünfte finanziell nicht eingreifen kann.

Josie hat Scones gebacken. Ein gutes Dutzend. Sobald wir Platz genommen haben, nimmt sie einen und verdrückt ihn in Windeseile. Während Vincent uns Édouard-Baby für die üblichen Küsschen und Komplimente rüberreicht, lässt sie einen zweiten in gleicher Weise verschwinden – wie weggezaubert.

»Ich kann mir nicht alles gefallen lassen«, sagt er zu mir. »An die Miete habe ich dabei nicht gedacht, das stimmt. Aber wenn das so ist, soll man dann nur noch die Hände in den Schoß legen, soll man sich von jedem dahergelaufenen Idioten das Leben zur Hölle machen lassen, hätte ich das deiner Meinung nach hinnehmen müssen?«

»Das hat deine Mutter nicht gesagt, Vincent«, schaltet sich Richard ein.

»Er weiß ganz genau, dass ich das nicht sage.«

»Du sagst es nicht, aber du denkst es. Dass ich die Klappe hätte halten müssen.«

»Und dein Stolz, mein Schatz?«, fragt Josie und starrt dabei verträumt auf die Scones. »Wo wäre da dein Stolz geblieben?«

Richard räuspert sich kurz in die vorgehaltene Faust und versucht diesen Beitrag zu überspielen, aber ich ignoriere ihn. »Josie«, sage ich, »wenn man eine Frau und ein Kind zu versorgen hat, muss man sich den Stolz leisten können. Ich dachte, Vincent hätte das verstanden, als er diesen Job angenommen hat. Ich dachte, ich hätte darüber lang genug mit ihm gesprochen.«

»Entschuldige mal«, sagt er, »aber du hast mir das doch eingetrichtert, hast du das vergessen? Dass ich mich nicht unterkriegen lassen, für meine Ideale kämpfen soll. Weißt du noch? Diese kleine Flamme, die niemals erlöschen darf.«

»Vincent, ich habe dir niemals verboten, deinen Verstand zu gebrauchen. Und nicht nur das, ich habe dir auch immer gesagt, du sollst ihn *vorher* gebrauchen und nicht *danach*.«

»Ich kann mich nicht als dreckigen kleinen Juden beschimpfen lassen, ohne etwas darauf zu erwidern.«

»Erstens bist du kein Jude. Niemand hat dich darum gebeten, alle Schuld der Welt auf dich zu nehmen. Es gibt Millionen Arbeitslose da draußen. Allein in Europa sind es dreißig Millionen. Das ist eine ganze Menge.«

»Vincent, deine Mutter macht sich Sorgen um dich.«

»Ich mache mir auch Sorgen um mich«, sage ich.

Eigentlich brauchte mir das alles keine Angst zu machen, aber dennoch ist sie da, denn diese Position der Schwäche, des Zweifels, der Unsicherheit, wie sie meine Besorgnis heraufbeschwört, erinnert mich an die dunklen Jahre, die meine Mutter und ich durchgemacht haben – wir wussten nicht, was der nächste Tag für uns bereithielt, würden wir noch ein Dach über dem Kopf und ein Bett zum Schlafen und etwas zu essen haben, wenn mein Vater erst einmal für seine Verbrechen verurteilt und im Gefängnis gelandet wäre? Ich fühle mich nicht stark genug, solche Prüfungen nochmals durchzustehen. Ich habe wirklich keine Lust, dass die schlechten Zeiten wiederkommen.

»Also, Vincent«, sage ich, »sehr gut. Tu dein Bestes. Wir werden ja sehen. Ich drück dir die Daumen.«

Richard ist so zufrieden, dass er glaubt, er müsse mir zärtlich die Schulter kneten. Er ist zurzeit beängstigend gefühlsduselig. Der Tod meiner Eltern hat offensichtlich seinen Beschützerinstinkt mir gegenüber wiederbelebt.

»Vertrau mir, verdammt«, sagt Vincent. »Es kann nur besser werden.«

Ich sehe ihn an, entgegne aber nichts, um seinen Enthusiasmus nicht zu dämpfen, dessen Reinheit und Naivität mich erfreuen – manchmal möchte ich zu einer solchen Unschuld zurückfinden, die Gewissheit verspüren, dass meine Kräfte ungebrochen sind, nichts unmöglich ist und alles zu schaffen.

Es sind nur noch zwei Scones auf dem Teller, den Josie zu uns herüberschiebt – Richard, Vincent und ich haben nichts angerührt. Sie fragt, ob sie mir einen Kuss geben darf. Ich nicke, obwohl noch ein Gebäckbrösel an ihrer Lippe klebt.

Eine weitere Miete zu bezahlen ist keine sonderlich erfreuliche Nachricht für mein Konto, aber ich mache gute Miene zum bösen Spiel und lasse mich zu meiner Großzügigkeit, meiner Nachsicht, meinem Wohlwollen usw. beglückwünschen. Ich nutze die Gelegenheit, um nach Neuigkeiten von Édouard-Babys Vater zu fragen, der im Gefängnis sitzt, ich nutze die allgemeine Euphorie, um dieses Thema anzusprechen, von dem ich unter anderen Umständen nicht gewusst hätte, wie ich es aufs Tapet bringen soll.

Einen Moment lang sind sie fassungslos. Richard räuspert sich nochmals in die vorgehaltene Faust. »Wie soll das dann weitergehen?«, frage ich in unbeschwertem Plauderton. »Ein Kind kann ja nicht zwei Väter haben, scheint mir.«

Natürlich interessiere ich mich nicht für das Schicksal des biologischen Vaters und auch nicht für die Gründe, die ihn dahin gebracht haben, wo er ist. Ich will einfach nur wissen, was sie geplant haben, und wie ich befürchtete, haben sie überhaupt nichts geplant.

Ich gehe lieber. Ich gehe lieber, als mich mit ihnen zu zerstreiten und Dinge zu sagen, die man später bereut – die dann aber für alle Ewigkeit in Stein gemeißelt sind. Anna ist nicht überrascht, sie war zu demselben Schluss gekommen, noch bevor Josie entschied, sich nicht mehr bei ihr blicken zu lassen – und wenn Josie Vincent auch nicht dazu bewegen konnte, ihrem Beispiel zu folgen, so hatte sie dennoch durchgesetzt, dass sie sich seltener sahen, und für dieses hinterhältige Manöver hasste Anna sie auf den Tod.

Der Schnee von heute Morgen ist liegen geblieben, die Temperatur sinkt. Es weht ein eiskalter Wind. Ich bin früh nach Hause gegangen, denn es wurde Warnstufe Orange ausgegeben – für den Abend sind starke Niederschläge vorhergesagt. In der Ferne sehe ich, wie Patrick aus dem Wald kommt. Ein weißlicher Wirbel dringt aus seinem Kamin. Über eine dampfende Tasse Tee hinweg beobachte ich, wie er schwer mit Scheiten beladen hin- und hergeht. Er hat Glück, sage ich mir, sein Geheimnis ist wohlbehütet. Ich habe es niemandem verraten. Ich könnte ihn im Gefängnis oder bei den Irren verfaulen lassen, aber ich mache es nicht. Er hat Glück, dass er es mit mir zu tun hat. Er sollte kommen und mir die Füße küssen.

Der umliegende Wald ist ganz weiß. Ich schaue in den Himmel hinauf, das goldbraune Wolkenband reißt und zerfällt, je mehr Wind aufkommt. Es wird dunkel. Ich rufe ihn an, er soll meine Läden schließen. Nach ein paar Sekunden Schweigen frage ich: »Sind Sie taub?«

Ich muss mich zwingen, den anderen zu sehen, er versteckt sich, hält sich im Hintergrund. Es ist fast nicht zu schaffen. Ich bin fast so weit, dass ich mich frage, ob ich nicht geträumt habe.

»Wie geht es Ihrem Knöchel?«, fragt er, während er sich wie beim letzten Mal auf das nächstliegende Fenster stürzt – aber im Moment ist der Wind noch nicht sonderlich heftig.

»Meinem Knöchel geht es gut«, antworte ich. »Danke. Und wie geht es Ihrer Hand?«

Er zuckt mit den Schultern und lächelt, setzt ein fatalistisches Gesicht auf. »Halb so wild«, versichert er mir und dreht sie wie eine Marionette um die eigene Achse.

Ich folge ihm bei seinem Auftrag von einem Fenster zum anderen, durchs ganze Haus, und er macht zu keinem Zeitpunkt Anstalten, mir näher zu kommen oder seine joviale Miene abzulegen, und zu keinem Zeitpunkt gelingt es mir, den anderen zu erkennen, nicht ein Schatten, nicht der geringste, flüchtigste Schein, obwohl ich Patrick nicht eine Sekunde aus den Augen lasse.

Bewohnt der Teufel einen Körper rund um die Uhr, oder ergreift er nur phasenweise von ihm Besitz? Diese Frage habe ich mir schon bei meinem Vater gestellt. Manchmal neigte ich zum einen Standpunkt, manchmal zum anderen, und jedes Mal war ich davon überzeugt, ich hätte die richtige Antwort gefunden.

Er eilt nach Hause, um ein Auberginenpüree zu holen, das er im Marais gekauft hat – er ist allein, Rébecca ist auf dem Weg nach Santiago de Compostela – und das ich unbedingt probieren muss. Ich sehe ihm nach, wie er hinausrennt und gegen den aufkommenden Sturm kämpft. Es schneit noch nicht, aber der Himmel lädt sich weiter auf. Der Mond trägt einen perlmuttfarbenen Hof. Ich mixe inzwischen zwei Black Russian. Dann kommt er wieder, von den Böen getrieben wie ein Strohhalm, im Zickzackkurs auf meine Tür zu, ich öffne sie, und er tritt völlig atemlos ein.

Ich kann nur staunen über mein Verhalten. Auch Patrick scheint nicht imstande, die Situation zu entschlüsseln.

Er bleibt in der Diele stehen, sprachlos, lächelnd – ein fast schmerzhaftes Lächeln, das zu fragen scheint, was denn nicht stimme –, und wartet, dass ich ihm sage, wie es weitergeht. Ich staune. Denn ich erkenne, dass es auch eine andere Michèle gibt.

»Dann lassen Sie uns doch mal dieses Auberginenpüree testen«, sage ich und lasse ihn stehen.

Gewiss handelt es sich nicht um ein Dinner, nicht um eine Einladung, sich an einen Tisch zu setzen wie alte Freunde, es geht nicht darum, ein gemeinsames Abendessen einzunehmen, so zu tun, als ob nichts geschehen wäre, aber das ändert nichts daran, dass ich ihn angerufen habe. Ich habe ihn gebeten zu kommen. Und um ehrlich zu sein, kann ich es kaum glauben, ich habe Lust, mich zu zwicken, ob ich nicht träume.

Ich reiche ihm sein Glas. Er reicht mir einen Toast. »Köstlich«, sage ich. Im Kamin beginnt der Wind zu heulen.

Ich kann mich noch an die Zeit erinnern, in der man regelmäßig Amphetamine nahm, um in den Prüfungsphasen oder bei anderen Sachen durchzuhalten, und mir geht es in diesem Moment ganz genauso, ich fühle, wie ein Stromschlag durch meinen Körper fährt, sich mein Gesicht in Spinnweben verfängt, meine Hände feucht werden, mein Mund austrocknet, meine Gedanken sich verhaspeln.

»Na und«, sage ich, »wie war es?«

Ich erkenne meine eigene Stimme nicht wieder. Er hockt vor dem Couchtisch, er kümmert sich um die Toasts, den letzten lässt er jetzt liegen und schaut zu mir auf. Dann lässt er den Kopf hängen und schüttelt ihn glucksend, als hätte er gerade einen guten Witz gehört.

Nachdem er mit seinen Verrenkungen fertig ist und mich wieder eines Blickes würdigt, kommt für eine Sekunde der andere zum Vorschein, eine schreckliche Fratze, und ich will schon nach dem Schürhaken greifen, um ihn in Schach zu halten, doch da ist er schon wieder verschwunden, und es ist ein gerührter Patrick, der sich auf die Fersen setzt und, als er sein Glas auf dem Tisch erblickt, es nimmt und in wenigen Zügen austrinkt.

»War es gut? Wie war es denn?«, wiederhole ich und lächle dabei so gezwungen, dass mein Gesicht eher an eine verbitterte Grimasse erinnert. »Antworten Sie mir.«

Könnte man den Kopf noch mehr einziehen, würde er es bestimmt tun.

»Ja und? Hat es Ihnen gefallen?«, muss ich mit dumpfer Stimme wiederholen.

Er schaut erneut zu mir auf – er hat dieses Quentchen Wahnsinn, stimmt schon, aber er bleibt anziehend, und wenn er will, ist sein Blick reines Gift.

Der Wind bläst inzwischen richtig stark, mit voller Kraft, man spürt den Druck, den er auf die Mauern ausübt. »Es war notwendig«, erklärt er schließlich.

Ich reagiere nicht. Diese Worte graben sich in mein Gedächtnis ein.

Ich zünde eine Zigarette an. Seine Antwort macht mich fassungslos. Und auch wütend. Ich lasse meinen Blick durch das Zimmer gleiten, dessen sämtliche Öffnungen verbarrikadiert sind, und gehe sehr hart mit mir selbst ins Gericht, was meine Leichtfertigkeit, meine Arroganz, meine Dummheit anbelangt. Aber ich habe keine Angst vor ihm. Ich kehre ihm den Rücken zu, um ein Scheit zurechtzurücken, ich habe keine Angst. Als ich damit fertig bin, fordere ich ihn auf zu gehen.

»Und zwar sofort!«, füge ich hinzu. Da er wieder sprachlos und lächelnd ausharrt – sprachlos / lächelnd, das ist wohl sein Stil –, strecke ich ihm mein Guardian Angel ins Gesicht und stelle klar, dass ich es nicht zweimal sagen werde.

Jetzt versteht er. Bestimmt habe ich den richtigen Ton angeschlagen und eine entsprechend entschlossene Miene aufgesetzt – ich habe fast Schaum vorm Mund. Ich geleite ihn zur Haustür und höre dabei nicht auf, ihm mein Gasspray vor die Augen zu halten. Ich bin so angespannt, dass ich beinahe zittere, und ich sehe, dass ihn meine Reizbarkeit ziemlich nervös macht, er eine unkontrollierte oder unbesonnene Handlung meinerseits befürchtet – auch wenn ich eine gewisse Erfahrung mit solchen Geräten mitbringe, habe ich schon einmal versehentlich den Auslösemechanismus betätigt, und ein Kerl hätte damals fast ein Auge verloren.

Als ich die Tür aufmache, bleiben wir einen Moment wie erstarrt vor der pfeifenden und grollenden Dunkelheit stehen, die sich des Gartens bemächtigt hat. Er verzieht das Gesicht und versucht mich zu erweichen. Weiß Gott, ob man sich in diesem Sturm auf den Beinen halten kann.

»Raus!«, sage ich zu ihm, die Zähne weiter fest zusammengebissen.

Ich bin sehr erbost darüber, wie ich auf diese Sache reagiere, über die Verwirrung, die sich in mir breitmacht und mir mit jedem Tag mehr das Gefühl gibt, dass mir alles entgleitet und durcheinandergerät. Ich hasse es, gegen mich selbst zu kämpfen, mich zu fragen, wer ich bin. Keinen Zugang zu dem zu haben, was in mir schlummert, und zwar so tief in mir schlummert, dass ich nur ein fernes und unbestimmtes, kaum vernehmliches Gemurmel höre, gleich einem vergessenen Gesang, herzzerreißend und völlig unverständlich, macht es mir auch nicht leichter.

Ein paar Tage später schlägt Anna vor, Vincent einzustellen, und natürlich ist das eine Methode, seine Geldprobleme augenblicklich aus der Welt zu schaffen, aber ich bin nicht hundertprozentig überzeugt. Mir war dieser Gedanke auch schon gekommen. Und ich hatte ihn wieder verworfen, zum einen, weil ich mir nicht sicher war, ob Vincent für irgendeinen Posten geeignet ist, bei dem er an einem Schreibtisch arbeiten muss, zum anderen, weil er mich aufgefordert hatte, mich um meinen eigenen Kram zu kümmern, und dann aufgelegt hatte. Wir verstehen uns ein bisschen besser, seit sein Vater mit einer anderen Frau zusammenlebt, aber ich bin nicht sicher, ob das ausreicht.

Anna wischt meine Bedenken mit einer Handbewegung fort.

»Ich werde sowieso nicht diejenige sein«, sage ich, »die am schwersten zu überzeugen ist.«

Josie wird in die Luft gehen, dazu braucht es nicht viel Phantasie. Anna antwortet mir, dass sie diesem Spektakel mit größter Begeisterung beiwohnen wird.

Vincent behauptet seinerseits, es sei ja nur vorübergehend und er werde es schaffen, Josie zur Vernunft zu bringen – in Anbetracht der allumfassenden Unsicherheit auf dem alten Kontinent.

Ich weiß es nicht. Ich habe keine Lust zu streiten. Ich bleibe vorsichtig. Ich freue mich, dass sich das Blatt zugunsten von Vincent wendet, aber dennoch habe ich Angst davor, mit ihm zu arbeiten – zwischen seinem Vater und mir hat sich diese Erfahrung als sehr enttäuschend erwiesen, sie hatte es zwischen uns nur schlimmer gemacht.

»Er wird dir nicht zur Last fallen«, versucht Anna mich zu beruhigen. »Ich kümmere mich um ihn. Ich stelle ihm irgendwo einen Schreibtisch hin.«

Ich denke, dass sie Josie wirklich ins Abseits drängen will, ich spüre diese heitere Wut, die sie antreibt, dieses dunkle Verlangen, einen Gegner zu haben, mit dem man sich messen kann – je mehr Jahre vergehen, desto härter, desto kampflustiger wird sie, umso mehr bereitet es ihr Freude, sich mit jemandem anzulegen, und das wird ihr wichtiger als alles andere. Ich beobachte das mit Interesse. Ich sehe, wie sie Vincent beschwatzt, wie sie ihre Fäden zieht. Ich sehe, wie sich langsam eine Schlachtordnung herauskristallisiert. Ich bin sehr froh, nichts damit zu tun zu haben. Sollen sie sich ruhig über meinen Mangel an Begeisterung beklagen.

Der Sturm der letzten Tage hat einige Bäume umgerissen und viele Äste abgebrochen, früh am Morgen parkt ein Lastwagen voller Holz vor meiner Tür, und während zwei Männer ihn entladen und die Scheite hinter meinem Haus stapeln, sagt Patrick, ich bräuchte mich nicht bei ihm zu bedanken, man hätte dieses Holz nicht mit gutem Gewissen vermodern lassen können, blablabla. Er blinzelt im Morgenlicht und steht lächelnd in meiner Tür. Das ist ein Geschenk des Himmels, fügt er hinzu.

Anscheinend ist jeder Vorwand gut genug, um nach jeder unserer schrecklichen Begegnungen den Kontakt nicht abreißen zu lassen – aber es kommt ja vor, sage ich mir, ohne selbst daran zu glauben, dass Dinge, die ganz schlecht begonnen haben, sich am Ende erstaunlich gut fügen. »Ich möchte Sie zum Abendessen einladen«, erklärt er mir auf einmal und starrt dabei auf den Klingelknopf neben dem Eingang.

»Nein«, sage ich. »Unmöglich.«

Daran hat er ganz offensichtlich zu kauen, doch dann riskiert er einen Blick in meine Richtung. »Ich meinte in der Stadt. Nicht bei mir.«

»Sie sind ein Witzbold«, sage ich. »Und was für einer.«

Drei Tage lang sehe ich ihn überhaupt nicht mehr. Sein Schornstein raucht von morgens bis abends, das Licht brennt, doch drinnen rührt sich nichts. Ich habe Besseres zu tun, als über den Tagesablauf von Patrick nachzudenken, aber zufällig mache ich Homeoffice – damit Vincent sich in den Büroräumen von AV Productions seinen Platz suchen und sich einrichten kann und ich mich nicht darum kümmern muss, dass ihm jemand die Leute vorstellt, den Kopierer erklärt und die Feinheiten der Kaffeemaschine usw., alles Dinge, die mich schnell auf die Palme gebracht hätten.

In meinem Büro daheim steht der Tisch vor dem Fenster, und das Haus von Patrick befindet sich auf der anderen Seite, genau gegenüber. Den besten Blick hat man vom Speicher, aber dieses Fenster reicht völlig, zwar bin ich hier, um zu arbeiten und nichts sonst, dennoch zieht eine Regung, das Kommen und Gehen, ein Auto oder das Zuschlagen einer Wagentür sofort die Aufmerksamkeit auf sich, man blickt zwangsläufig auf, aber seit drei Tagen ist das Bild absolut unverändert, außer der abendlichen Beleuchtung und den Rauchwolken ist diese winterliche Szenerie unbeweglich und still – und etwas morbid.

Am Morgen des vierten Tags schlage ich auf dem Nachhauseweg vom Laufen – mehr oder weniger auf einem Bein – einen Haken und nähere mich seinem Haus, während ich, die Hände in die Hüften gestützt, glühend und eiskalt, langsam wieder zu Atem komme.

In der Nacht sind ein paar Flocken gefallen, sie haben jede Spur, jeden Abdruck ausgelöscht, die Sonne scheint, Vögel schreien Löcher in die Stille.

Drinnen ist nichts zu sehen, die Vorhänge sind zugezogen. Ich läute. Ich drehe mich um, schaue zu meinem eigenen Haus auf der anderen Seite hinüber und blinzle. Ich läute noch einmal, und als nichts geschieht, gehe ich ums Haus, sein Wagen steht in der Garage.

Er ist sturzbetrunken. Er liegt reglos in seinem Wohnzimmer, wo ich ihn finde, nachdem ich vorsichtig durch die Küche ins Haus eingedrungen bin, mich Schritt für Schritt vorangetastet und durch »Hallo?!«-Rufe angekündigt habe, während der Schnee, der sich in wohlgeordneten Mustern von meinen Sohlen löste, in kleinen, schimmernden Flecken auf dem Parkett schmilzt.

Ich ziehe die Vorhänge auf. Der Boden ist mit Flaschen übersät.

Draußen wird es dunkel, als er bei mir klingelt und sich entschuldigt, dass er mir ein so erbärmliches Schauspiel geboten habe, und sich dafür bedankt, dass ich ihn unter die Dusche gezerrt und mit kaltem Wasser abgespritzt habe, was wohlverdient gewesen sei, und auch dafür, dass ich ihm einen starken Kaffee gekocht habe. Ich bin nicht geblieben, um zu sehen, wie er zurechtkommt, aber er trägt saubere Kleidung, ist rasiert und gekämmt, und wären da nicht der kreidebleiche Teint und die blassblauen Ringe unter den Augen, könnte er sich wieder hinter seinen Bankschalter stellen, und niemand würde zögern, einem so gepflegten und liebenswerten Jungen sein Erspartes anzuvertrauen.

»Ich habe den Eindruck, Sie verstehen nicht recht«, sage ich. »Aber es ist meine Schuld. Ich bin selbst dafür verantwortlich. Es ist nicht leicht, verstehen Sie. Ich bin an einem Punkt meines Lebens angelangt, an dem es mir nicht besonders gutgeht, ich bin ziemlich durcheinander. Das dürfen Sie nicht vergessen. Wenn ich mich Ihnen gegenüber nicht so eindeutig verhalten habe, wie ich das hätte tun sollen, bedauere ich das unendlich, Patrick, aber das dürfen Sie nicht vergessen. Glauben Sie mir, manchmal würde man alles Mögliche machen, nur um sich ein bisschen besser zu fühlen.«

Bevor ich mit der Wimper zucken kann, macht er einen Schritt nach vorn, presst seinen Mund auf meinen und drängt mich zurück, schlägt mit dem Fuß die Tür zu, und schon bald stürzen wir zu Boden, genau an der Stelle, wo er mich zum ersten Mal vergewaltigt hat, stöhnend, knurrend und kämpfend wie tollwütige Hunde.

Er hebt meinen Rock, rupft meine Strumpfhose herunter, greift nach meinem Geschlecht, während ich ihn mit meinen Fäusten traktiere und versuche, ihn zu beißen. Da zerreißt plötzlich ein Schleier, ein leuchtender Pfad tut sich vor mir auf, und ich wehre mich nicht mehr, gebe mich leblos und bereitwillig hin, gerade als er zur Tat schreiten will.

Er liegt auf mir. Er zögert, versteift sich kurz und stöhnt, bevor er in sich zusammenfällt wie ein missratener Kuchen.

Dann springt er ruckartig auf, rennt hinaus und denkt nicht einmal daran, die Tür zu schließen. Ich stehe auf, um es selbst zu machen. Marty, der auch bei dieser Szene wieder mit dabei war, sieht mir verwundert nach. »Das kann ich dir nicht so einfach erklären«, sage ich zu ihm, während er mir auf dem Fuße folgt.

Während der nächsten Tage habe ich keine Gelegenheit, mich erneut mit diesen Ereignissen zu beschäftigen, denn ich habe zu tun, verlasse in aller Frühe das Haus und komme erst abends wieder heim und habe weder die Lust noch die Kraft, mich um irgendein Liebesabenteuer zu kümmern. Ich werfe einen kurzen Blick auf sein Haus, wenn ich aufbreche, die Läden sind geschlossen, der Schornstein raucht, alles ist ruhig, und dasselbe mache ich, wenn ich zurückkomme, ich sehe, dass Licht brennt, die Nacht im schneebedeckten Garten funkelt, aber mehr nicht, ich fahre in meine Garage, stelle den Motor ab, ich suche meine Schlüssel und denke nicht mehr daran.

Arbeiten ist im Leben noch das Einfachste, und ich kann mich wunderbar mit der Müdigkeit abfinden, wie sie diese endlosen Meetings hervorrufen, diese endlosen Telefonate, diese endlosen Korrekturgänge und der ganze Rest, solange ich am Abend noch die Kraft habe, nach Hause zu fahren, mir ein Sandwich zu machen, mich in meinem Schlafzimmer einzuschließen, mich auszuziehen, mir ein Bad einlaufen zu lassen und ein wenig Gras zu rauchen, damit ich abschalten kann, während Musik läuft und ich mit meiner Glycerinseife spiele. Allein mit meinem alten Kater.

Ursprünglich war Marty für Vincent bestimmt, der monatelang um einen Hund bettelte. Richard, der absolut dagegen war, hatte gedacht, eine Katze würde es auch tun, aber Vincent wollte sie nicht einmal in den Armen halten – so dass sich das Kätzchen schließlich in meine flüchtete.

Ich bin glücklich, ihn bei mir zu haben. Dass er mir keine große Hilfe ist, wenn ich angegriffen werde, spielt keine Rolle. Mit ihm habe ich nicht allzu sehr das Gefühl, allein in einem leeren Haus zu leben. Ich rede mit ihm. Außerdem haben wir keine Mäuse.

Natürlich verlangsamt die Einarbeitung von Vincent unsere Abläufe, denn oft genug hält er uns auf, weil er einen Stift oder einen Hefter sucht oder weil er durch die Scheibe große Gesten macht und uns unterbricht, um irgendeine Information über die Archivierung zu bekommen, mit der wir ihn beauftragt haben, bevor wir weitersehen. Ich wollte darauf hinweisen, dass es kein guter Zeitpunkt ist, jemanden anzulernen, wenn wir mit einigen Projekten zurückliegen und uns die Zeit zwischen den Fingern zerrinnt, aber Anna hatte es viel zu eilig, ihre Strategie umzusetzen, als dass sie mir zugehört hätte, die Tage sind momentan also lang genug und ausgefüllt, und ich habe nicht die Absicht, noch mehr in sie hineinzupacken.

Zumal sich die Situation mit Josie ziemlich rasant zuspitzt, denn sie drängt Vincent, die Stelle, die Anna genau im richtigen Moment für ihn geschaffen hat, sofort wieder aufzugeben.

»Die weiß wohl nicht, was man unter einem unbefristeten Vertrag versteht?«, sage ich voll geheuchelter Empörung, um jeden Verdacht des Einvernehmens zwischen Josie und mir im Keim zu ersticken, wie er aufgrund meiner jämmerlichen Neutralität durchaus aufkommen könnte. Anna lächelt insgeheim, während Vincent an seinem Daumennagel knabbert –

ich bin kurz davor zu erwähnen, mit welch überstürzter Hast er sich trotz unserer Warnungen in die Arme dieser Frau geworfen hat.

Richard hat eben ein paar Minuten mit Hélène geflirtet und erkundigt sich nun, als er wieder hereinkommt, nach der Entscheidung seines Sohns. »Na, mein Bester, wie sieht es aus?«

Es folgt eine unerträgliche Spannung. Dann blickt Vincent zu Anna auf und verkündet, dass er bleibt. Anna freut sich sehr. Ich entdecke diesen Ausdruck strahlender Freude wieder, den Vincent manchmal bei ihr auslöst und der sich zum ersten Mal gezeigt hatte, als sie ihn zum Taufbecken trug – ich hatte Richard einen leichten Stoß mit dem Ellbogen versetzt, um ihn auf dieses Bild reinen Glücks aufmerksam zu machen, das sie verkörperte.

Sie lädt uns zum Mittagessen ein. Ich sage, das kann nicht ihr Ernst sein, wir haben keine Zeit, aber ich habe drei Leute gegen mich, und bald sind es vier, denn Anna hat Richard losgeschickt, um seine neue Verlobte zu holen.

»Oh«, sage ich, »so nennst du sie also? Sind sie verlobt?«

Sie zuckt mit den Schultern: »Sie sind ein Paar, oder?«

»Hör auf, Mama«, seufzt Vincent. »Das weißt du doch.«

Ich zünde mir eine Zigarette an. Als sie kommen, schaue ich weg.

Dennoch kommen Zweifel auf, ob Vincent Josies Attacken widerstehen kann, aber er scheint fest entschlossen und sogar bereit, für eine Nacht ins Hotel zu gehen, wenn er es nicht schafft, sie zur Vernunft zu bringen. Aus dem Augenwinkel beobachte ich Richard und Hélène. Früher war ich mit diesem Mann zusammen. Jetzt ist er mit einer anderen

Frau zusammen. Das Essen ist in vollem Gange, aber ich habe keinen Appetit mehr und bestelle mir lieber einen Gin Tonic.

Als er mir gebracht wird, dreht Richard sich zu mir und sieht mich mit großen Augen an.

Ich bezahle die Rechnung für die Beerdigung meines Vaters. Ein paar Artikel berichteten von seinem Tod und erinnerten an das Massaker, aber außer dem Schwall von Beschimpfungen, den einige Leser natürlich gepostet haben, ist nichts zu mir durchgedrungen, kein Brief, kein Anruf, keinerlei Berührungspunkte, aber Ralf holt dieses Versäumnis nach.

»Mit Verlaub: ein Irrer weniger«, sagt er zu mir.

Ich packe gerade Irènes Kleidung für das Rote Kreuz zusammen. Ich halte einen Moment inne und erkläre ihm höflich, dass niemand, der ein Minimum an Kinderstube genossen hat, einen Toten vor dessen Tochter beleidigen würde, dann mache ich weiter und ignoriere ihn demonstrativ.

»Tun Sie nicht so vornehm«, sagt er. »Das kann ich nicht ausstehen …«

»Sind Sie betrunken?«

»… so eingebildete Tussen.«

Nach diesen Worten bricht er zusammen. Der Dezember ist ein Monat, in dem Männer sich besaufen – und töten, vergewaltigen, eine Freundin finden, anderer Leute Kinder anerkennen, fliehen, stöhnen, sterben –, aber immerhin ist dieser hier weiter in der Lage zu sprechen, und so erfahre ich schließlich, dass wir früher dieselbe Schule besucht haben und er sich an den Schrecken erinnert, in den mein Vater das Land versetzt hat, und er es schon damals nicht ertrug, dass ich so vornehm tat. Ich kann mich aus dieser Zeit an kein Gesicht erinnern, vielleicht stimmt es also, was er erzählt.

»Sie sollten sich duschen, Sie riechen nicht gut«, sage ich.

Er wiegt den Kopf, sieht mich böse an. »Jedenfalls bedeutet das: ein Dreckskerl weniger, und ich bin froh, dass ich seine Frau gevögelt habe.«

Ich antworte nicht. Ich ziehe meinen Mantel und meine Handschuhe an. »Lassen Sie sich nicht allzu viel Zeit mit dem Packen«, sage ich.

Ein paar Eisschollen treiben die Seine herunter. Ich treffe Anna zu einem Dinner, bei dem wir zwei wichtige Investoren gewinnen müssen – die ziemlich unnachgiebig sind, aber am Ende machen wir einen guten Deal. Es ist spät, und ich bin müde, als wir das Restaurant verlassen und Vincent mir eine Nachricht schickt, dass er ausgesperrt ist. Ich warte ab, ob Anna sie auch bekommt. Ich antworte ihm, dass ich mich auf den Weg mache.

Ich bin angenehm überrascht, dass er sich in einer schwierigen Situation an mich wendet. Ich hole ihn ab und setze eine empörte Miene auf, als er mir erzählt, Josie habe die Schlösser austauschen lassen. »Das geht ja gar nicht«, sage ich.

Er ist zugleich nervös und hilflos, ich glaube, er hat nicht mit einer so radikalen Antwort Josies gerechnet und ist nicht in der Lage, die Folgen abzuschätzen. Er fragt nicht, wohin wir fahren. Ich steuere an den Quais entlang.

»Ich habe gehört, dass Großvater tot ist«, sagt er.

Auf diesem Gebiet hatte Irène den Sieg davongetragen. Sie hatte sich Vincents Flegeljahre zunutze gemacht, dieses

Alter, in dem alles sofort angenommen wird, was die eigene Mutter ärgern oder aufbringen kann. »Nenn ihn nicht Großvater«, sagte ich zu ihm. »Du hast keinen Großvater. Dieser Mann existiert für dich nicht«, und dann wandte ich mich an Irène: »Wann hörst du endlich damit auf, ihm das einzureden? Was bringt dir das, kannst du mir das mal sagen?« Wir stritten uns heftig bei dem Thema, ich raste förmlich vor Wut, doch meine Position war nur schwerlich zu halten, die Blutsbande konnte ich nicht lösen.

Verstohlen und misstrauisch schaue ich zu ihm hinüber, kann aber keinerlei sarkastische Absichten bei ihm entdecken, wenn er das Wort *Großvater* gebraucht, auch seine friedliche Miene beruhigt mich.

»Ja, er hat sich erhängt«, sage ich.

Er nickt und schaut ins Leere. Wir überqueren den Pont de Sèvres. »Er war immerhin dein Vater, verdammt noch mal!«, sagt er.

Als wir ankommen, brauche ich ihm sein Zimmer nicht zu zeigen, er weiß Bescheid. Ich treibe eine Zahnbürste für ihn auf. Draußen scheint der Mond in der kalten Nacht. »Um sieben Uhr fahren wir morgen los«, sage ich zu ihm. Er ist einverstanden. Er gähnt. Er macht eine unbestimmte Geste in meine Richtung. »Danke, dass du mir aus der Patsche geholfen hast«, sagt er.

»Du brauchst dich nicht zu bedanken. Ich bin deine Mutter, dafür bin ich da.«

»Mag sein, aber ich danke dir trotzdem.«

Er sucht etwas zu lesen. Ich gebe ihm Erzählungen von Eudora Welty.

»Was denkst du darüber?«

»Sie ist eine der ganz Großen.«

»Nein, ich meine, was würdest du an meiner Stelle tun?«

Nie im Leben wäre ich darauf gekommen, dass er mich nach meiner Meinung fragt. Ich kann es kaum glauben. Ich tue so, als würde ich nachdenken, und betrachte dabei die Muster des Teppichs, der den Gang vor meinem Schlafzimmer ziert.

»Keine Ahnung«, sage ich. »Ich weiß nicht, wie sehr du an ihr hängst. An deiner Stelle würde ich die Sache erst einmal ruhen lassen, ein oder zwei Tage abwarten, kein Lebenszeichen geben. Geh auf Beobachtungsposten. Bestimme das Tempo. Wer die stärkeren Nerven hat, gewinnt, vergiss das nicht. Und weißt du, ich kenne sie zwar nicht sehr gut, aber mir scheint, ihre sind wie Drahtseile, und sie ist eher eine von denen, die es mit so ziemlich jedem aufnehmen.«

»Einen solchen Dickschädel habe ich noch nie erlebt, unglaublich.«

»Na siehst du. Du musst also mit Widerstand rechnen. Aber diese Angelegenheit hat nicht nur schlechte Seiten. Jeder von euch wird Gelegenheit haben, darüber nachzudenken, was er wirklich will, ihr könnt eure Beziehung auf den Prüfstand stellen, sie testen. Denn, was auch immer geschehen mag, Vincent, um dieses Thema werdet ihr nicht herumkommen. Apropos, soll der Vater von Édouard nicht bald freikommen?«

»Der Vater bin ich.«

»Ja, schon klar, aber was sagt er dazu?«

»Keine Ahnung. Sie sind getrennt.«

»Und wozu dann die Eile, ihn da herauszuholen, wofür das ganze Geld?«

»Das ist eine Frage der Gerechtigkeit. Die Bullen wollten ein Exempel an ihm statuieren. Das kann man nicht durchgehen lassen, verdammt noch mal.«

»Na gut, wie auch immer, das ist nur eine Sache von vielen, die du dir gründlich überlegen solltest, das ist nur eines von vielen Problemen, die auf dich zukommen. Das muss dir klar sein. Wenn jemand weiß, worauf er sich einlässt, kann man ihm keinen Vorwurf machen. Aber wie dem auch sei, du kannst auf meine Unterstützung zählen. Schließlich hat es mich ganz schön Mühe gekostet, dich in die Welt zu setzen.«

Er lächelt. Wenn das so weitergeht, gibt er mir bald morgens und abends einen Kuss.

Ich bereue es nicht, dass ich ihm meine Unterstützung zugesagt habe. Das ist die reine Wahrheit, ich werde für ihn da sein bis zum letzten Atemzug, aber er verbringt den ganzen oder jedenfalls annähernd den ganzen Tag in meinem Büro, wandert hinter mir auf und ab, vergeht fast vor Ungeduld, blickt von meinem Fenster auf die Hochhäuser, die in den weißen, wieder Schnee verheißenden Himmel ragen, raucht gewissenhaft meine Zigaretten, während ich völlig überlastet bin mit Arbeit. Anna meint, ich solle geduldig sein.

Mittags isst er nichts, abends auch nicht. »Der erste Tag ist der schlimmste«, sage ich.

»Ach ja? Woher willst du denn das wissen?«

Er schnappt sich eine Schaufel und beginnt bei fast völliger Finsternis – der Mond scheint nicht beherzt genug –, mit großer Inbrunst vor dem Haus Schnee zu räumen.

Als er wieder hereinkommt, ist er schweißgebadet, aber ich sehe, dass er einen Großteil der Spannung, die er mit sich herumtrug, abgebaut hat – sein Vater machte es genauso, wenn wir im Winter Streit hatten, ansonsten hielt er sich an die abgefallenen Blätter und verbrannte sie, jätete das Unkraut oder hackte Holz usw. Ich hätte nicht gedacht, dass Josie – obwohl ich den Sex-Appeal, den vollschlanke Frauen auf schwache Charaktere ausüben, nie unterschätzt habe –, ich hätte nicht gedacht, dass Josie in der Lage wäre, ihm so zuzusetzen, dass er so stark an ihr hängt. Ich bin verblüfft. Ich habe es in dieser Angelegenheit an Geistesgegenwart, Scharfblick und Umsicht fehlen lassen. Mit annähernd fünfzig ist das kein gutes Zeichen.

Etwas später bemerke ich, dass ich auch damit wieder völlig falschliege. Ich bin eine schlechte Mutter, denn ich bediene mich einiger Gläser Weißwein, um ihm die Zunge zu lösen, aber wie dem auch sei, Stück für Stück zeichnet sich eine ganz andere Realität ab, setzt sich vor meinen Augen zusammen wie ein Puzzle, so dass die Wahrheit schließlich ans Licht kommt: Er will nicht Josie, er will seinen Sohn. Es ist nicht die Frau, sondern das Kind.

So manchen Auftritt und so manche Bemerkung kann ich plötzlich einordnen, aber als sie sich vor meinen Augen abspielten oder sie mir zu Ohren kamen, habe ich nichts begriffen, ich konnte mir nichts anderes vorstellen als diese ewigen Beziehungsprobleme und war vollkommen blind. Nun denn, ich setze mich neben ihn und nehme wortlos seine Hand, aber er ist zu betrunken, um sich darüber Gedanken zu machen. Ich kann die ganze Nacht nicht schlafen – eine unermessliche, schwindelerregende, chaotische, endlose Nacht –, und frühmorgens treffen wir Patrick in unserem kleinen Supermarkt. Besser gesagt, treffen sich Vincent und

Patrick in irgendeinem der Gänge und kommen palavernd auf mich zu, als wären sie alte Freunde.

Und dieser niederträchtige Patrick beugt sich prompt zu mir herunter, um mich zur Begrüßung auf die Wangen zu küssen! Ich erstarre, als stünde mir die Umarmung eines Aussätzigen bevor, aber er kümmert sich nicht darum und drückt mir seine Lippen auf die Backen – und gibt sich dabei umso hartnäckiger, als er meinen Oberarm fest umklammert hält. Als er mich loslässt, bemühe ich mich, meine Verwirrung, meine Nervosität, meine Unruhe zu verbergen, und schnappe mir das erstbeste Produkt, das ich in die Finger bekomme, in diesem Fall eine Fünferpackung Spaghettini (n. 3), und lege es in meinen Einkaufswagen, ehe ich weitergehe und ihn links liegenlasse.

Leider ist er heute Morgen sehr charmant, und obwohl ich so abweisend wie nur irgend möglich bin, schafft er es, mich um den Finger zu wickeln – auch wenn ich immer noch seinen Blick meiden muss, um einen kühlen Kopf zu bewahren. Warum muss alles so kompliziert sein? Warum muss ich ausgerechnet einem Triebtäter in die Arme laufen, obwohl ich mich nach den tiefgreifenden Veränderungen der letzten Monate nach nichts anderem als Zärtlichkeit, Seelenfrieden und Ruhe sehne?

Wir sind bei ihm zu Hause, wir trinken etwas, wir scherzen, wir kochen gerade ein improvisiertes Essen, ich habe plötzlich das Gefühl, unter Halluzinationen zu leiden. Keine Ahnung, warum wir hier gelandet sind – wie ich einwilligen konnte, auch nur einen Fuß in dieses Haus zu setzen, ist mir ein komplettes Rätsel. Bestimmt hat mich Vincent dazu überredet – er findet Patrick sehr sympathisch und wollte unbedingt dessen fünftausend Exemplare umfassende Vinylsammlung sehen, von der dieser berichtet hatte, als wir an der Kasse standen und dann hinausgingen in den Sonnenschein. Aber Vincent ist nicht der Hauptgrund meiner Kapitulation. Hier zeigt sich ein anderes Ich, und zwar gegen meinen Willen. Dieses Ich wird angezogen von gefährlichen Strömungen, Schwingungen, unbekannten Gefilden. Ich weiß es nicht. Ich kann nicht meinen Schädel öffnen und hineinschauen. Wie auch immer, ich bin hier, staune über meine eigene Kühnheit und decke den Tisch, während die Jungs am Herd stehen und lautstark nach einer neuen Weinflasche verlangen.

Vincent hat schon am Tag zuvor getrunken, aber er hält mir sein schreckliches Gefühl der Unsicherheit entgegen, das Bedürfnis, auf andere Gedanken zu kommen, sich ein bisschen zu amüsieren, also setzt er sich über meine Bedenken hinweg und schenkt sich selbst nach. Ich sehe ihm dabei zu und spüre so etwas wie ein erstes Wanken meiner Verteidigungslinien.

Den neuesten Nachrichten zufolge hat Rébecca die Nacht in der Umgebung von Gijón in Asturien verbracht, und ich höre Patrick mit größtem Interesse zu, wie er mir von der Wallfahrt seiner Frau erzählt, während Vincent neben mir mit offenen Augen schläft, nachdem er meine Ratschläge zur Mäßigung ignoriert hat und mich daher mit unserem Gastgeber allein lässt, der offenbar alles daransetzt, sich ins beste Licht zu rücken, und dem das, so ungerecht es auch sein mag, mit irritierender Leichtigkeit gelingt – ich weiß, dass das von mir kommt, von meinem Wunsch, dass es ihm tatsächlich glücken möge und dass bei einem solchen Spielchen selbst ein Gefängniswärter liebenswert erscheinen kann, aber so ist es nun einmal.

Es ist so warm bei ihm, dass ich meinen Pullover aufgeknöpft habe und ihn frage, was er für eine Heizungsanlage hat.

»Scheitholzkessel«, sagt er. »Mit umgekehrter Verbrennung.«

»Oh, wirklich? Mit umgekehrter Verbrennung also. Hmhm.«

Ich habe keinen blassen Dunst, nicke aber wissend. Die Wohnzimmereinrichtung entspricht dem Stil eines Jungmanagers – farblose Wiederauflagen, Pseudoantiquarisches –, ziemlich langweilig, doch die Nachmittagssonne schickt ihre Strahlen durchs Zimmer und poliert alles ein wenig auf. Im Halbschlaf gleitet Vincent sanft auf die Sitzbank. Dennoch verändert seine Anwesenheit die Lage ganz wesentlich, und ich bin relativ entspannt, seit Patrick mir einen alten Brandy zum Probieren gegeben hat, der allmählich meinen letzten Widerstand bricht.

»Ich habe gehört«, erkläre ich, »dass Deckenheizungen gute Ergebnisse liefern.«

Seine Anlage steht in der Waschküche. Diese ganzen Apparate, Zähler, Stromkabel, diese roten, blauen, schwarzen und gelben Schläuche, diese Krümmer, Muffen und Anschlüsse, diese Leitungen und Absperrhähne, diese Muttern und Schrauben, diesen ganzen Maschinenpark muss man gesehen haben, sage ich. Er fährt fort mit seiner Führung, zeigt mir den Warmwasserboiler. Der ist auch sehr gut, ein Riesending. Daneben bullert friedlich der besagte Heizkessel. Ich will ihn gerade fragen, ob Heizöl sich überhaupt noch lohnen kann, da packt er mich plötzlich am Handgelenk. Ich wehre mich. Ich schaue ihm in die Augen. »Nein, nicht hier, nicht jetzt!«, bringe ich mit dumpfer Stimme hervor. Ohne mich loszulassen, drückt er mich an die Wand, schiebt sein Knie zwischen meine Beine. Mit einem Hüftschwung stoße ich ihn zurück. »Vincent ist nebenan«, sage ich. Er stürzt sich erneut auf mich. Bei unserem Gerangel werfen wir ein Regal um, dessen Metallschubladen sich über den Boden verteilen. Mit meiner freien Hand schlage ich ihm ins Gesicht. Er schreit auf und reibt sich an mir. Wir straucheln und fallen hin. Es ist ein Männerkörper mit Männerkräften, da habe ich kaum eine Chance, die Oberhand zu behalten, aber der Clou bei dieser Geschichte, über den ich lächeln müsste, wenn ich nicht dabei wäre, wie eine Besessene um mich zu schlagen, während er versucht, in mich einzudringen, ist doch, dass es in meiner Macht steht, diesem Angriff augenblicklich ein Ende zu setzen, und dass es nur an mir liegt, einer schwachen Frau, diesen Idioten in seinen Bau zurückzuschicken – oder nicht.

Es ist schon spät am Nachmittag, aber wir haben immer noch schönes Wetter. Ich greife nach Vincents Schulter und rüttle ihn vorsichtig wach. Er hat unschuldig seinen Mittagsschlaf fortgesetzt, während ich nur ein paar Meter von ihm entfernt die letzten Demütigungen über mich ergehen ließ. Er fragt, wo er sei, reibt sich die Augen und erklärt uns lächelnd, er müsse eingeschlafen sein, was uns natürlich keineswegs entgangen war. »Zeit zu gehen«, sage ich. Er richtet sich auf. Patrick bringt uns unsere Mäntel. Ich meide seinen Blick. Er begleitet uns zur Tür. Vincent und ich verlassen das Haus – wer etwas genauer hinsieht, bemerkt, dass ich etwas hinter meinem Sohn zurückbleibe und mich, diesen Abstand ausnutzend, plötzlich zu Patrick gedreht und flüchtig mit meinen Lippen die seinen berührt habe, bevor ich mich heimlich, still und leise wieder auf den Weg zu meinem Wagen mache, während meine Wangen noch glühen und ich mich verfluche.

Als es Abend wird, beginnt Vincent, auf und ab zu gehen. Hin und wieder, wenn er an einem Fenster vorbeikommt, bleibt er stehen und schaut hinaus, starrt auf den Horizont, der mit jeder Minute dunkler wird. Er ist unglaublich nervös. Ganz im Gegensatz zu mir, die ich gerade einen Pizzateig belege – das Rezept ist von Gino Sorbillo höchstpersönlich – und vollkommen entspannt bin, meine Stirn ist glatt, meine Schultern sind unverkrampft, die Seele baumelt. Schließlich fragt er mich, ob ich nicht noch ein bisschen Gras übrig habe, weil er es nicht mehr aushält, Josies Schweigen wird ihm unerträglich. »Beruhige dich, die beiden werden sich schon nicht in Luft auflösen«, sage ich zu ihm, aber ich schaffe es nicht, ihn zu beschwichtigen. Als wir zu Tisch gehen, fühlt er sich besser, aber er würde sich noch besser fühlen, fügt er hinzu, wenn diese Schlampe – so nennt er Josie inzwischen mehr oder weniger – sich bei ihm melden würde.

Ich finde es schade, dass er nicht glücklich ist. Ich freue mich über diese gemeinsamen Tage – kein Vergleich mit dem Alptraum, den wir beide in der Phase nach der Scheidung durchgemacht haben, als er mir jeden Tag vorwarf, dass ich seinen Vater rausgeworfen und unsere Familie zerstört hätte, dass ich erbarmungslos sei –, und ich wünschte mir, er wäre so zufrieden, wie ich es gerade bin, so dass wir diese unerwartete, völlig improvisierte Zeit des Zusammenlebens rückhaltlos genießen könnten.

Ich schaue ihm dabei zu, wie er die Pizza isst, die ich zubereitet habe, und im Moment reicht mir das, um glücklich zu sein. Ich schwebe ein bisschen. Bestimmt stehe ich noch unter dem Eindruck – unter dem Bann? – meines Abenteuers von heute Nachmittag – das mich zugleich mit Schrecken erfüllt. Ich schäme mich irgendwie, ich sehe ganz deutlich die kranke Seite der Einlage, der Patrick und ich uns heute in der Waschküche hingegeben haben, dieser verrückten Nummer, dieses wilden Akts, aber ich muss ehrlich sagen, muss der Wahrheit ins Gesicht sehen – es hat mir gefallen, seinen Körper in meinen Armen zu halten, ich habe es gemocht, dass wir uns ineinander verkeilten, sein Geschlecht in mir, sein rauher Atem, seine feuchte Zunge, seine Finger wie Schraubstöcke um meine brennenden Handgelenke, seine Hände in meinen Haaren, seine brutalen Lippen, die meinen Mund aufzwangen, all das habe ich gemocht, ich habe diese Momente *genossen*, ich *kann* es nicht leugnen. Ich habe mich in so vielen Phantasien über ihn ergangen, dass mich das nicht wirklich überrascht, aber die pure Lust ist so selten, dass ich noch ein bisschen groggy bin und deshalb mein Stück Margherita etwas zögerlich angehe.

Vincent, dessen Beobachtungsgabe wahrlich eingeschränkt scheint, seit wir zu Tisch sind, beginnt nun plötzlich, mich durchdringend anzusehen, während sich auf seinen Lippen ein unbestimmtes Lächeln abzeichnet. »Was guckst du denn so komisch?«, fragt er.

Ich schaue ihn mit großen Kulleraugen an. »Keine Ahnung, was meinst du denn?«

»Du bist total weggetreten.«

»Du hast geraucht, Vincent, nicht ich.«

Ich lächle und stehe auf, um dem Gespräch zu entfliehen, schiebe vor, ich müsse den Salat schleudern. Ich fühle mich, als sei ich auf frischer Tat ertappt worden.

Zum Glück ist Vincent wieder in die finsteren Grübeleien eines verhinderten Vaters verfallen und hat mich vergessen, so dass ich kurz verschwinden und mich wieder zurechtmachen kann wie eine anständige Frau, ich bringe also meinen Haarknoten in Ordnung, fahre mit einem kalten Waschlappen über meine Stirn und die ziemlich puterroten Wangen.

Etwas später hält er es wirklich nicht mehr aus, und weil ich guter Laune bin und mir nichts anderes mehr einfällt, schlage ich ihm vor, sich die Sache aus der Nähe anzusehen, und ich habe noch nicht zu Ende gesprochen, da hat er sich schon auf seinen Anorak gestürzt.

Als wir vor dem Gebäude halten, brennt in seiner Wohnung Licht. Wir parken. Ich sehe Vincent an. »Und, was nun? An deiner Stelle würde ich nichts weiter unternehmen. Schau. Sie sind da. Alles in Ordnung. Jetzt kannst du doch beruhigt sein, oder? Es ist auch ihr Sohn, vergiss das nicht, sie wird ihn schon nicht fressen. Vincent, hörst du mir eigentlich zu?«

Nein, ganz offensichtlich hört er mir nicht zu. Er sitzt vornübergebeugt und hat den Hals in Richtung seiner Fenster verdreht, schließlich sagt er zu mir: »Bitte warte hier auf mich, in fünf Minuten bin ich wieder da.«

»Nein, wirklich, mein Schatz, das ist keine gute Idee.«

Er legt seine Hände auf meine. »Schon in Ordnung«, sagt er zu mir, »ruhig Blut. Ich werde nur mal an der Tür horchen.«

»*Was??!* So ein Blödsinn. Mach das nicht.«

»Schon in Ordnung. Ich bin alt genug.«

Ich sehe ihm nach, als er in das Gebäude stürmt, und lasse wegen der Heizung den Motor laufen, für einen Samstagabend ist es ruhig in dem Viertel, aber ein eiskalter Wind weht durch die friedliche Nacht. Letztendlich ist er für sich selbst verantwortlich. Er wird aus seinen Fehlern und Niederlagen lernen. Er wird bald fünfundzwanzig, ich darf mich nicht einmischen. Er kennt meine Meinung, und es ist seine Sache, ob er sich nach ihr richtet oder nicht. Ich öffne das Fenster einen Spaltbreit und rauche eine Zigarette. Ich spüre, dass ich heute Nacht extrem gut schlafen werde. Mein Gott. Es ist grauenvoll. Ich schaue auf mein Telefon, ob ich nicht eine Nachricht erhalten habe. Ich erinnere mich sehr gut an einen Mann, dem ich einige Jahre vor Richard begegnet war und der mich in Sachen Sex stark beeindruckt hatte, so dass die Erinnerung an ihn im Grunde meines Herzens schmerzlich lebendig blieb, und ich glaube, Patrick hat in mir vergessene Gefühle wiedererweckt – von denen ich befürchtete, sie nicht mehr zu empfinden, weil es heißt, dass man den ganz großen Höhepunkt nur einmal im Leben erreicht.

Ich mache mir selbst zur Auflage, nichts zu überstürzen – weder in die eine noch in die andere Richtung –, kühlen Kopf zu bewahren. Ganz offensichtlich gibt es für dieses Problem keine Lösung. Dass ich Patrick auf den Mund geküsst habe, macht die Sache nicht besser, dessen bin ich mir sehr wohl bewusst, und ich bereue diesen vollkommen bescheuerten Kuss einer minderbemittelten Jugendlichen, den ich ihm zum Abschied gegeben habe – als ob alles andere nicht schon genügen würde –, da sehe ich Vincent durch die Eingangshalle stürzen und dann auf das Auto zurennen, das Neugeborene in den Armen. Er hechtet auf den Rücksitz. »Fahr! Fahr schon, verdammt!«, ruft er mir zu.

Ich fahre eine gute Minute, ohne ein Wort zu sagen, dann halte ich an, drehe mich zu Vincent und frage ihn, ob er völlig übergeschnappt sei. Ich beginne, die Liste der Schwierigkeiten herunterzubeten, in die er sich bringen wird, als Édouard plötzlich losbrüllt wie ein tollwütiges Tier, was jedes Gespräch unmöglich macht und eine Weile unsere Trommelfelle strapaziert.

Dann gelingt es Vincent, ihn zu beruhigen – ich habe ihn im Rückspiegel beobachtet, und ich finde, er geht recht geschickt und selbstbewusst an die Sache heran.

»Hast du Milch zu Hause?«, fragt er.

»Na klar, ich horte Flaschenmilch in meinem Vorratsschrank und habe immer eine Auswahl Windeln parat. Du wirst dieses Kind seiner Mutter zurückbringen, hast du mich verstanden, Vincent?«

Er ist nicht so dumm, nicht zu begreifen, dass sein Versuch hoffnungslos ist und er wahrscheinlich etwas überstürzt gehandelt hat, aber eigentlich hat er bekommen, was er wollte – er hat Édouard nach oben getragen, um ihn zu baden, und ich bin hingerissen von der Aufmerksamkeit, die er dem Kind erweist, von der Zärtlichkeit, mit der er es behandelt, das hätte ich nie von Vincent gedacht, außerdem zeigt er Josie, dass er bereit ist zu kämpfen und vor nichts zurückschreckt. Er schlägt zwei Fliegen mit einer Klappe.

Das ist gut so. Ich wärme mich am Feuer und rufe Josie an, um ihr die Lage zu erklären.

Sie lässt mich von Anfang an ihre Verstimmung spüren. Sie erzählt, wie Vincents Heldentat in der Wohnung zu einer Art Rempelei geführt hat, und das Ende vom Lied war, dass ihre Minianlage zu Bruch gegangen ist.

»Machen Sie sich keine Sorgen um Ihre Minianlage, Josie, da kümmere ich mich drum. Und was Ihr Kind anbelangt, so ist es hier in guten Händen, das wissen Sie. Sie können ihn holen, wann Sie wollen, kommen Sie doch morgen, wann immer es Ihnen passt, Josie. Vincent ist sich im Klaren darüber, dass er eine Dummheit begangen hat. Ist sonst alles in Ordnung, hat er nichts weiter kaputtgemacht? Ich höre sie lachen über mir, er badet ihn gerade. Was für eine verrückte Geschichte, nein, also wirklich.«

»Tja, aber Sie waren die Fahrerin.«

»Wie bitte? Ich, die Fahrerin? Was? Nun ja, da haben Sie sicher recht, ich saß am Steuer, aber was sollte ich denn machen? Ich bin seine Mutter, Josie. Sie werden sehr schnell begreifen, was das bedeutet, glauben Sie mir. Na ja, Ende gut, alles gut, oder? Ich bin gefahren, aber ich war starr vor Schreck. Sind Sie mir böse? Seien Sie nicht so, ich bitte Sie, vergessen wir diese Angelegenheit. Mögen Sie Kinofilme? Ich besorge Ihnen ein Abo für Kinokanäle, in Ordnung?«

»Tiere und Geschichte gefallen mir auch gut, genauso wie ›Erlebnis Mensch‹.«

Ich weiß nie, ob diese Frau einen extrem trockenen Humor hat oder überhaupt keinen. Als ich auflege, stoße ich einen Seufzer der Erleichterung aus und mache mir sofort einen Drink. In Sachen große Gefühle bin ich für heute bedient, und wie durch ein Wunder fällt nun wieder Schnee, der das Haus in seinen stillen Schleier hüllt.

Ich rauche eine Zigarette vor dem Fenster und höre dabei *We Move Lightly* von Dustin O'Halloran, dann gehe ich zu ihnen. Édouard strampelt in einem Frotteehandtuch auf dem Bett. »Ich habe Puder gefunden«, sagt Vincent zu mir. Ich stehe an den Türrahmen gelehnt und nicke. Normalerweise komme ich nie in sein Zimmer – nicht weil ich dort sentimental werde, sondern weil ich dort nichts zu schaffen habe, außer zu lüften – und der Anblick der beiden, Seite an Seite in dieser Umgebung, ist ziemlich überwältigend.

»Morgen kommt Josie vorbei«, sage ich.

Er antwortet nicht. Auf dem Speicher finde ich seinen Kinderwagen – das haben wir Richard zu verdanken, der ihn behalten wollte, wohingegen ich wild entschlossen war, ihn ein für alle Mal wegzuwerfen oder ihn zu verbrennen, um sicherzugehen, so eine Erfahrung nie mehr machen zu müssen. »Wenn er schon nichts zu essen und kaum was zum Anziehen hat«, stelle ich fest, als ich das Gefährt von seiner Schutzhülle befreie, »bekommt er immerhin ein Bett.«

Vincent gesellt sich zu mir, als Édouard eingeschlafen ist. »Ich habe dich endlos darin herumgeschoben«, sage ich. »Er hat eine tolle Federung.« Da er sich weniger für meine Erinnerungen an mein Leben als junge Frau als für die Reaktion von Josie interessiert, versuche ich ihm unser Gespräch so wahrheitsgetreu wie möglich wiederzugeben. Er überlegt kurz und ruft dann Anna an, um einige rechtliche Fragen zu klären, während ich Grogs zubereite und Zitronen auspresse. Vom Küchenfenster aus sehe ich, dass bei Patrick Licht brennt, es ist nur ein schwaches, flackerndes Schimmern im dichten Schneetreiben, aber ich weigere mich, auch nur daran zu denken.

Es ist absolut unmöglich. Nicht daran zu denken ist absolut unmöglich. Die ganze Erfahrung, Vernunft, ein scharfer

Verstand, all die Jahre – sie helfen überhaupt nichts. Ich schäme mich, es verletzt mich tief. Was wird mir noch an Selbstachtung bleiben, wenn das so weitergeht? Vincent ist kurz draußen, um ein paar Scheite zu holen, und als ich mir diese Frage stelle, bahnt sich ein kalter Luftzug seinen Weg durchs Zimmer und geht mir durch Mark und Bein.

Ich bedaure, dass ich nicht gläubig genug bin, um einen Priester aufzusuchen, denn der Glaube ist noch die beste Lösung. Ich denke, eine gute alte Beichte würde mich beruhigen. Ich wäre gern der Überzeugung, dass Gott mich sieht.

Wir sprechen gerade darüber, was Beziehungen für extrem fragile Konstrukte sind, die zumeist in die Brüche gehen – und mit der Zeit hat Vincent eingeräumt, dass die Fehler gleichermaßen bei seinem Vater und mir lagen –, als Anna zu uns stößt und, noch während sie ihren Mantel auszieht, verkündet, dass zwischen ihr und Robert nichts mehr geht und er eigentlich immer nur ein Schwein war.

»Na, so was, wovon sprichst du?«, frage ich leicht beunruhigt.

»Er hat eine Geliebte«, erklärt sie. »Also wirklich, ist das zu fassen?«

Sie verteilt Begrüßungsküsschen. Im Feuerschein ist nicht zu sehen, dass ich bleich geworden bin.

Sie nimmt Vincents Hände. »Mein armer Schatz«, sagt sie, »wir haben kein Glück in der Liebe im Moment.«

»Trink ein bisschen von meinem Grog«, sagt er.

»Robert? Eine Geliebte?«, sage ich schwach.

»Und haltet euch fest, die Sache läuft schon seit Jahren.«

»Verdammt, das ist krass«, bestätigt Vincent.

»Was sagst du dazu?«, fragt mich Anna.

»Ich bin sprachlos, ehrlich.«

»Ich bin auch aus allen Wolken gefallen. Ich musste mich hinsetzen.«

»Kein Wunder«, bedauert sie Vincent.

Ich stehe auf, stochere ins Herz der Glut und fache das Feuer an. Niemand hat jemals gedacht, dass sie und Robert ein Traumpaar wären und einander in zärtlicher Liebe zugewandt – dass er sie betrogen hat, scheint sie nicht übermäßig zu belasten.

»Ich sage nicht, dass es mir nichts ausmacht, ich sage, es macht mir nicht viel«, stellt sie klar. »Seit gestern habe ich das Gefühl, dass ein Fremder durch mein Zuhause spukt, ihr könnt euch ja vorstellen, wie angenehm das ist, ich erkenne diesen Mann beim besten Willen nicht wieder.«

Ich nicke. Ich gehe hinaus und mache neuen Grog. Als ich zurückkomme, schreibt Vincent gerade die Adresse eines Anwalts auf, der Schnee fällt, das Feuer knackt, er geht nach oben und sieht nach, ob das Baby gut schläft, während ich die Getränke serviere.

»Ich kann mich glücklich schätzen, dass er mir nicht eine Krankheit angehängt hat oder Schlimmeres«, seufzt sie.

»Hast du Hunger, hast du etwas gegessen?«, frage ich.

Ich werde ruhiger, als ich erfahre, dass sie die Frau nicht kennt und sie auch nicht kennen will. »Ich weiß nicht«, sage ich, »aber vielleicht hast du recht. Es tut mir leid, wirklich.«

»Dir muss nichts leidtun. Es geht mir gut. Das Leben ist voller solcher Zwischenfälle.«

Ich hebe meinen Arm, und sie kuschelt sich an meine Schulter. Als Vincent ein paar Minuten später herunterkommt und das sieht, lächelt er, und Anna hebt ihren Arm, und er kuschelt sich an ihre Schulter. Wir sagen nichts, wir schauen ins Feuer. Dann lasse ich sie allein, ich gehe schlafen.

Manchmal, als er noch ein bartloser Jüngling war, und auch später bei verschiedenen Gelegenheiten habe ich mich gefragt, ob zwischen ihnen nicht gewisse Dinge laufen, aber ich konnte darüber nie letzte Gewissheit erlangen, und auch heute Morgen bin ich nicht schlauer, ich weiß nicht, ob sie miteinander geschlafen haben oder ob sie auf dem Sofa geblieben ist, und ich werde es wahrscheinlich nie erfahren, denn auch diesmal lauere ich wieder auf einen kleinen, verräterischen Hinweis von ihnen und bemerke nichts, was über die kleinen, liebevollen Gesten hinausgeht, die sie austauschen, seit er auf der Welt ist, und die nicht mehr besagen, als ich ohnehin schon weiß.

Vincent zieht los, um alles Nötige für Édouard zu holen, und als ich wieder herunterkomme, hält Anna ihn wie einen zerbrechlichen Schatz an ihrer Brust, beugt sich über ihn, tanzt mit ihm im Wiegeschritt, und das alles so zärtlich und liebevoll, dass man schwören könnte, sie sei mindestens seine Mutter – aber da ich über die Katastrophe Bescheid weiß, die sie schon zweimal erlebt hat, und über die Frustration, die wie eine offene Wunde schwärt und immer größer wird, bleibe ich im Hintergrund, greife nicht ein, und als Vincent zurückkommt und sie sich allein wähnen, warte ich auf einen Blick, eine Berührung, eine Kleinigkeit, die sie entlarvt, aber sie sind zu schlau. Es ist fast schon zum Lachen.

Was sich im Übrigen als reichlich grotesk erweist, ist das Gespann, das sie hinsichtlich Édouards abgeben, ganz als ob er ihr Kind wäre, ein völlig übergeschnapptes Gespann. Ich sage, dass ich eine Runde drehe, aber in der Nähe bleibe.

Die Sonne scheint, der Schnee knirscht und knackt unter meinen Gummisohlen. Spazierengehen ist die schönste Sache der Welt. Als ich bei Patricks Haus ankomme, steht er in Hemdsärmeln in seinem Garten und räumt den Weg frei. Als er mich bemerkt, hält er inne und winkt freundschaftlich. »Hallo, wie geht es Ihnen?«, ruft er mir mit einem breiten Lächeln zu.

»Gut so weit. Und Ihnen?«

Er stützt sich mit den Ellbogen auf den Stiel seiner Schaufel, blickt lächelnd in den Himmel. »Ich bin völlig durch den Wind«, verkündet er schließlich.

»Ach ja?«, erwidere ich misstrauisch. »Würden Sie das so sagen? *Durch den Wind*?«

Ich schüttle den Kopf und denke nach.

»Wir müssen reden, Patrick.«

»Ich weiß. Selbstverständlich«, meint er und schaut beschämt zu Boden.

»Wir müssen sehr bald miteinander reden, wirklich. Sie stellen mich vor ein schreckliches, wirklich schreckliches Problem, Patrick.« Wir sehen uns durchdringend an, bevor ich mich kurzerhand abwende. Ich entferne mich einige Schritte, dann bleibe ich stehen und drehe mich erneut zu ihm um. »Stellen Sie sich vor, ich bin auch fassungslos, genau wie Sie«, erkläre ich, bevor ich weitergehe und, während ich meines Weges ziehe, wieder einigermaßen zu Atem komme.

Josie weigert sich, mit uns Kaffee zu trinken – obwohl ich Anna in mein Büro verbannt habe, damit die beiden nicht aufeinandertreffen, und eine Schachtel mit hervorragenden Pralinen herausgeholt habe, die offen auf dem Tisch steht. Sie erklärt, dass sie sehr wütend sei und einzig und allein die Tatsache, dass ich so schnell zum Hörer gegriffen hätte, um sie zu benachrichtigen, sie davon abgehalten habe, die Polizei zu rufen wegen Entführung, Hausfriedensbruch, Körperverletzung und vielem mehr, aber dass sie sich deshalb, nach allem, was geschehen sei, noch lange nicht mit uns zusammensetzen und freundlich plaudern werde. Ich kann sie gut verstehen. Das gereicht ihr zur Ehre, aber das kann ich ihr nicht sagen.

»Ihr solltet zuerst an ihn denken, alle beide. Denkt mehr an ihn und weniger an euch«, sage ich. »Seid klug und verständnisvoll. Versucht, einen gemeinsamen Nenner zu finden.«

Sie lacht höhnisch auf: »Das hätte der erste Schritt sein müssen.«

»Okay, okay«, seufzt Vincent.

»Eine ziemlich dürftige Entschuldigung.«

Offenbar klemmt der Reißverschluss des neongrünen Anzugs, in den man ihn gesteckt hat und der ihn wie ein kleines Michelin-Männchen aussehen lässt – aber da die Mutter ebenfalls eine fünfundneunzig Kilo schwere Frau mit einer fürchterlichen Daunenjacke in Türkis metallic ist, bleibt das Gleichgewicht gewahrt.

Ich versuche sie zur Vernunft zu bringen. »Lassen Sie ihn diesen Job annehmen«, sage ich. »Im Moment ist mit solchen Dingen nicht zu spaßen. Alles zu seiner Zeit, das wissen Sie doch nur zu gut, Josie.«

»Mischen Sie sich da nicht ein«, sagt sie.

»Misch du dich da nicht ein«, sagt Vincent.

Ich sage nichts. Mit einem entschlossenen Ruck löse ich den Reißverschluss.

Wir sehen ihnen nach. »So unerbittlich ist sie auch wieder nicht«, sage ich. »Die Zeit spielt dir in die Hände. In drei Tagen ist sie am Boden.«

»Nein, da täuschst du dich«, sagt er, während sie in der ersten Kurve verschwindet und in die bläulichen Wälder taucht. »Sie hat mich schon mehr als einmal überrascht. Und ich muss jederzeit wieder darauf gefasst sein.«

Anna bleibt noch ein wenig, nachdem Josie weg ist, und ich bin sicher, dass sie alles mitgehört hat, aber sie stellt sich unwissend und hört sich Vincents Version der Lage an, um die Stimmung auszuloten. Anna ist ein Crack. Josie ist schwer im Zaum zu halten, wenn man nicht genau weiß, was Vincent für sie empfindet. Aber weiß er es denn selbst? Genau das ist der Kern des Problems, genau darin liegt die ganze Schwierigkeit, denn daher rührt diese Ungewissheit, in der er uns lässt, möglicherweise, ohne es zu bemerken, und Anna tut gut daran, sich über den letzten Stand zu informieren, denn anscheinend ist es in Vincents Gemüt um Josies Sympathiewerte nicht so schlecht bestellt, wie wir dachten, anscheinend ist er doch nicht so gleichgültig, wie er vorgibt, und es besteht die Gefahr, dass wir mit ihm schneller, als der Wind dreht, in eine heikle Lage geraten, wenn wir uns nicht ständig auf dem Laufenden halten.

Als sie aufbricht, begleite ich sie zur Tür, und während sie ihre Handschuhe überstreift, murmelt sie, ohne mich anzusehen: »Wir müssen uns auf schwere Zeiten gefasst machen.«

»Was soll das heißen?«, frage ich.

»Das soll heißen, dass wir uns auf schwere Zeiten gefasst machen müssen.«

Sie gibt mir einen Kuss auf die Wange und trollt sich, lässt mich mit diesem Rätsel allein.

Als wir am Tag darauf im Büro einen Moment alleine sind, nutze ich die Gelegenheit und bitte sie um eine Erklärung. »Ich musste noch mal daran denken, was du mir beim Abschied gesagt hast.«

»Sie wird uns zusetzen. Ich ahne es. Aber es lässt sich nicht vermeiden. Irgendwann wird sie uns zusetzen.«

Wir ziehen an unseren Zigaretten. »Es ist nicht sonderlich erheiternd, die Woche mit so trübseligen Gedanken zu beginnen«, sage ich.

»Ja, ich weiß, aber was soll ich machen«, seufzt sie. »Ich hatte eine Eingebung. Ich spüre, dass es bald losgeht.«

Ich beobachte Vincent, der sich gerade an die Kaffeemaschine gestellt hat. Ich beobachte ihn bei Tisch, während des Mittagessens. Ich beobachte ihn bei Büroschluss. Aber ich weiß nicht, nach was ich suche.

Wie auch immer, ich kann mich nicht entschließen, ihn zu fragen, ob er längerfristig bei mir wohnen wird, denn ich befürchte, dass er das missverstehen könnte, aber seine Anwesenheit ist für gewisse Unternehmungen hinderlich – eine geheime Affäre anzufangen zum Beispiel.

Ich war hocherfreut, dass Josie ihn vor die Tür gesetzt hatte, und einige Tage lang habe ich seine Gesellschaft sehr genossen, ich habe jede Minute genossen, die er in meinem Haus verbracht hat – habe es geschätzt, dass er hier isst, hier duscht, hier schläft, dass er mich vom anderen Ende des Korridors ruft, im Morgenmantel herumläuft, die Treppe herunterstürmt, im Garten Schnee räumt, dass er nicht nur zu Besuch ist –, und ich habe mich noch aus vielen anderen Gründen gefreut, dass er da war, aber es gab diesen absurden Vorfall in der Waschküche, und seither wäre ich lieber allein, um mein Leben nach Gusto zu führen, im Verborgenen. Kurz gesagt, mir wäre es lieber, er wäre nicht da, aber er ist da, er ist mir im Weg, und ich kann Patrick erst in drei Tagen wiedersehen – denn Josie hat sich schließlich einverstanden erklärt, dass Vincent zwei Abende in der Woche babysittet.

Der Abend bricht an. Ich trinke ein großes Glas Gin und bitte ihn zu kommen. Ich lasse ihn herein und sage ihm, er solle sich einen Drink machen. Ich bin ein bisschen aufgeregt. Die Sache ist nicht so einfach.

»Die Sache ist nicht so einfach«, sage ich zu ihm. »Im Grunde genommen sind Sie nur ein beschissener kleiner Vergewaltiger, ja, Sie haben mich vergewaltigt! Ist Ihnen bewusst, was Sie mir angetan haben? Glauben Sie etwa, ich kann Ihnen das verzeihen?«

Er setzt sich und stützt seinen Kopf in die Hände.

»Also nein, ich bitte Sie!«, sage ich äußerst gereizt. Ich zünde mir eine Zigarette an.

Ich beginne, auf und ab zu gehen, während er wieder den Kopf hebt. Ich nehme meinen Mantel. »Kommen Sie mit raus«, sage ich zu ihm. »Lassen Sie uns an die frische Luft gehen.«

Es ist sehr kalt, der Mondschein wirkt einladend. Wir gehen nicht weit, wir bleiben vor dem Haus, wir stehen Seite an Seite in der klaren Nacht. »Ganz ehrlich«, sage ich, »die Luft ist wirklich gut, finden Sie nicht? Sagen Sie doch was. Ist Ihnen nicht kalt?«

»Nein, nein.«

»Sind Sie sicher? Sie haben ja nur ein Hemd an.«

»Nein, nein.«

»Haben Sie sich schon mal in meine Lage versetzt?«

Ich schaue ihn nicht an, aber seine Atemwolke zieht durch mein Sichtfeld. »Was muss ich denn mit Ihnen machen?«, frage ich. »Helfen Sie mir, sagen Sie mir, was ich tun muss.«

Ich werfe ihm einen verstohlenen Blick zu und sehe, dass er nicht weiterweiß, ich sehe, dass auch er versucht zu verstehen, ich sehe, dass er gern mehr Klarheit hätte, aber es ist verlorene Mühe.

»Ich kann nicht anders«, erklärt er nach einer Weile.

»Ich weiß, ich bin ja nicht blind«, sage ich.

Er betont es nochmals laut und deutlich: »Ich krieg sonst keinen hoch, verstehen Sie?!«

Diesmal schaue ich ihm direkt ins Gesicht, dann zucke ich mit den Schultern und schaue weg. »Was für eine absurde Geschichte!«, seufze ich.

Ich betrachte ein oder zwei Minuten den Himmel, dann schlage ich vor, wieder hineinzugehen und uns aufzuwärmen.

Noch einmal muss ich zwei Tage warten, um ihn wiederzusehen – warten, bis Vincent bei Édouard an der Reihe ist, damit ich einen freien Abend habe, aber dann geht es wieder los, wir trinken etwas, um uns aufzuputschen, danach stürzt er sich kurzerhand auf mich, und wir wälzen uns wie die wilden Tiere auf dem Boden, unser Kampf beginnt. Er reißt meine Kleidung herunter, und ich schreie. Ich schlage wirklich mit meinen Fäusten auf ihn ein, er packt mich am Hals, er schlägt mich, nimmt mich usw.

Am Wochenende kaufe ich ein Multipack billiger Unterwäsche.

Nach reiflicher Überlegung haben wir uns dazu durchgerungen, die besagte Feier zum fünfundzwanzigsten Jubiläum von AV Productions zu veranstalten, und Vincent wurde von den Archivierungsarbeiten abgezogen, die ihn körperlich nicht besonders forderten, um schwierigere, wichtigere Aufgaben zu erledigen, und nun habe ich wie durch ein Wunder für ein paar Abende meine Ruhe, denn er muss sich den ganzen Tag abrackern, durch die Gegend rennen, von der Druckerei bis hin zu diversen Lieferanten, eine Unzahl kleiner, aber immer wieder neuer Probleme lösen – ohne jemals die Beherrschung zu verlieren –, so dass er schon auf der Heimfahrt im Auto einnickt und gleich in sein Zimmer geht, um sich auszuschlafen, während ich gerade dann erst richtig wach werde.

Ich lege mich hin und lese ein bisschen – mir gefällt nicht alles bei David Foster Wallace, aber meistens ist es großartig –, bis er eingeschlafen ist – ich inspiziere seine Tür, und wenn ich an der Schwelle keinen Lichtschimmer sehe und eine Minute lang nichts höre, mache ich auf Zehenspitzen kehrt und verlasse das Haus.

Ich laufe durch den Garten, gehe hinunter bis zur Straße, überquere sie, wandere langsam über freies Gelände zwischen einigen schwer eingeschneiten Büschen hindurch, die im Mondschein funkeln, habe die Hände in den Taschen vergraben, ich bin allein, ich höre einen Vogel schreien, ich lächle, der Gedanke, dass Vincent aufwacht und meine Abwesenheit bemerkt, hat fast etwas von einem Sahnehäubchen, dann steige ich hinauf zu seinem Haus, seinen erleuchteten Fenstern, seinem rauchenden Kamin.

Patrick meint, wenn wir in den Keller gehen, könne ich

um Hilfe rufen und nach Herzenslust brüllen, ohne befürchten zu müssen, die Nachbarn zu wecken, was mich beruhigt, denn ich kann mir diese Schreie, die ich mitten in der Nacht ausstoße, als würde man mich gerade abmurksen, nicht erklären und auch nicht, wie man in meinem Alter noch solche Dummheiten machen, sich derart perversen Spielchen hingeben kann.

Ich habe mir noch nicht die Zeit genommen, darüber nachzudenken. Ich habe nicht eine Minute für mich, und wenn ich es wie durch ein Wunder schaffe, Patrick zu sehen, sind wir zu sehr mit unserem wahnwitzigen Treiben beschäftigt, um den nötigen Abstand zu gewinnen, so dass ich ernsthafte Überlegungen zu diesem Thema lieber auf später verschiebe. Wahrscheinlich, weil ich Angst habe, dass es nicht zu rechtfertigen ist – diese Möglichkeit kann ich nicht ausschließen.

Niemand würde auch nur eine Sekunde daran glauben, dass mir diese schreckliche Komödie, so bizarr sie auch sein mag, keinen Spaß macht – aber ich habe ja nie das Gegenteil behauptet, habe diese Sache nie als eine platonische hingestellt. Ich habe das Gefühl, aus einem langen Schlaf zu erwachen – und ich kann ermessen, wie schlecht der Sex mit Robert gegen Ende geworden war, wie sehr er in Gleichgültigkeit versank.

Ich bin mir bewusst, dass die Dinge nicht ewig so bleiben können, dass wir bald darüber reden müssen – aber da ist auch die Angst, dass mit einem Schlag alles verpufft, wenn man darüber redet, und diese Angst lässt mich erstarren. Wenn es dann zurückgeht und ich mich auf den Heimweg mache, glücklich, von Schmerzen gepeinigt, fast heiser, bietet er mir jedes Mal an, mich nach Hause zu fahren, aber ich will wieder so zurückgelangen, wie ich gekommen bin, zu Fuß, und nutze die nächtliche Frische, um Körper und Geist wieder auf Normaltemperatur zu bringen.

Eines Abends, nach einem anstrengenden Tag, erzählt mir Vincent, dass sich sein Verhältnis zu Josie keineswegs gebessert hat und er erwägt, sie zu verklagen, wenn die Zeit mit Édouard nicht gerechter aufgeteilt wird.

»Beispielsweise«, erklärt er mir, »könnte ich ihn abends nach dem Büro nehmen und ihn morgens zurückbringen, bevor ich zur Arbeit gehe. Ich könnte ihn abends füttern, baden, ins Bett bringen und ihn morgens wickeln, zurechtmachen und ihm sein Frühstück geben.«

Ich begnüge mich mit einem Nicken. Warum sollte ich ihm das Ausmaß und die Absurdität der Aufgabe vor Augen führen, die er schultern will? Habe ich auch nur die geringste Chance, ihn zur Vernunft zu bringen? Bevor wir nach Hause fahren, gehen wir noch etwas trinken. Anna kommt dazu. Die Feier macht sie nervös, und Robert, der eigentlich im Hotel wohnen sollte, bis eine Entscheidung gefällt ist, treibt sich ständig in der Wohnung herum auf der Suche nach einer Krawatte oder einem Paar Schuhe, das er nicht mitnehmen konnte. »Das ist ermüdend«, seufzt sie. »Bestimmt macht er das absichtlich.«

Als Vincent auf die Toilette geht, bitte ich Anna, Vincent nicht in der verrückten Idee zu bestärken, die ihn beschäftigt und dank der wir den Säugling nicht vom Morgen bis zum Abend, sondern vom Abend bis zum Morgen am Hals hätten, also der schlimmsten Zeit. »Glaubst du vielleicht, ich will nach einem Tag wie heute ein Neugeborenes in Pflege haben? Denk mal ein bisschen nach, bitte. Da habe ich keine Lust drauf.«

»Worauf hast du denn Lust?«

»Ich weiß es nicht. Darauf jedenfalls nicht, fertig. Ich möchte nach Hause kommen und in Ruhe ein Bad nehmen können und nichts weiter.«

»Aber es ist wichtig für ihn.«

»Ich war der Ansicht, wir hätten eine recht ausgewogene Lösung gefunden. Alle zwei Tage, das belastet mich schon ganz schön. Verlangt nicht noch mehr von mir, das ist zwecklos. Ich brauche wirklich ein paar ruhige Abende. Man muss sich ein paar Freiräume bewahren, das weißt du doch. Das ist auch wichtig.«

»Also gut, sie können ein oder zwei Abende in der Woche zu mir kommen. Ich weiß auch nicht, was meinst du?«

»Ich glaube, er wird es nicht schaffen, und ich glaube nicht, dass wir ihm einen Gefallen tun, wenn wir es ihm einreden.«

»Wir werden ihm helfen. Wir werden es schaffen.«

Ich sage nichts. Ich trinke meinen Gin Tonic mit einem Strohhalm.

An diesem Abend schreie ich aus Leibeskräften, rufe um Hilfe und schlage aus wie ein tollwütiges Tier, am Ende rollt Patrick zur Seite, er ist schweißgebadet, atemlos, bleibt mit ausgebreiteten Armen liegen und lächelt zur Zimmerdecke hoch, dann pfeift er zwischen den Zähnen und sagt mir, dass ich meine Rolle glänzend, ja herausragend gespielt hätte – ich sehe, dass er ein wenig aus der Nase blutet –, schließlich stützt er seinen Kopf auf einen Ellbogen und betrachtet mich verzückt.

Vincent schlägt sich gut, er mietet ein Partyschiff vor der

Grande Bibliothèque, macht einen englischen DJ ausfindig, verhandelt den Rest mit Flo und erzielt überall den besten Preis, in der Firma wird er von allen geschätzt, er ist hilfsbereit und bearbeitet die Aufgaben, die wir ihm übertragen haben, mit großem Engagement, und allmählich sagen wir uns, dass seine Anstellung durchaus gerechtfertigt ist, und nicht nur aus Nächstenliebe – vor allem ich, denn Anna hat nie daran gezweifelt, behauptet sie. Aber natürlich stimmt etwas nicht. Seine Probleme mit Josie überschatten alles und verderben ihm die Freude. Auf dem Heimweg habe ich ausführlich Gelegenheit, ihm zuzuhören, und ich weiß, dass sie noch weit von einer Einigung entfernt sind und die Stimmung eher aggressiver wird. Einerseits beruhigt es mich, wenn ich sehe, dass Josie nicht nachgibt und meine Befürchtungen verfrüht waren, aber andererseits mache ich mir Sorgen, wenn ich plötzlich Vincents finsteres und trotziges Gesicht im grünlichen Schein des Armaturenbretts bemerke. Ich habe immer Angst gehabt, dass mir mein Vater etwas vererbt hätte und ich nur ein verfluchtes Glied in einer verfluchten Kette bin.

»Sag ihr, dass ich sie treffen will, sag ihr, dass ich mit ihr reden will.« Ich reiße das Lenkrad herum, um einem Radler auszuweichen, der auf seinem Mietrad herumschwankt.

»Pass doch auf«, sagt er zu mir, nachdem er hochgeschreckt ist, »du sitzt am Steuer, verdammt.«

Er trinkt zu viel Kaffee.

»Du stehst ständig unter Strom«, sage ich zu ihm.

Am Tag vor der Party rennt er wieder hierhin und dorthin, überprüft, ob wirklich alles überprüft wurde, ob der Kuchen fertig wird, ob nicht Schneefall oder ein Verkehrsstreik den Abend beeinträchtigen könnten, dann ruft er Josie an, und sie beginnen, sich über einen Termin zu streiten, er entfernt sich, denn der Wortwechsel nimmt an Schärfe zu und ist bald gespickt mit Ausbrüchen, von denen ich nunmehr nur noch die gewöhnliche und vorhersehbare Leier wahrnehme, die bei ihnen an die Stelle des Dialogs getreten ist, während er über den Lieferanteneingang verschwindet, als säße ihm der Teufel im Nacken.

Er hat die ganze Nacht über kein Auge zugemacht, erzählt er mir. Er hat zwei Valium geschluckt, ohne die geringste Wirkung zu spüren, hat auf seinem Telefon stundenlang Solitär gespielt und erst im Morgengrauen damit aufgehört. »Ich habe Holz reingeholt«, sagt er.

Ich streichle seine Wange. Ich gähne. Ich bin gegen Mitternacht zu Patrick gegangen, und mir fehlen jetzt ein paar Stunden Schlaf, aber ich bereue nichts.

»Was geschieht, wenn Rébecca zurückkommt?«, habe ich gefragt.

Er hat mir eine Strähne von der Stirn gewischt, die dort schweißnass festklebte, und mir lächelnd geantwortet, dass er wahrscheinlich erst einmal ein Hotelzimmer nehmen würde. »Wie unser Freund Robert«, hat er lachend hinzugefügt – ohne zu ahnen, wie pikant seine Bemerkung ist. Er sagt, dass Rébecca auf dem Rückweg in Lourdes haltmacht und fragt sich halb im Scherz, ob sie nicht nach Jerusalem oder gar Bugarach weiterziehen wird. Ich bin auf einer Art Wolke, oder vielmehr *im Inneren* einer Art Wolke, die verhindert, dass mich die Dinge erreichen – bestenfalls erreichen sie mich nur sehr gedämpft. Diesmal haben wir es in seiner Garage getrieben, auf der Motorhaube seines Wagens, und das macht es nicht leichter, wieder auf den Boden der Tatsachen zu kommen, das muss ich zugeben, aber so wird es nicht – kann es nicht – weitergehen, die Lage muss sehr schnell geklärt werden. In den nächsten Tagen.

Vincent hat Frühstück gemacht. »Wie schön. Danke, Vincent. Aber jetzt setz dich hin, und tu nichts mehr. Ruh dich aus. Entspann dich.«

»Ich bin ganz aufgeregt. Ich habe mir den Arsch aufgerissen, okay?«

»Sei ganz beruhigt, es werden viele Leute kommen. Es gibt zu essen und zu trinken. Alles wird gutgehen.«

»Ich habe die ganze Nacht versucht, sie anzurufen, sie geht nicht ran.«

»Natürlich geht sie nicht ran, Vincent. Sie schläft, wie normale Leute das so tun.«

Er hat die Eier vorbereitet. Ich muss sie nur noch braten. »Pass auf, Vincent, ich glaube nicht, dass das der richtige Weg ist, sie so zu bedrängen, weißt du? Ich glaube, sie gehört zu denen, die einem jeden Schlag mit Zins und Zinseszins zurückzahlen.«

Er schimpft vor sich hin. Er tut mir leid. Was wäre ich glücklich, wenn er Josie und ihr Kind vergessen würde, wenn er sie ihr Leben weiterführen ließe, das sie ohne ihn begonnen haben – auf einen fahrenden Zug aufzuspringen ist immer schwierig und verlangt einige Verrenkungen. Er müsste einfach nur nachgeben, sich einmal ordentlich betrinken, und die Sache wäre geritzt. Aber ich verzichte bewusst darauf, ihm meine Meinung zu sagen. Einige Stunden vor der Feier, die ihn schon jetzt in einen fürchterlichen Zustand versetzt, will ich kein Risiko eingehen.

Niemand weiß etwas über meine Affäre mit Patrick, aber er gehört jetzt zu unserem Bekanntenkreis, und wir haben ihn auf unsere Gästeliste gesetzt. Er holt mich ab, denn Josie antwortet immer noch nicht, und ich überlasse mein Auto Vincent, der vor Angst und Ungeduld fast umkommt und sich vor Ort ein Bild machen will.

Patrick hat gerade erst das Haus betreten, da ist Vincent schon draußen, und wir hören den Motor aufheulen – lächelnd schaut er mich an. Ich schildere ihm kurz die Lage, dann sehe ich, wie sich seine Miene verändert, und muss meinerseits lächeln. »Machen Sie sich keine Hoffnungen«, sage ich zu ihm. »Zwingen Sie mich nicht, Sie mit meinem Gas einzusprühen.«

»Sie führen mich in Versuchung, Michèle.«

Ich nehme seinen Arm. »Wir bleiben nicht lang«, sage ich und drücke diesen Arm schamlos fest. »Das verspreche ich Ihnen«, füge ich hinzu, schaue ihm tief in die Augen und ziehe eine Schnute.

»Ich leide Höllenqualen«, keucht er an meinem Hals.

»Das will ich hoffen, Patrick.«

Ich hatte vergessen, wie angenehm es ist, einen neuen Liebhaber zu haben, wie jeder Augenblick an seiner Seite erfüllt ist von Überraschungen, Frische, Dynamit, zumindest in den ersten drei Wochen, und wie angenehm es ist, zu spielen, sich zu verstecken, ein Geheimnis zu wahren, zu scherzen. Als wir in die kalte Nacht hinausgehen, sagt er mir, dass ich blendend aussehe. »Das will ich hören«, denke ich, »das ist eindeutig die stärkste Droge der Welt.«

Eisblöcke treiben die Seine herunter und schimmern, gleiten am schwarzen Rumpf des Schiffs entlang.

Richard ist nicht so recht auf dem Laufenden über den Streit, der immer noch zwischen seinem Sohn und Josie schwelt, und ich nutze die Gelegenheit, um ihm zu sagen, dass er lernen muss, sich seine Zeit einzuteilen, und nicht neun Zehntel davon Hélène widmen darf, wenn er weiterhin etwas von der Welt mitkriegen will, in der er lebt. Er gluckst. Ich habe gehört, Hélène habe eingefädelt, dass sein Drehbuch bei Hexagone geprüft wird – etwas, das ich nie hinbekommen habe, muss er gleich gedacht haben –, und ich male mir aus, dass er im letzten Zehntel Votivkerzen aufstellt, um ihr zu danken. »Wie auch immer, seit gestern hat er nichts mehr gehört von ihr«, sage ich. »Das ist wirklich kein gutes Zeichen. Kümmer dich ein bisschen um ihn. Sprich mit ihm.«

Er gibt mir ein Glas Champagner und nickt. Das Schiff schwankt leicht, als eines dieser schrecklichen Touristenboote vorbeifährt. Normalerweise hätte er geantwortet, dass ich wohl nicht ganz die Richtige sei, um ihm kluge Ratschläge zu erteilen, oder eine ähnliche Bemerkung dieser Art, aber dieser Kampfgeist, den er früher mir gegenüber an den Tag legte, verflüchtigt sich derzeit so schnell, wie der Schnee schmelzen wird, wenn die ersten warmen Tage anbrechen. Das Kuriose ist, dass mich diese mangelnde Angriffslust verletzt. Ehe Richard und ich zwei, drei Worte gewechselt haben, ist sie schon von drei Männern umgeben – Richard verfolgt die Szene mit leicht verzogenem Gesicht aus dem Augenwinkel.

Anna kommt zu mir an die Bar. Sie sucht Vincent, will ihn beglückwünschen, weil alles so großartig läuft, runzelt aber die Stirn, als ich ihr den Grund für seine Abwesenheit nenne. Sie sagt nichts. Sie ballt die Fäuste. Ich verkneife mir zwar die Bemerkung, aber ihre offen zur Schau gestellte Abneigung gegen Josie – auch wenn diese sie herzlich erwidert – ist eben genau die Ursache des Konflikts zwischen Josie und Vincent, und das haben wir jetzt davon. Ich schließe sie trotzdem in meine Arme, denn diese Feier findet ihr zu Ehren statt, vor fünfundzwanzig Jahren haben wir uns in einem Klinikzimmer kennengelernt und haben das alles auf den Weg gebracht, und ich drücke sie noch eine Weile, bis einige zu pfeifen beginnen und in Anfeuerungsrufe ausbrechen.

Anna nutzt die gute Stimmung, um von ihrer Rührung und ihrem Stolz zu sprechen, sie dankt allen Freunden und Kunden von AV Productions, die uns während dieser fünfundzwanzig Jahre die Treue gehalten haben, von ganzem Herzen blablabla, dann klatschen alle.

Einige Autoren sind schon betrunken. Der Champagner ist hervorragend. Vincent hat sich wirklich gut geschlagen. Ich frage mich, was er macht. Ich sorge dafür, dass ein paar Häppchen für ihn aufgehoben werden. Von Zeit zu Zeit begegne ich Patrick, und wir wechseln ein paar belanglose Worte, wie es entfernte Bekannte tun würden, und diese Situation entpuppt sich als recht amüsant – denn wir denken nur an eines, unsere nächste Nummer, und Gleichgültigkeit vorzutäuschen hat unter diesen Umständen besonderen Reiz. Das geht so weit, dass Anna mir zuflüstert, als wir von Patrick sprechen, sie könne nicht verstehen, warum ich diesem reizenden Nachbarn noch nicht in die Arme gesunken bin. Ich beobachte ihn aus den Augenwinkeln. »Findest du ihn nicht ein bisschen langweilig, ein bisschen gewöhnlich?«, frage ich.

Endlich taucht Vincent auf, aber er ist allein – und weiß wie eine Wand. Besorgt gehe ich an Land und ihm entgegen. »Sie ist nicht da. Die Wohnung ist leer«, stößt er zwischen seinen Zähnen hervor. »Verdammt, sie ist abgehauen!«

Ich hänge mich bei ihm ein, während wir uns der Landungsbrücke zuwenden. »Wirklich? Bist du sicher?«

»Ich habe eine Stunde gewartet. Dann hat mir der Typ aus der Wohnung darunter gesagt, er habe sie mit einer Tasche weggehen sehen.«

»Das ist alles?«

»Was denn? Brauchst du's schriftlich?«

Ich schleppe ihn hinein, damit er die Früchte seiner Arbeit sieht und sich darüber freuen kann, dass er seine Aufgabe einwandfrei ausgeführt hat. Anna kommt zur Verstärkung und zieht ihn von mir weg. Ich erzähle es Richard. »Was denkt er denn, wo sie hingeht mit einer Tasche und einem Kind auf dem Arm?«, fragt er sich schulterzuckend. »Die ist nicht weit.« Ich teile seine Meinung, und Josies Schicksal würde mich nicht weiter beunruhigen, wenn Vincent sich ein wenig entspannen und nicht immer noch dieses verkniffene Gesicht machen würde, das er seit seiner Ankunft mit unerschütterlicher Beständigkeit an den Tag legt.

Ich bitte Richard, ihn zu beruhigen, so gut er kann, ja wie es anscheinend nur ein Vater kann, und ich verstehe, als er einen verzweifelten Blick auf Hélène wirft, die immer noch sehr umschwärmt ist – sie trägt grellrote High Heels –, dass er sich fühlt wie ein Typ, der seinen Aston Martin nachts in einem Viertel geparkt hat, in dem man nicht mal ein Fahrrad oder ein altes Mofa abstellen würde.

Schließlich nickt er.

»Du bist ein guter Vater«, sage ich zu ihm.

Er nickt immer noch, nachdenklich.

»Richard«, sage ich, »wenn sie sich erobern lässt, sobald du ihr den Rücken zukehrst, solltest du dich schnellstens von ihr trennen. Sonst wird dich diese Geschichte nur verbittern.« Er ist Teil dieser neuen Sorte Männer, mit denen man gelebt hat und die jetzt der Vergangenheit angehören – und die wider Erwarten einnehmend bleiben, zumindest unter gewissen Gesichtspunkten und in kleinen Dosen.

Der Kuchen ist so groß wie eine Tischtennisplatte und so dick wie ein Ziegelstein, er ist komplett mit einer weiß-blau marmorierten Sahneschicht überzogen, auf der ein anscheinend aus Krokant geformter Schriftzug prangt, der die fünfundzwanzig Jahre von AV Productions feiert. Ich überlasse Anna das Ruder, nachdem wir die Kerzen ausgeblasen und unter dem stürmischen Applaus und den Pfiffen der Branche die Diven gegeben haben, da sie daran eine berechtigte Freude empfindet und das Verteilen der ersten Stücke dazu nutzt, um mit bestimmten Gästen ein vertrauliches Wort zu wechseln. Ich zwinkere ihr zu, sie antwortet mit einem breiten Lächeln. Ich sehe, wie Richard zwischen den Sesseln zu Vincent hinübergeht und ihm die Hand auf die Schulter legt. Ich begegne Patrick an der Bar – dieser Patrick ist eine Mischung aus beiden, eine ziemlich deplatzierte Überlagerung seiner beiden Gesichter, die ihn zugleich attraktiv und abstoßend macht, und er hat fast eine gewisse Ähnlichkeit mit meinem Vater. Ich achte sehr darauf, mich nicht an ihn zu schmiegen. »Alles in Ordnung?«, frage ich. »Langweilen Sie sich nicht?«

Anscheinend hat er ein paar Bekannte getroffen und lädt mich ein, mit ihnen etwas zu trinken. Ich sehe von weitem, wer die Leute sind – darunter eine schreckliche Französin, die eine Galerie in Soho betreibt –, und mache mich sogleich aus dem Staub und sage, ich müsse mit Vincent noch dringend etwas wegen des Wagens klären. Er wirkt enttäuscht, fängt sich aber schnell wieder. Zum Dank berühre ich heimlich seine Hand.

Ich freue mich, einige alte Bekanntschaften wiederzusehen – insbesondere ein Paar, das Künstlerporträts für uns gemacht hat und das mit seiner achtzehnjährigen Tochter gekommen ist, Aliette, von der ich nichts wusste und die im achten Monat schwanger ist und leuchtet und strahlt, obwohl der Vater, wenn ich das richtig verstanden habe, von der Bildfläche verschwunden ist –, und ich trinke auch noch einige Gläser mit ein paar Drehbuchautoren, die eine großartige Story entworfen haben – ich höre ihnen lächelnd zu, ohne etwas zu verstehen, weil das allgemeine Getöse, das Stimmengewirr und die Hintergrundmusik alles übertönen –, ich spaziere ein bisschen mit Anna zwischen den Couchtischen herum, und wir bleiben immer wieder stehen, um mit dem einen oder anderen ein paar Worte zu wechseln, es wird immer später, und ich verbringe einen wunderbaren Abend auf diesem Schiff. Wie alle anderen hier. Wir verbringen alle einen wunderbaren Abend auf diesem Schiff, das unbeweglich auf dem Fluss liegt, nur mein Sohn nicht.

Der gerade eine schreckliche Nachricht erhalten hat. Es ist schon spät, und ich verstehe nicht, warum diese Frau um ein Uhr morgens nicht schläft, wo ich sie doch vor kurzem noch als gutes Beispiel hingestellt habe – und hat sie denn um die Zeit wirklich nichts Besseres zu tun, als Vincent mit ihren verfluchten SMS niederzustrecken?

»Versuch nicht, mich zu erreichen.« Eine klare Ansage. Ich gebe ihm sein Telefon zurück. Ich schaue ihm in die Augen, aber er blickt zu Boden.

»Wenn sie merkt, dass du dich festbeißt, hast du verloren«, sage ich zu ihm. Ich setze mich einen Moment neben ihn, dann streiche ich ihm über den Rücken und stehe auf, weil ich zu dem Schluss gekommen bin, dass ich nichts mehr für ihn tun kann.

Später, als ich dachte, er sei auf der Toilette – er hatte mir zu verstehen gegeben, dass ihm von Josies Verschwinden übel werden könnte –, ruft er mich an und sagt mir, dass er vor seiner Wohnung auf der Lauer liegt und deshalb den Wagen braucht. »Sie kommt bestimmt noch mal vorbei«, sagt er. »Und dann werde ich sie abfangen.«

»Hör mal, Vincent, keine Ahnung, vielleicht hast du recht. Die Nächte sind jedenfalls eiskalt, und du solltest aufpassen, dass du dich nicht erkältest. Aber irgendwann erklärst du mir bitte, warum du dir diesen ganzen Ärger aufhalst.«

»Ha, ha.«

»Das meine ich ernst.«

Eine Stunde später ist das Fest immer noch in vollem Gang, aber ich möchte jetzt gehen, und nach dem ungeduldigen Blick zu urteilen, den Patrick mir zuwirft, bin ich nicht die Einzige. Ich beeile mich, aber ich kann nicht gehen, ohne mich zu verabschieden, so unhöflich kann ich nicht sein gegenüber fünf oder sechs einflussreichen Personen, die Anna und ich hüten müssen wie einen Schatz, um ihre dringend notwendige

Unterstützung nicht zu verlieren – von nichts kommt nichts, oder?

Diese Wartezeit hat Patrick verärgert, und er sitzt schon im Wagen, als ich das Fest verlasse – Richard hat mich noch gut zehn Minuten aufgehalten, ich sollte ihm in allen Details die letzten Neuigkeiten der Geschichte erzählen, und er sagte, dass er Vincent eine Stunde lang erklärt habe, er solle sich ruhig verhalten und warten, bis Josie sich melde, weil er doch zweifelsohne bemerkt habe, dass sie keine einfache Persönlichkeit sei und dass sie es wahrscheinlich wenig schätzen werde, wenn er irgendetwas mit Gewalt versuche.

»Ich hoffe, ich habe nicht zu lange auf mich warten lassen?«, erkundige ich mich, aber Patrick fährt los, ohne zu antworten. Noch so ein unreifer kleiner Junge, sage ich mir, obwohl die Unterschiede in ihrem Äußeren unübersehbar sind.

Ich betrachte eine Weile sein Profil, seine Lippen. »Sind Sie etwa eingeschnappt, Patrick?« Ich bin angetrunken, aber nicht so sehr, dass ich Streit mit ihm suche, denn ich erinnere mich noch gut an das Versprechen, das ich ihm bei unserem Aufbruch gegeben habe, und allein der Gedanke daran erweckt in mir ein dunkles Verlangen. Bei jedem anderen wäre es ein Leichtes, mit einer zärtlichen Geste oder einem Kuss alles wieder einzurenken, aber Patrick ist ein Sonderfall. Ich kann nichts für ihn tun, solange er nicht seine kleine Inszenierung hat.

Im Moment will ich nicht daran denken. Ich schäme mich derartig, dass ich manchmal nach Luft ringend aufwache, und mein Denken setzt aus, wenn ich darüber nachgrüble, wie ich aus dieser Geschichte wieder herauskomme, in die ich auf merkwürdigste Weise hineingestolpert bin. Ein Seufzer erfüllt meine Brust, aber ich lasse ihn nicht raus. Ich wünschte, es wäre wie eine ansteckende Krankheit, ein Bazillus, den ich mir geholt hätte, weil ich mir nicht die Hände gewaschen habe, ein Virus, gegen den ich nicht immun bin, aber ich vermute, dass ich diese Runde nicht gewinnen werde, denn ich bin selbst nicht völlig überzeugt.

»Sie haben mich wirklich ganz schön abserviert«, bringt er schließlich hervor, als wir bei den trostlosen geschlossenen Gebäuden der Samaritaine ankommen.

»Aber nein, sicher nicht«, sage ich. »Aber ich habe ... eine Position, gewisse Verpflichtungen, das müssen Sie doch verstehen. Und es ging auch gar nicht um Sie, sondern um diese Frau, diese Galeristin aus Soho, Sie werden es nicht glauben, aber ich kenne sie und kann sie nicht ausstehen, ich gehe ihr aus dem Weg, ist ja egal, meinen Sie nicht auch, dass sie bald explodieren wird in ihrem pinkfarbenen Kostüm?«

Etwas später schlägt er mir vor, anzuhalten und es im Wald zu machen, weil er es nicht mehr aushält – er wischt sich mit dem Handrücken den Mund ab. Aber diesen Traum lasse ich sofort platzen, denn ich sage ihm, wie viel Grad es draußen hat. »Ich kann es genauso wenig erwarten wie Sie, Patrick, aber das geht nicht.«

Er lächelt mich zähnebleckend an und beschleunigt.

Er ist sehr erregt. Kurz bevor wir ankommen, beugt er sich vor und öffnet das Handschuhfach, er zieht seine Strumpfmaske heraus und ist so taktvoll, sie mir ins Gesicht zu drücken. Ich blicke flehentlich zum Himmel, während er höhnisch auflacht. Die Morgendämmerung scheint am Horizont zu erzittern. Er ist so erregt, dass er seine Hand ausstreckt, um meine Haare zu streicheln, und mich dann plötzlich am Schopf packt, so dass ich ihm ausgeliefert bin, und macht deshalb in einer Kurve einen gefährlichen Schlenker. Es wird Zeit, dass wir bei mir ankommen – wo die Fenster von der letzten Glut im Kamin noch schwach rötlich leuchten.

Als Marty uns sieht, flüchtet er sich ins obere Stockwerk – mein Geschrei macht ihm Angst.

Ich weiß, dass meine Schreie überzeugend klingen, sie drücken eine tatsächlich existierende Wut aus, die aus meinem Innersten kommt und mich durchströmt, die über mich herfällt wie eine Armee auf dem Vormarsch, und weiß auch, dass sie zur wahnsinnigen Lust beitragen, die ich mit ihm empfinde.

Ich schäme mich, dieses Spiel zu spielen, aber diese Scham ist als Gefühl nicht stark genug, um irgendetwas zu verhindern.

Ich schlage vor, etwas zu trinken, bevor wir unsere Rollen einnehmen, und dass ich zur Abwechslung nichts gegen ein bisschen Vorspiel hätte, aber er macht sich nicht die Mühe zu antworten und versetzt mir einen gewaltigen Stoß, der mich zu Boden gehen lässt.

Darauf war ich nicht gefasst, und ich bin eher benommen vor Überraschung als von der Heftigkeit des Schlags. Mit den Füßen schleudere ich ihm einen Stuhl in die Beine, während er seine Maske überstreift. Er macht einen Satz, und der Mann, den ich jetzt über mich gebeugt sehe, ist der Teufel in Person. Er zerreißt mein Kleid. Ich schreie. Er versucht, meine Hände oder sogar meine Füße zu fassen. Ich stoße ihn zurück. Er packt mich. Ich schreie. Er schmeißt sich auf mich. Ich grabe meine Zähne in seinen Arm. Er macht sich los und versucht, sein Geschlecht zwischen meinen Beinen einzuführen, er müht sich ab, und als er es schafft, als ich feucht werde und aus vollem Hals schreie, sehe ich Vincent hinter ihm stehen – und ich höre Patricks Schädel unter dem Scheit zerbersten, mit dem ihn mein Sohn ins Reich der Toten geschickt hat, bevor ich auch nur »papp« sagen konnte.

Ich allein kenne die Wahrheit. Ich allein weiß, dass es eine Inszenierung war, und dieses Geheimnis werde ich mit ins Grab nehmen. Das ist unendlich viel besser für Vincent. Wenn er erfahren würde, dass er einen Mann getötet hat, der sich lediglich an den perversen Spielchen seiner Mutter beteiligt hat, wäre er wahrscheinlich nicht so gut auf mich zu sprechen, wie das heute der Fall ist. Dessen bin ich mir sicher. Darüber mache ich mir keine Gedanken mehr und gieße die Blumen im Garten. Sie sind durstig. Es war ungewöhnlich heiß, es ist erst Mitte Juni, aber man hat das Gefühl, als wären wir mitten im Sommer, selbst jetzt noch, trotz der Frische, die das Gießen erzeugt, brennt die untergehende Sonne auf meinen Wangen.

Bald wird es keine Bienen mehr geben – trotz des Versprechens, das ich meiner Mutter an ihrem Grab gegeben habe –, aber ich sehe ein paar über meinen Hortensien summen und werfe einen Blick zu dem Moskitonetz, das über Édouard aufgespannt ist – er schläft immer noch, während Vincent und Josie einen Spaziergang im Wald machen.

Ich schmiere mir ein wenig Creme auf Arme und Beine. Vorhin habe ich Josie dabei zugesehen und war wieder völlig verblüfft über den Wandel, den sie in wenigen Monaten vollzogen hat. Sie ist einfach nicht wiederzuerkennen.

Sie verhält sich mir gegenüber sehr entgegenkommend, aber ich traue ihr partout nicht über den Weg – wenigstens eine Sache, die ich noch mit Anna gemeinsam habe. Ich glaube, sie kann uns eigentlich alle nicht ausstehen, denn wir haben sie nicht mit offenen Armen empfangen, und ihre neugewonnene Schönheit ist vor allem eine Demonstration der Stärke.

Am Nachmittag gab es zwei Besichtigungen für das Haus von Patrick und Rébecca, und ich sehe, wie die Agenturchefin die Fensterläden schließt, bevor sie geht – sie hat Mühe mit dem Verkauf, »Die Leute *wissen es*... die arme Frau, noch so jung, es ist schrecklich!«, sagt sie, und einen Moment lang glaube ich, dass sie von mir spricht.

Ich rauche eine Zigarette und achte darauf, dass der Rauch nicht durch eine unglückliche Fügung über dem Kinderwagen herumwirbelt. Als er aufwacht und zu meckern beginnt, strecke ich das Bein aus meinem Liegestuhl, wiege ihn mit den Zehenspitzen, ohne die Lektüre einer Novelle von John Cheever zu unterbrechen, von der mich nur ein Erdbeben abbringen könnte.

Als sie gehen und Vincent mich gerade zum Abschied küsst, erzählt er mir, dass er einen Job bei Quick gefunden hat, und ich beglückwünsche ihn dazu.

Ich nehme Marty auf den Arm und schaue ihnen nach.

Den Rest des Wochenendes bleibe ich allein.

Ich fühle mich müde. Ich habe diese Geschichte noch nicht überwunden, sie geht mir näher, als ich durchblicken lasse – und wie auch immer ich sie angehe, zerreißt und schmerzt sie mich. Nach dem Drama habe ich all meine Kraft darauf verwendet, mich um Vincent zu kümmern – ich erinnere mich, dass ich ihn, nur mit einem zerfetzten Oberteil am Leib und einer bis zu den Knöcheln heruntergerollten Strumpfhose, im ersten Reflex geradewegs in die Küche zurückdrängte, wenn er noch ein Kind gewesen wäre, hätte ich ihm die Augen zugehalten und ihn im Laufschritt weggetragen, um ihn vor dem schrecklichen Schauspiel dieses zuckenden Körpers zu bewahren, dieses zertrümmerten Schädels, dessen Blut durch die Maske sickerte wie durch einen Trichter –, und ich habe mir kaum Zeit für mich selbst genommen, dabei war es keine leichte Sache, meine Gedanken zu ordnen. Es fehlt mir wohl an Magnesium – und um ehrlich zu sein, auch an einem ganzen Haufen anderer Dinge.

Ich will nicht darüber reden. In letzter Zeit vermisse ich Irène. Das Zerwürfnis mit Anna kommt ungelegen, aber Robert war zu aufdringlich geworden, ich hatte also keine andere Wahl gehabt, als Anna zu erzählen, was wir hinter ihrem Rücken getan haben, nun, wie auch immer, ich habe keine Freundin mehr, ich habe keine Nummer mehr, die ich einfach wählen kann, wenn die Dinge schlecht laufen, ja nicht einmal, wenn sie gut laufen, so dass ich mich hinunterbeuge, um mein Telefon gegen meine Limonade auszutauschen, während Marty mit Mühe auf meinen Schoß springt – ich habe das Gefühl, er hat Schmerzen in einer Pfote –, dann auf meinem Bauch herumstapft und mich ansieht, bevor er sich niederlässt, was mir ein kleines Lächeln entlockt, denn er lässt sich gewöhnlich nicht zu solchen Vertraulichkeiten hinreißen, doch ich bin stets offen für Neuerungen.

Ein paar Tage nach meinem Geständnis hat sich Richard mit Robert in einer Bar geprügelt, heißt es – ich wollte gar nicht mehr darüber wissen –, und ohne dass ich einen direkten Zusammenhang sehe, verstehen wir uns jetzt besser – wahrscheinlich auch deswegen, weil er ebenfalls wieder Single ist –, aber mir fällt gerade kein guter Grund ein, um ihn anzurufen, also verzichte ich darauf und bleibe allein, lausche dem Wind in den Bäumen und den Vögeln, bemerke durch den schmalen Schlitz meiner halbgeschlossenen Augen, wie der Tag sich neigt. Ich weiß, auch er erträgt es nicht, dass ich jahrelang mit Robert geschlafen habe, und hofft deswegen bei mir auf eine gewisse Kompromissbereitschaft, darauf, dass ich aufhöre, ihm Vorwürfe zu machen, vor allem den, dass er mich geohrfeigt hat, aber ich befürchte, das wird nicht möglich sein.

Erst gestern haben wir uns deswegen noch ein bisschen gestritten, denn ich gebe mich seiner Meinung nach so schrecklich stur und hart – um nicht zu sagen grausam –, dass es zum Fürchten ist. Der Wortwechsel wurde ziemlich heftig, nachdem er eine Bemerkung über meine Weigerung gemacht hat, meinem Vater einen letzten Besuch abzustatten – das beste Beispiel meiner empörenden Unerbittlichkeit –, aber ich habe es nicht geduldet, dass er sich anmaßt, mein Verhalten gegenüber dem Greis zu beurteilen, der im Gefängnis verschimmelte, und ich habe meinen Kopfhörer aufgesetzt und *Everything I know* von Peter Broderick gehört und dabei seine Lippen betrachtet, wie sie sich tonlos weiterbewegten, und gewartet, bis er es leid war, und da ich nicht gerade der versöhnliche Typ bin, habe ich seine Einladung ausgeschlagen, mit ihm in der Stadt zu Abend zu essen – er hat bis heute nicht verstanden, dass man sich nicht immer arrangieren kann, dass es eine rote Linie gibt, dass die Verdammnis existiert.

Die Prüfungen, die ich im Winter durchgemacht habe, veranlassen ihn, mich, so gut es geht, zu schonen, aber wenn er wüsste, was eigentlich dahintersteckt, wenn er wüsste, was für eine furchtbare Komödie ich letztlich spielte, wenn er wüsste, wie sehr Schein und Sein auseinanderklaffen, dann würde er die Sache sicherlich mit anderen Augen sehen – und die anderen auch, von Vincent ganz zu schweigen.

Wenn ich nur daran denke, schnürt sich mir die Kehle zusammen, und ich bekomme Atemnot.

Ich trage einen Großteil der Verantwortung. Ich danke dem Himmel, dass Patrick mich wirklich vergewaltigt hat, zumindest dieses eine Mal, sonst hätten mich die Schuldgefühle verrückt gemacht, und an diesem seidenen Faden hänge ich bis heute, an diesem Gedanken, dass er für einen Fehler bezahlt hat, den er *auf jeden Fall* begangen hat – ich weiß nicht, ob das ausreichend ist, aber ich habe keine andere Erklärung, und das ist ein echter Alptraum, ein Fluch. Marty schnurrt sanft auf meinem Bauch. Es ist warm, es dämmert. Ich höre ein Bellen in der Ferne, bald werde ich reingehen.

Im Nachhinein verstehe ich nicht so recht, wie ich mich auf dieses grässliche Spiel einlassen konnte – außer, der Sex liefert eine Erklärung für alles, aber da bin ich mir nicht wirklich sicher. Ich hätte eigentlich nicht gedacht, dass ich eine so seltsame, derart komplizierte Person bin, so stark und zugleich so schwach. Das ist erstaunlich. Auch die Erfahrung der Einsamkeit, der Vergänglichkeit, ist erstaunlich. Sich selbst zu erfahren. Mutigere Menschen als ich sind ins Wanken geraten – und ich habe nicht nur gewankt, das ist klar. Manchmal sehe ich lange Sequenzen aus unseren

Spielchen, bin noch einmal dabei, ohne zu wissen, warum, als würde ich ein paar Meter über diesen beiden Besessenen schweben, die auf dem Boden liegen und kämpfen, und ich bin verblüfft von meiner Darbietung, meinem Zorn, meinen schrecklichen Schreien – die uns ganz offensichtlich daran gehindert haben, Vincent zu hören, und ihn glauben machten, ich würde mindestens abgemurkst – und fast zu Tränen gerührt, wenn ich sehe, wie ich bei seinem Ansturm zusammenbreche und wie eine Memme zittere, wenn es dann vorbei ist, weil ich es allzu sehr genossen habe. So stark und zugleich so schwach.

Als ich aufstehe, fällt Marty auf den Boden. Er ist ein alter Kater mit nachlassenden Reflexen, und ich habe nicht auf ihn geachtet. Ich entschuldige mich bei ihm und locke ihn in die Küche, wo ich ihm ein Stück Melone abschneide und ihm dabei zusehe, wie er mir leicht schwankend und ganz offensichtlich schlaftrunken hinterherkommt. Nach dem Drama hatte er sich aus dem Staub gemacht und gut zwei Wochen nicht blicken lassen. Jeden Abend ging ich ans Fenster und rief ihn immer wieder, minutenlang. Er allein weiß über alles Bescheid, er ist der einzige Zeuge, deshalb ist er mir so lieb und teuer. Den Ermittlern habe ich nichts Handfestes geliefert, und Richard habe ich gesagt, dass ich nicht wisse, ob Patrick und der Mann, der mich ein erstes Mal vergewaltigt hat, ein und dieselbe Person seien, denn ich hatte ja dessen Gesicht nicht gesehen, aber dass ich es nicht glaubte, weil Patrick größer und athletischer sei, und das war das Ende der Ermittlungen, die Beamten sind wieder abgezogen, und ich habe darum gebeten, das Thema vor mir und meinem Sohn nicht mehr anzusprechen, es ein für alle Mal als abgeschlossen zu betrachten. Marty schaut mich an. Ich weiß nicht, was er will. Ich bücke mich, um ihn zu streicheln. Er reckt sich mir entgegen. Er ist mein stolzer und schweigsamer Komplize.

Aus irgendeinem Grund wache ich mitten in der Nacht auf, ich mache kein Licht, harre aber einige Minuten in der vollkommenen Stille aus, dann schlafe ich wieder ein.

Am Morgen schlägt sein Herz nicht mehr, er ist tot, er hat sein Leben auf meinem Bettvorleger ausgehaucht. Die Vorhänge reichen nicht, die Sonne scheint majestätisch, ich stehe auf und schließe die Läden, um ein würdiges Halbdunkel zu erhalten, dann gehe ich wieder zu meinem Bett zurück, ich schaue ihn nicht an, ich berühre ihn nicht, ich lasse ihn, wo er ist, und weine wegen seines Ablebens und wegen des ganzen Rests ohne einen Laut und ohne Unterbrechung bis zum Nachmittag, so dass mein T-Shirt und meine Laken derart durchnässt sind, als hätte uns mitten in einem schlechten Traum ein Regenguss überrascht.

Ich habe keine Tränen mehr, die ich vergießen könnte, als ich mich seiner annehme und ihn in eine Hutschachtel bette, die ich auf dem Speicher gefunden habe und die aus der Zeit stammen muss, als Irène zwanzig war. Ich lege ein paar seiner Sachen dazu, ein Glöckchen, eine Bürste, eine Maus aus Kaninchenfell. Ich begrabe ihn unter einem Baum im Garten.

Das Telefon klingelt, aber ich gehe nicht ran.

Ich habe mich um Vincent gekümmert, ich habe ihn verteidigt, beschützt, ihm die Schuldgefühle genommen, ich bin ihm nach dem Drama nicht von der Seite gewichen – ich habe nachts die Tür meines Schlafzimmers offen gelassen, um ihn zu hören, falls etwas nicht in Ordnung wäre. Ich habe mich auch um Richard gekümmert, als Hélène ihn im Frühling wegen eines jungen Drehbuchschreibers sitzenließ, ich bin ein paarmal mit ihm etwas trinken gegangen, wenn er sich allein fühlte und jemanden zum Reden brauchte. Aber die Mittel, die ich bei den anderen anwende, zeigen bei mir keinerlei Wirkung. Meine langen Reden helfen gar nichts. So stark und zugleich so schwach.

Am nächsten Morgen gehe ich zu Quick, um meinen Sohn in seiner neuen Uniform zu sehen, und berichte ihm von Martys Tod, und er fragt mich, ob er eines natürlichen Todes gestorben sei. Aber er scheint sich nicht allzu unglücklich zu fühlen in seiner neuen Funktion, schlendert gleich wieder zwischen den Tischen umher und wirft den Leuten da und dort ein Lächeln zu, dennoch erzählt mir Anna später, dass er sie nach meinem Besuch angerufen und ihr gesagt hat, dass es mir nicht gutgehe, dass ich, um seine Worte zu gebrauchen, mit einer »Leichenbittermiene« herumlaufe.

Da ich in der Nähe bin, besuche ich Irène. Mein Vater liegt neben ihr begraben, aber ich kümmere mich nicht darum, ich bepflanze nur die Hälfte des Grabs und rede nie mit ihm, ich tue, als ob er nicht da wäre.

»Marty ist tot«, sage ich. Der Himmel ist so blau, man rechnet fast damit, dass überall Palmen emporschießen. Der Friedhof ist leer. Ein paar Minuten halte ich durch. Dann beginnen meine Lippen zu zittern, ich stammle herum, stürze hinaus – und ich weiß, dass sie mir hinterherruft: »Was bist du doch zimperlich, Tochterherz!«

Als es dämmert, parkt Anna vor meiner Haustür. Ich sehe zu, wie sie aus ihrem Wagen steigt und die Allee hochgeht, während ich die Hollywoodschaukel anschiebe, die ein langes Quietschen von sich gibt.

Es ist noch sehr heiß, und auch sie trägt etwas Ärmelloses.

»Marty ist tot«, sage ich, als sie bei mir angelangt ist.

»Ja, ich weiß«, sagt sie und setzt sich neben mich.

Sie legt ihre Hand auf meine. Es ist mindestens drei Monate her, dass wir uns berührt haben, wir haben uns wie Kolleginnen verhalten. »Ich frage mich, ob ich nicht ein Zimmer an eine Studentin vermieten sollte«, sage ich.

Der Mond scheint hell. Auf der anderen Straßenseite, nur ein paar hundert Meter entfernt, erinnert Patricks Haus an ein glänzendes Spielzeug auf einem silbernen Rasen – sie haben die Wiese gemäht, die Hecke geschnitten, die Fenster geputzt, den Heizkessel ausgebaut und durch einen neuen ersetzt, aber ich vermute, die Maklerin könnte es ebenso gut in ein Häuschen aus Zuckerguss und Pfefferkuchen verwandeln und würde es trotzdem nicht verkauft kriegen.

»Du kannst es auch einfach an mich vermieten, dieses Zimmer«, schlägt sie vor, ohne den Blick von der Aussicht abzuwenden.

»Oh ...«, sage ich und nicke kurz.

Philippe Djian im Diogenes Verlag

»Keiner macht ihm diesen Ton nach, voller Humor, Selbstironie und Kraft.« *Frédéric Beigbeder*

»Vertrauen Sie dem Handwerk von Philippe Djian – Langeweile ausgeschlossen.« *Paris Match*

Betty Blue
37,2° am Morgen. Roman. Aus dem Französischen von Michael Mosblech
Auch als Diogenes Hörbuch erschienen, gelesen von Ben Becker

Erogene Zone
Roman. Deutsch von Michael Mosblech

Krokodile
Sechs Geschichten. Deutsch von Michael Mosblech

Pas de deux
Roman. Deutsch von Michael Mosblech

Kriminelle
Roman. Deutsch von Ulrich Hartmann

Sirenen
Roman. Deutsch von Uli Wittmann

Die Frühreifen
Roman. Deutsch von Uli Wittmann

100 zu 1
Frühe Stories. Deutsch von Michael Mosblech

Die Leichtfertigen
Roman. Deutsch von Uli Wittmann

Die Rastlosen
Roman. Deutsch von Oliver Ilan Schulz

Wie die wilden Tiere
Roman. Deutsch von Oliver Ilan Schulz

Oh…
Roman. Deutsch von Oliver Ilan Schulz

Heinrich von Kleist
Sämtliche Erzählungen

Mit einem Nachwort von
Stefan Zweig

»Kleist war dazu geboren, die große Lücke in unserer Literatur auszufüllen, die, nach meiner Meinung wenigstens, selbst von Schiller und Goethe nicht ausgefüllt worden ist.« *Egon Friedell*

»*Michael Kohlhaas* ist eine Geschichte, die ich mit wirklicher Gottesfurcht lese.« *Franz Kafka*

»Wenn Kleist nieste, fiel ein himmlischer Regen auf die Erde.« *Theodor Fontane*

»In der Novelle erweist sich dieser arme Heinrich als großer Beherrscher der Form sowohl wie des Inhalts.« *Robert Walser*

»Er steht neben Hölderlin und Büchner, und eine Zeit, die sich seiner nicht erinnert und ihn nur mit Widerwillen pflegt, richtet sich selbst.« *Arnold Zweig*

»Er weiß auf die Folter zu spannen – und es fertigzubringen, daß wir's ihm danken... Ich bin entzückt, ich glühe.« *Thomas Mann*

»Kleists Erzählungen gehören zu den besten, die die deutsche Literatur besitzt.« *Friedrich Hebbel*

»Ich dichte bloß, weil ich es nicht lassen kann.«
Heinrich von Kleist

Jessica Durlacher im Diogenes Verlag

Jessica Durlacher, geboren 1961 in Amsterdam, veröffentlichte 1997 in den Niederlanden ihren ersten Roman, *Das Gewissen.* Für ihn sowie für ihren zweiten Roman, *Die Tochter,* wurde sie mit zahlreichen Preisen ausgezeichnet. Sie lebt mit ihrem Mann und ihren zwei Kindern in Bloemendaal und in Kalifornien.

»Eine Erzählerin, die Spannung mit Tiefgang zu paaren weiß.« *Buchkultur, Wien*

»Jessica Durlacher ist eine souveräne Erzählerin.«
Sabine Doering / Frankfurter Allgemeine Zeitung

Das Gewissen
Roman. Aus dem Niederländischen
von Hanni Ehlers

Die Tochter
Roman
Deutsch von Hanni Ehlers

Emoticon
Roman
Deutsch von Hanni Ehlers

Schriftsteller!
Deutsch von Hanni Ehlers

Der Sohn
Roman
Deutsch von Hanni Ehlers

Jakob Arjouni im Diogenes Verlag

Jakob Arjouni, geboren 1964 in Frankfurt am Main, schrieb mit neunzehn seinen ersten *Kayankaya*-Roman. Für *Ein Mann, ein Mord* erhielt er 1992 den Deutschen Krimi-Preis, und seine Veröffentlichung *Idioten. Fünf Märchen* stand monatelang auf den Bestsellerlisten. Arjouni lebte mit seiner Familie in Berlin und Südfrankreich. Er starb am 17. Januar 2013 in Berlin.

»Seine Virtuosität, sein Humor, sein Gespür für Spannung sind ein Lichtblick in der Literatur jenseits des Rheins, die seit langem in den eisigen Sphären von Peter Handke gefangen ist.« *Actuel, Paris*

»Seine Texte haben Qualität. Sie sind ambitioniert, unaufdringlich-provokativ, höchst politisch.«
Barbara Müller-Vahl / General-Anzeiger, Bonn

Happy birthday, Türke!
Kayankayas erster Fall. Roman
Auch als Diogenes Hörbuch erschienen, gelesen von Rufus Beck

Mehr Bier
Kayankayas zweiter Fall. Roman
Auch als Diogenes Hörbuch erschienen, gelesen von Rufus Beck

Ein Mann, ein Mord
Kayankayas dritter Fall. Roman
Auch als Diogenes Hörbuch erschienen, gelesen von Rufus Beck

Magic Hoffmann
Roman
Auch als Diogenes Hörbuch erschienen, gelesen von Jakob Arjouni

Ein Freund
Geschichten

Kismet
Kayankayas vierter Fall. Roman

Idioten. Fünf Märchen

Hausaufgaben
Roman

Chez Max
Roman
Auch als Diogenes Hörbuch erschienen, gelesen von Jakob Arjouni

Der heilige Eddy
Roman
Auch als Diogenes Hörbuch erschienen, gelesen von Jakob Arjouni

Cherryman jagt Mister White
Roman

Bruder Kemal
Kayankayas fünfter Fall. Roman

Die Kayankaya-Romane in einem Band im Schuber
Happy birthday, Türke / Mehr Bier / Ein Mann, ein Mord / Kismet / Bruder Kemal

Tim Krohn
im Diogenes Verlag

Tim Krohn, geboren 1965 in Nordrhein-Westfalen, wuchs in Glarus in den Schweizer Alpen auf und lebt als freier Schriftsteller in Zürich. Seine Romane *Quatemberkinder* und *Vrenelis Gärtli* sind vor allem in der Schweiz Kultbücher. Zudem schreibt Tim Krohn immer wieder für die Bühne. Für sein Schaffen wurde er unter anderem mit dem Conrad-Ferdinand-Meyer-Preis ausgezeichnet.

»Tim Krohn ist ein Autor, den man kennt als heiteren und auch witzigen Unterhalter, als Erzähler leuchtender, schwebender Geschichten von Liebe und der ihr bisweilen innewohnenden Leichtfertigkeit.«
Gabriele von Arnim / Tages-Anzeiger, Zürich

Irinas Buch der leichtfertigen Liebe
Roman

Quatemberkinder
und wie das Vreneli die Gletscher brünnen machte
Roman

Vrenelis Gärtli
Roman

Ans Meer
Roman

Aus dem Leben einer Matratze
bester Machart

Nachts in Vals
Erzählungen

Arnon Grünberg im Diogenes Verlag

Arnon Grünberg, geboren 1971 in Amsterdam, lebt und schreibt in New York. Sein in siebzehn Sprachen übersetzter Erstling, *Blauer Montag*, wurde in Europa ein Bestseller. Neben allen großen niederländischen Literaturpreisen wie dem Anton-Wachter-Preis, dem AKO-Literaturpreis, dem Libripreis und dem Constantijn-Huygens-Preis für sein Gesamtwerk erhielt Arnon Grünberg 2002 den NRW-Literaturpreis.

»Arnon Grünberg ist einer der erfolgreichsten, produktivsten und umstrittensten niederländischen Schriftsteller.«
Jan Brandt / Frankfurter Allgemeine Sonntagszeitung

Blauer Montag
Roman. Aus dem Niederländischen von Rainer Kersten

Statisten
Roman. Deutsch von Rainer Kersten

Amour fou
Roman. Deutsch von Rainer Kersten. Mit einem Vorwort von Daniel Kehlmann
(zuerst unter dem Pseudonym *Marek van der Jagt* erschienen)

Monogam
Deutsch von Rainer Kersten
(zuerst unter dem Pseudonym *Marek van der Jagt* erschienen)

Phantomschmerz
Roman. Deutsch von Rainer Kersten

Gnadenfrist
Deutsch von Rainer Kersten

Der Heilige des Unmöglichen
Deutsch von Rainer Kersten

Tirza
Roman. Deutsch von Rainer Kersten

Mitgenommen
Roman. Deutsch von Rainer Kersten

Mit Haut und Haaren
Roman. Deutsch von Rainer Kersten

Der jüdische Messias
Roman. Deutsch von Rainer Kersten

Couchsurfen
und andere Schlachten. Reportagen. Herausgegeben und mit einem Vorwort von Ilija Trojanow. Deutsch von Rainer Kersten

Fuminori Nakamura
Der Dieb

Roman. Aus dem Japanischen
von Thomas Eggenberg

Er ist ein Taschendieb mit Prinzipien: nur wohlhabende Opfer, männlich, keine Gewalt. In den überfüllten U-Bahnen oder belebten Straßen Tokios holt Nishimura ihnen das Portemonnaie aus der Tasche. Dabei bedeutet ihm Geld wenig, er lebt zurückgezogen in einem billigen Apartment an der Peripherie, hat keine Familie, keine Freunde. Nur einen kleinen Jungen, der um jeden Preis von ihm lernen will, wie man stiehlt, wird er nicht los. Seine Vergangenheit versucht Nishimura zu vergessen, doch eines Tages holt sie ihn ein. In Gestalt eines Kumpels, mit dem er vor Jahren in einen Raubüberfall verwickelt war. Und auch der Drahtzieher jenes Überfalls, der allmächtige Yakuza-Boss Kizaki, Herr über Leben und Tod, hat erfahren, dass er wieder in Tokio ist.
Ein Roman in messerscharfer, schnörkelloser Sprache, ein Leseerlebnis von großer Intensität.

»Große Themen in einem schmalen Band – in knapper, eleganter und extrem ergreifender Sprache.«
Christopher Fowler / Financial Times, London

»*Der Dieb* ist neu und gewagt. Ich war tief beeindruckt.« *Kenzaburo Oe*

»Intelligent, packend und außerordentlich bewegend.« *Laura Wilson / The Guardian, London*

Joey Goebel im Diogenes Verlag

Joey Goebel ist 1980 in Henderson, Kentucky, geboren, wo er auch heute lebt und Schreiben lehrt. Als Leadsänger tourte er mit seiner Punkrockband ›The Mullets‹ durch den Mittleren Westen.

»Joey Goebel wird als literarische Entdeckung vom Schlag eines John Irving oder T.C. Boyle gehandelt.«
Stefan Maelck / NDR, *Hamburg*

»Solange sich junge Erzähler finden wie Joey Goebel, ist uns um die Zukunft nicht bange.«
Elmar Krekeler / Die Welt, Berlin

Vincent
Roman
Aus dem Amerikanischen von
Hans M. Herzog und Matthias Jendis

Freaks
Roman
Deutsch von Hans M. Herzog
Auch als Diogenes Hörbuch erschienen,
gelesen von Cosma Shiva Hagen, Jan Josef Liefers,
Charlotte Roche, Cordula Trantow
und Feridun Zaimoglu

Heartland
Roman
Deutsch von Hans M. Herzog

Ich gegen Osborne
Roman
Deutsch von Hans M. Herzog